KB118536

탈출로

**ESCAPE ROUTES**
by Naomi Ishiguro

나오미 이시구로 소설
NAOMI ISHIGURO

# 탈출로

강아름 옮김

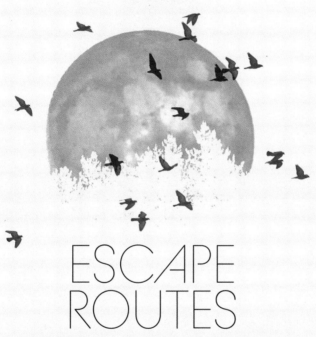

ESCAPE
ROUTES

문학동네

부모님,

그리고 벤에게

# 차례

# 쥐잡이꾼

ㅣ

내가 왕궁의 부름을 받은 건 새 국왕이 즉위하고 며칠 뒤였다. 나는 그게 새 정권의 탄생을 알리는 신호탄쯤 되리라 생각했다. 이 해로운 짐승의 일제 박멸 말이다. 국왕이 설치류의 몰살을 원하는 구역이 궁궐 담장 내로 국한되기나 바랄 뿐이었다. 쥐떼를 도시 밖으로 몰아내려는 국왕의 노력은 최근의 극악한 창궐로 미루어 보아 결국 헛수고에 지나지 않게 될 것이고, 혹 그 노력이 성공이라도 거두었다가는 당연히 내가 실업자 신세를 면치 못할 터였다.

내 비밀을 하나 말해줄까. 그전부터도 나는 왕궁을 그리 좋게 여긴 적이 없었다. 건축학적으로 명백한 흉물처럼 보였다, 그게 첫째 이유였다. 그저 과할 뿐인 장식과 아치형 통로, 기둥과 가고일*이라니. 그처럼 크고 호사스러운 건물을 아무 쓸모 없이 그 지경으로 서 있도록 내버려둔다는 단순하고 분통터지는 이유도 있었다. 이제 그곳의 거주자는 사실 거의 없었다, 내가 아는 한은 그랬다. 횅뎅그렁한 궁에는 실상 새 국왕만이 남아 홀로 살아갈 뿐, 옛 왕조의 고관대작과 그 곁을 어슬렁거리던 시중은 점차 줄어 이제 터무니없이 하찮은 수준이 되었다. 그럼에도 국왕의 웅장하고 유구한 처소 내부를 들쑤시고 다닌다는 데 약간의 호기심도 느꼈음을 굳이 부인하지는 않겠다. 더 나아가 그 일이 도시 업무로부터 떨어져 근사한 휴식이 될 수도 있으리라 생각했다. 쥐떼가 날로 기승을 부리면서 내 노동의 강도가 그 어느 때보다 심각했으니까. 도랑의 쥐떼, 부엌마다 넘쳐나는 쥐떼, 거리에서 행인의 발목 주변을 깡충거리며 도는 쥐떼. 놈들은 음식을 망치고 주부를 놀래고 어린애를 괴롭히고 질병을 퍼트렸다.

나를 맞이할 사람이 출입문—딱 봐도 하인들이 쓰는 문이었다. 잘난 척 빼고 담백하게 보더라도 나는 저 섬뜩한 정문으로 드나들기에 충분한 장대함을 갖췄거늘—에 나와 있었다. 상체가 앞으로 완전히 굽은 노파였다. 죽도록 굽실거리며 사는 나머지 그저 그 상태로 머물면서 몸을 곧추세우는 수고로움이라도 줄여

---

* 주로 지붕에 장식용으로 얹는 괴물 석상.

보기로 작정한 듯했다. 노파는 위태위태해 보였고, 인정하건대 나는 불안함을 느꼈다. 나라는 사람은, 아닌 게 아니라, 자세의 균형이 가장 중요하다는 견해를 몹시 중히 여긴다. 그러나 나를 맞이한 이 여인은 그처럼 구부정하게 존재하는 일에 익숙해진 탓인지, 아무튼 앞으로 고꾸라지는 일 없이 내 뒤에서 문을 닫고 열쇠들이 걸린 고리를 내게 건넸다. 노파가 허리춤에 매달고 있는 열쇠 묶음에서 일부를 제외하고 복사한 것인 듯했다. 물론 그녀가 딱히 살림을 담당하는 자처럼 보이지는 않았지만. 여전히 말한 마디 없이 나를 제대로 쳐다보지도 않고 용무를 마친 노파는 내 좌측으로 난 어두운 복도를 따라 발을 질질 끌며 사라졌다. 솔직히 말해 나는 그 이상의 환대를 기대했다. 인사말 몇 마디쯤, 아마도. 좀더 보태면 궁궐 내부를 구경시켜주겠다는 제안 정도. 물론 쥐떼가 설치는 곳으로 확인된 장소들을 보여준다는 명목하에. 어쨌든 나 같은 남자는 다른 건 몰라도 독자적 행보에 꽤 익숙한 법이다. 나는 노파의 뒤를 따르려는 시도가 무의미하리라 판단하고 열쇠를 주머니에 넣은 다음 답사를 시작했다.

초반에 내 발길이 닿은 방 대부분은 텅 빈 채 잠겨 있는 듯했다. 적어도 수년간 아무도 발걸음을 하지 않았는지 사람의 흔적이 전혀 없었으니 역시 내가 예상한 그대로였다. 그러나 그보다 놀랍다고 할 만한 건 튼실한 쥐떼의 번성을 암시하는 증거가 다

수 발견된다는 사실이었다. 어쩌된 영문인지 그 최초의 답사에서는 실제로 쥐들을 보지 못했다. 다만 쥐떼의 이빨에 갉히지 않은 커튼을 도통 찾아볼 수 없었고, 가구를 덮은 천 일부에는 놈들의 소굴까지 만들어져 있었다. 그리 오래 지나지 않아 나는 부엌들을 발견했다. 여담이지만 거기서 이렇다 할 음식을 조리한 지가 수개월은 된 듯했다. 그리고 이 부엌들은 내 장담하는데, 쥐와 관련된 모든 것의 향연이자 불협화음이었다. 친애하는 라투스 라투스, 즉 늙은 곰쥐들의 성지. 거기에는 쥐똥과 긁힌 흔적과 이빨 자국이 차고 넘쳤다.

그런데 여기서조차, 놈들이 아우성치며 벽 속을 쏘다니는 소리가 뻔히 들리는데도 그 정체를 내 눈으로 직접 확인할 수 없었다. 이 도시 전역의 쥐들이 나를 피하는 법을 학습해왔다는 게 내 추측이다. 나는 놈들이 지하저장고와 배수로에 모여 궁둥이를 바닥에 대고 앉아 귀를 씰룩거리며 내 얘기를 하는 장면을 상상한다. 내 승리담이 두루두루 널리 퍼지고 있으니까. 지역의 전설, 그게 나다. 이 분야에 정통한 자들에게 물으면 그게 꽤나 대단한 현상임을 알 수 있을 것이다.

나는 구더기가 들끓는 포대에 손을 넣어 밀가루 한 움큼을 꺼낸 다음 먼지 덮인 바닥 여기저기에 뿌렸다. 그러고는 몸을 돌려 복도로 나왔다. 휘파람으로 한 곡조 뽑으며 기다렸다가 주머니에서 꺼낸 시계의 초침을 따라 일 분을 헤아린 뒤 시간이 되어 부엌으로 돌아갔다. 안에 들어선 나는 거의 모든 게 내 예상과 정확히 일치함을 발견했다. 즉 밀가루 위에 쥐새끼들의 발자국이 수백 개씩 찍혀 있었다는 얘기다. 내가 의심했던 바로 그 상황이었다. 그런데 발자국들의 크기가, 하느님 맙소사! 내 방대한 경력 전체를 통틀어 그런 건 본 적도 없었다. 거의 장엄하다고나 할까. 내가 이곳에서 처리하게 될 생명체들은 보아하니 국왕의 이름값에 걸맞은 설치류였다.

나는 외투 안쪽에 손을 넣어 쥐잡이용 장갑을, 그리고 내가 가장 아끼는 혼합물이 든 작은 깡통을 꺼냈다. 솔라닌 독의 개량 버전, 혹자는 그렇게 부르겠지만 나는 이 가루의 밝은 초록색에 착안해 붙인 '에메랄드 더스트'라는 이름을 선호한다. 세상의 오만 가지 사소한 것들에 학명을 붙이는 인간들이 있는데, 그들에게 시적 감각이란 전무하다. 내 장담하지. 나는 일단 장갑을 낀 다음 잠시 시간을 들여 내 손가락의 완벽한 비율에 감탄하며 천장 근처의 비좁은 창문에서 쏟아지는 흐릿한 빛을 향해 양손을 들어올렸다. 그러고는 에메랄드 더스트 한 꼬집을 발자국 찍힌 밀가루에 더하고 손끝으로 뒤섞어 초록색이 옅어지게 만들었다.

쥐는 어차피 색맹이니 내가 사서 하는 이 고생은 놈들을 위한 것이 아니다. 나는 그저 엉성한 일처리가 싫을 뿐이고, 그래서 늘 이런 식으로 작업해왔다. 내가 저 살림 담당 노파라면 단 하루 만에 왕궁 전체를 다시 반짝반짝하게 만들어놓을 것이다. 아니 어쩌면 이틀, 일손이 부족해 보이는 현 상황을 감안하면. 그러고 보니 이상했다. 궁이 딱히 복작일 거라고는 기대하지 않았지만 아무 문제가 없다고 보기에는 조금 과하다 싶게 인적이 끊긴 듯했다. 어쨌든 그건 내가 앞으로 놓을 덫과 독을 두고 투덜거리는 이가 없으리라는 뜻이기도 했다. 퍽 다행스러운 일이었다. 밀가루에 찍힌 발자국을 판단의 근거로 삼는다면, 보다 섬세하게 고안된 내 작업 방식들을 쓰기에 이 표본들은 너무 비대했으니까. 가령 내가 부엌에 놓은 독도 놈들을 한두 마리쯤 해치울 정도밖에 안 되고, 더 심하게는 놈들의 속도나 늦추고 말 가능성도 있었다. 내내 불려온 몸집을 보면 그렇다는 얘기다. 그래도 상관없었다. 게임의 지금 단계에서 내게 필요한 건 놈들이 저기 누운 채로 내가 돌아올 때까지 기다려주는 것뿐이다. 시간을 들여 찬찬히 제대로 살펴볼 수 있게. 말하자면 나는 재단사와 같다. 작업을 진행하기 전에 내 제물들을 봐야 한다. 그래야 놈들에게 적확한 최후를 고안할 수 있다. 완벽히 들어맞는 결말을 설계할 수 있다.

그 같은 향후의 재밋거리와 게임을 뒤로 한 채 나는 통로를 따라 내려가 돌계단을 올랐다. 얼마 지나지 않아 그 길은 한때 그린 베이즈 천이었겠다 싶은 소재가 썩어들어가는 문을 통과해 이어졌고 일종의 접견실이 눈앞에 펼쳐졌다. 첫눈에 그 방은 지금껏 내가 헤매고 다녔던 하인 구역에 비해 엄청 화려해 보였고, 왕궁에서 접하게 되리라 흔히들 기대하는 모습에 훨씬 가까운 듯했다. 그러나 잠시만 주위를 둘러보고 단 몇 걸음만 앞으로 내디뎌도 공기 중의 저 퀴퀴한 냄새가, 가구의 목제 다리에 남은 이빨 자국이, 굽도리널에 난 구멍이, 육중한 벨벳 커튼의 밑단까지 길게 긁어놓은 흔적들이 다시 펼쳐졌다.

하지만 방에 들어선 나는 이런 것들을 즉각적으로 눈치채지 못했고, 거기에는 그럴 만한 이유가 둘 있었다. 첫째, 커튼이 드리워진 실내의 조명은 은은한 등불과 난롯불이 전부였는데 이게 약간 당혹스러웠다. 바깥은 여전히 휘황찬란한 아침이라는 사실을 생각하면. 둘째, 방안에 여자가 있었다. 내 쪽에서 얼굴이 보이지 않는 그녀는 거울을 들여다보고—거울에 비친 얼굴을 이리저리 돌려보고—있었다. 그리고 나는 여자의 차림새와 촛불에 반사되어 반짝이는 머리칼을 보고 단번에 파악했다. 그녀는 내가 말을 섞곤 했던 부류의 사람이 아니었다. 다음 순간 나는 또하나를 알았다. 그녀의 아름다움은 저 밖 도시의 냉혹함과 추잡함 속에서 단 하루도 못 버틸 종류의 것이었다. 내가 망연히 서서 지켜보는 가운데 여자는 화장대에 놓인 그림붓을 들어 자신의 얼굴에 대고 조심스레 토닥이며 한쪽 눈썹의 곡선을 정밀히 바꿔나갔다.

"본인이 누구인지 말해줄 건가요?" 그녀가 물었다. "아님 오전 내내 거기 그렇게 서 있기만 할 생각인가요?"

나는 방을 둘러보았다. "저 말입니까, 마마? 제게 하는 말씀입니까?"

"나를 그렇게 부르지 마요." 그녀가 말했다. "내 이름은, 당신도 알겠지만 에설이에요."

"에설." 내가 반복했다. 나 자신의 목소리로 그녀의 이름을 읊는 소리를 즐기면서.

"네―에." 그녀가 말했다. "맙소사, 당신은 아주 똑똑한 영혼이라고는 할 수 없겠군요, 정말이지, 그렇죠?" 그녀가 시선을 돌려 나를 보았고 나는 그때 그 얼굴을 거울을 통해서가 아니라 정면으로 처음 마주했다. "그리고 정말이지." 그녀가 말을 이었다. "그렇게 어리석은 질문을 내뱉기 전에 생각을 좀더 해보는 게 온당하겠어요. 내가 말을 건넨 사람이 당신이 아니면 누구겠어요?"

"어쩌면." 내가 말했다. "거울에 비친 당신에게 건넨 말일 수도 있죠, 미스 에설."

그 말에 그녀는 웃었다. 선율 섞인 낮은 웃음이었고―그녀의 외모에서 기대할 법한 것보다 낮은 음조였다―근사하게 날 선 느낌이 있었다. 자신의 특별함을 정확히 파악하고 있는 여자라는 양. 나는 장갑을 벗어 접은 다음 주머니에 넣었다.

"아님 벽 속의 저 쥐들한테 한 말일지도요." 그녀가 말했다. "어느 쪽이든, 다가와 좀 가까이 서세요. 내가 당신을 볼 수 있는 곳으로 와요."

나는 난로의 불빛 속으로 걸어들어갔다.

"어서요, 그래요, 좋아요. 해치지 않아요, 아시죠. 겁먹을 필요가 정말이지 전혀 없답니다."

"저는 겁먹지 않았습니다, 부인."

"부인." 그녀가 나를 보며 되뇌었다. "이제 정말이지 그런 호칭은 필요 없어요. 내가 말했듯 에설로 부르면 충분해요…… 아, 하지만 당신은 내 생각보다 나이가 많군요."

"죄송합니다, 미스, 미스 에설."

"사과할 필요 없어요. 그런 건 자기 힘으로 어떻게 할 수 있는 게 아니죠, 나도 알아요. 그런데 여기 무슨 일로 왔다고 했죠? 내가 듣고도 잊은 걸까 걱정이네요."

"그 얘기는 하지 않았습니다."

"아. 참으로 신비로운 사람이네요, 당신은."

나는 그녀의 시선을 한몸에 받고 있기가 힘들었다. 그래서 발

걸음을 옮겨 창문으로 향했다.

"왜 이렇게 칩거하고 계십니까?" 나는 커튼을 들고 햇빛이 좀 들어오도록 했다. 그러는 동안 곰팡이와 먼지가 내 손으로 옮겨오는 게 느껴졌다. "밖으로 나가셔야죠. 사람들도 만나고, 한두 가지 모험도 하고. 그처럼 훌륭한 것도 없어요, 제가 장담하죠. 혈액에 좋아요."

"오늘은 햇빛을 볼 기분이 아니었어요." 그녀는 그렇게 말하면서도 내 쪽으로 다가와 곁에 나란히 섰다. 그처럼 가까이 있자니 그녀의 뺨에 붙은 가루분 입자들 전부가, 초록빛 눈 주변을 칠한 물감의 반들거리는 기름기가 일일이 보였다. 이 결함들은 어째선지 그녀를 더 좋아지게 만들 뿐이었다. 그렇다고 빤히 쳐다보고 싶지는 않았기에 나는 창문으로 시선을 돌렸다. 그러고 서 우리는 함께 바깥의 경내를, 꽁꽁 얼어붙은 황량한 공간을 내다보았다. 저 앞쪽 숲에서 가느다란 연기 한줄기가 모락모락 피어올랐고, 내가 묻기도 전에 그녀는 내 의문을 감지했다.

"지금 저기서 지내고 있어요." 그녀가 말했다. "내 동생이요. 강아지랑 단둘이. 대관식이 있던 밤 이후로 쭉. 내 생각에 그애는 유령 같은 우리와 여기 머무는 걸 그리 좋아하지 않는 듯해요."

"동생이요?" 내가 물었다.

고개를 끄덕이는 그녀의 표정에 그림자가 스쳤다. "네." 그녀가 대답했다. "아니, 반쪽짜리지만요. 이복동생이에요. 아버지와 더 많이 닮은 쪽은 나예요. 그분이 그런 걸 신경이나 쓰셨다면. 재미있는 일이죠. 이런 날에도 그분이, 아버지가 돌아가셨다는 걸 나는 좀처럼 믿지 못한다는 게. 그분이 아직 위층에 계시는 걸 알고 있나요?"

우리는 창밖을 계속 쳐다보았다. 그러는 동안 나는 그녀의 말이 무슨 뜻일까 곰곰이 생각했다.

"아직 위층에요?" 마침내 내가 물었다.

그녀가 손을 들어 내 팔을 건드렸다. 커튼을 열어젖히고 있는 팔이었다. 그건 신호였다. 그래 보였다. 이제 커튼을 닫으라는. 방이 다시 슬그머니 어둠 속으로 들어갔다.

"당신도 보게 될 거예요." 그녀가 이상하다 싶은 미소를 지으며 말했다. 그러고는 자신의 거울로 돌아갔고, 덕분에 나는 내쳐지는 듯한 기분을 느꼈다.

"무엇이든 제가 도움될 일이 있을까요, 미스 에설?" 내가 물었다.

그녀는 고개를 저었다. "오늘은 이걸로 충분해요."

그렇지만 나는 고개를 끄덕이고 몸을 숙인 채 방을 빠져나오면서도 궁금증을 떨칠 수 없었다. 만약 오늘은 이걸로 충분하다면, 여기서 당연히 다음의 질문이 생긴다. 내일은 어떻다는 걸까?

*

　최초의 왕궁 출장에서 내 흥미를 가장 크게 자극한 두번째 상황은 그날 오후에 벌어졌다. 부엌으로 돌아간 나는 거기서 나를 기다리는 놈을 발견했다. 아니, 실은 두 놈이었다. 에메랄드 더스트에 의식을 잃은 채 스토브 상판에 널브러져 있었다. 나는 뒤로 물러서서 전문가다운 평가를 진행했다. 조그만 집고양이 크기. 흉포한 송곳니 한 쌍을 수용하고자 평균보다 기다랗게 발달한 주둥이. 둘둘 말리는 분홍색 꼬리. 거대하도록 비대한 덩치—명확한 먹이 공급원이 없는데 어찌 이리도 비대해질 수 있을까?—와 딱지투성이 털. 작고 벌건 눈. 나는 호흡을, 한차례 탄복의 한숨을 내쉰 뒤 수중에 떨어진 업무를 계속했다. 놈들을 던져넣은 자루를 어깨에 걸쳐 멨다. 이 사악한 놈들을 집으로 가져가 조사할 것이다.

　그러고도 한 시간은 족히 들여 방과 방을 헤매고 다녔다. 아마 그 살림 담당 노파를 찾아다닌 것일 테다, 혹은 내 철수 사실을 알릴 누구든. 그냥 짐을 챙겨 작업실로 돌아가는 건 옳지 않은 일인 듯했다. 나를 개인적으로 이곳에 파견한—출장을 부탁하다시피 한—당사자가 국왕 본인인 상황에서는 더더욱. 그렇지만 사람들은 하나같이 벽 속으로 자취를 감춘 듯했다. 아니, 단힌 문 뒤로 사라져 침묵하는 듯했다. 하는 수 없이 문을 나선 나는 왕궁 진입로의 눈 덮인 길을 걸어내려가다 숲 한복판에서 모락모락 솟는 연기를 보며 궁금해졌다. 대체 무슨 이유로 우리의 새 국왕은 저렇게 숲에 처박혀 지내기로 결정한 걸까. 과연 저기서는 얼마나 보일까, 지금 자신의 집에서 무슨 일이 벌어지고 있는지.

*

나는 도시의 한쪽 구석에 산다. 사회의 보다 고상하신 부류들은 좀처럼 걸음하지 않는 곳, 버려진 공장지대다. 이 지역은 내가 태어나기 몇 해 전, 순간의 어리석은 희망으로 선왕이 벌인 짓의 유산이었다. 그는 여기가 강철 제조에 유리한 입지이리라 생각하고 일을 밀어붙여 당시에는 불모지였던 동쪽 지역에 공장 네 동을 지었다. 분명 대대적인 축하와 엄청난 흥분 속에 문을 열었겠지, 당연한 얘기다. 그리고 철강산업은 딱 오 년을 갔다. 요즘 그 공장들은 부랑아 무리의 안식처 노릇을 한다. 더 정확히는 부랑아 무리와 나. 여기서 나는 부랑아 무리가 되려면 쥐떼에 대해 그렇게까지 결벽증적으로 굴지 말아야 한다는 사실을 새로 배우기도 했다. 건물의 다락 전체가 내 차지다. 거대한 철골공사물의 위층을 나 혼자 통째로 쓴다. 쥐덫을 제작하는 작업실, 독과 팅크제*와 각종 가루를 만드는 작은 연구실, 게다가 옷방도 있다. 오, 신이시여. 어디 그뿐인가. 건물에서 내다보는 전망이 정말 아름답다. 이 도시의 면면에 아름답다는 말을 붙이는 게 가당키나 한지 모르겠지만, 적어도 나 같은 남자에게는, 여기서 나고 자란 사람에게는 숨이 멎을 정도의 전망이라고 장담한다. 나는 창문을 통해 지붕으로 기어올라가 내 앞에 펼쳐진 도시 전체를 내려다보곤 한다. 수백 채의 건물―흰색, 잿빛, 검은색. 외벽이 얼마나 지저분한지에 따라 달라진다―과 까마귀들. 사방이 검은 날개다. 천사들의 그림자처럼.

쥐잡이를 나갔던 그날, 왕궁의 거대 짐승 두 마리가 든 자루를 어깨에 들쳐 메고 귀가한 나는 이 보금자리에 평소보다 더 큰 감사를 느꼈다. 내 방들을 국왕의 처소와 비교해보는 기회를 가진 뒤라 그러지 않았나 싶다. 그래봤자 내 집이 훨씬 낫다는 결론에 도달했고. 나는 그 생각에 껄껄 웃으며 내 소박하고 정돈된 집에 다시 여장을 풀었다. 손가락으로 작업대를 훑었다. 단정히 늘어선 망치와 못과 펜치와 톱과 사포들. 전부가 더할 나위 없이 정연한 배열로 줄지어 있었다. 나는 잠자리로 쓰는 한쪽 구석을 살

---

* 생약에 알코올을 가하여 유효성분을 침출한 액체.

폈고, 이처럼 집에 있다는 사실이 주는 엄청난 기쁨과 자신감과 흥겨움은 계속됐다. 그러나 시선이 거울을 향하는 순간 내 기분은 비애감에 가깝게 변하고 말았다. 이 모든 완벽함을 감상할 이가 나뿐이라는 생각에. 나와 저 쥐들뿐이었다. 참으로 남부럽지 않은 파티가 되시겠다.

두 짐승을 작업대에 꺼내놓느라 조금 애를 먹었다. 한 놈이 자루 안에서 속을 게워냈고 독 기운은 이미 떨어지는 중인 듯했다. 왕궁으로 복귀하기 전에 잊지 말고 에메랄드 더스트를 더 강력하게 조제해야 한다. 나는 이런 상황만을 위해 늘 준비해놓는 주사기를 얼른 놈의 몸에 꽂은 다음 덫을 고안하는 작업에 돌입했다.

그 과정이 당신의 짐작만큼 간단하지는 않다. 거기에도 자고로 기술이 필요하다. 기초공학적 관점과, 그리고 뭐랄까, 심리적 관점 모두에서. 그리고 나는 언제나 덫을 만드는 내 기술에 어느 정도 자부심을 가져온 사람이다. 가령 내가 만드는 덫에는 시그니처 기술이 들어간다. 덫에 걸린 쥐가 죽기 전 마지막으로 보는 게 별이 빛나는 하늘의 이미지가 되도록 하는 설계하는 것이다. 살아 있는 영혼이 우주를 떠나기 직전에 그 안의 광활한 가능성과 기회를 되새기는 장면, 내 생각에는 그보다 더 시적인 것은 없다.

눈금자와 측경기를 꺼내 두 생명체를 측정하기 시작했다. 장

시간 몰두하는 사이 어느덧 저녁이 되었고, 창문으로 들어오는 마지막 빛이 사라질 때쯤 어쩔 수 없이 작업대에서 고개를 든 나는 커튼을 치고 램프에 불을 붙였다. 그러는 동안 뭔가—그저 한 점의 생각, 손가락들이 팔을 스치고 지나가는 듯한 감각—가 내 집중력을 흐트러트렸다. 동이 트기 전 다만 몇 시간이라도 눈을 붙일 셈이라면 당장 바삐 움직여야 한다는 걸 잘 알았지만, 나는 본격적인 작업으로 돌아가기에 앞서 잠시 시간을 들여 다른 뭔가를 만들었다. 나무로 깎은 그저 작은 별 하나. 작디작은 물건일 뿐이고 그리 해가 될 것도 없다, 나는 생각했다.

*

다음날 아침 일찍 덫을 들고 왕궁으로 향했다. 오전 일과를 막 시작하려는 선량한 도시민들이 불안에 떨지 않도록 덫에 천을 덮어씌웠다. 주머니에 든 열쇠로 출입문—물론 또다시 그 하인용 문이었다—을 직접 연 다음 부엌으로 향했다. 그러나 곧장 들어가지는 않았다. 부엌 안에서 그 노파가 누군가에게 말을 건네는 소리를 들어서였다. 나는 문틀 너머로 고개를 빠끔히 내밀고 노파와 대화를 나눌 만한 이가 누구일지 확인했다…… 그렇게 미스터리의 일부가 풀렸다. 쥐떼가 그리도 비대하게 몸집을 불릴 수 있었던 원인에 관한 미스터리. 노파는 스토브 곁 작은 의자에 앉아 앞으로 몸을 숙이고 있었다. 양손 가득 곡식을 쥐었다. 발치에는 고양이 크기만한 쥐들이 번잡스레 바글거리며 노파의 손끝에서 곡식을 받아먹고, 그녀가 먹이를 더 꺼내려 옷 안쪽에 손을 넣을 때면 다리와 발목을 타넘었다. 거기 다른 사람은 없었다. 노파가 말을 건네는 건 쥐떼였다. 놈들을 어여쁜 이름으로 칭하며 음정도 안 맞는 자장가를 이것저것 불러댔다. 나는 원래 비위가 약한 남자가 아니나 그 광경에 뱃속 뭔가가 뒤집어졌다. 일단은 쥐 때문이었지만, 쥐가 쥐답게 구는 것이야 어쩔 수 없는 노릇이었다. 하지만 다른 인간을 향한 그처럼 지독한 혐오감은 내 평생 처음이었다.

나는 목구멍으로 올라오는 신물을 삼키고 바깥 복도에 덫을 내려둔 다음 부엌으로 들어갔다. 그러자 노파 발치의 짐승들이 사방으로 흩어지며 어둑한 구석과 찬장 속으로, 혹은 벽에 난 구멍을 통과해 사라졌다. 노파가 흠칫 놀라며 등받이로 몸을 일으켰다. 그렇게 하면 자신을 보호할 수 있으리라는 양.

"손을 꼭 씻어야 할 겁니다." 내가 노파에게 말했다. "그리고 똑바로 서는 법을 배우시죠. 역겹습니다, 내내 구부정해 있는 몰골이. 무슨 짐승도 아니고."

"제발." 노파가 말했다. 눈이 축축하고 입꼬리는 처졌다. "여기 이곳에 생명이라고는 거의 없어요."

노파가 양손바닥을 쫙 펴 보였다. 그게 무슨 설명이라도 되리라는 듯. 나는 다시 속이 뒤틀렸다. 이번에는 저 쥐새끼들과 아무 상관이 없었다.

"나는 국왕이 보내서 왔습니다." 내가 말했다. "그리고 댁이 확실히 믿어도 좋을 한 가지는 내가 맡은 바 임무를 아주 잘해내리라는 거죠."

처음에 노파는 아무 말도 하지 않았다. 비린내가 날 듯한 입을 떡 벌린 채 나를 바라볼 뿐이었다. 턱으로 침이 줄줄 흘렀다.

"당신은 잔인한, 잔인한 사람이군요." 그녀가 마침내 더듬거리며 내뱉었다.

"댁은 역겨운 사람이고요." 그 말만을 남기고 나는 몸을 돌려 부엌을 나섰다. 덫을 다시 주워들고 궁내에서 그나마 혐오감이 덜할 곳으로 서둘러 움직였다. 해독제라도 필요한 심정이었다.

*

나는 삼층의 어느 방에서 미스 에설을 찾아냈다. 그녀는 내게 등을 보이고 서서 기다란 창문 밖을 내다보고 있었다. 묶지 않은 어두운색 머리칼이 그녀의 어깨 위로 치렁치렁 늘어졌다. 나는 장갑을 벗고 여전히 천에 덮인 덫을 바닥 한가운데에 내려놓았다. 어딘가 이상한 방이었다. 어린애를 위한 공간인 듯했지만 텅비다시피 했다. 벽난로 하나, 벽 근처로 밀려나 있는 흔들목마하나 말고는 아무것도 없었다. 낡은 목제 목마는 겉을 칠한 밝은색 페인트가 죄다 벗어졌다. 방의 내벽도 비슷한 수준으로 망가져 회반죽 장식이 군데군데 떨어져나갔는데, 한때는 이런저런동물과 이상한 생명체의 모습이 그려져 있었던 듯했다. 그중에서도 날개 달린 사자였음직한 모습 하나가 도드라져 보였고, 내가 그 위를 손가락으로 훑자 회반죽이 조금 떨어져나왔다. 날개부분의 조각이었다.

"여기는 원래 놀이방이었어요." 에설이 창문 앞에 선 채 말했다. "나는 이 방이 싫었어요. 왕좌가 있는 알현실에서 아버지 곁에 앉아 있고 싶었죠. 그분이 한때 약속하셨던 대로. 하지만 그약속은 아버지가 결혼하고 동생이 태어나기 전의 얘기였어요. 나는 매일같이 여기 이렇게 서서 밖을 내다보았죠. 꼼짝도 하지않았어요, 아무리 시간이 흘러도. 그러자 저들이 장난감을 하나둘씩 치우기 시작했죠. 장난감이 있을 이유가 없잖아요, 그렇죠, 내가 절대로 갖고 놀지 않으니." 그녀가 고개를 돌려 나를 쳐다보았다. "게임을 좋아하나요, 쥐잡이꾼 씨?"

"제가 누구인지 어떻게 아셨습니까?"

"아." 그녀가 말했다. "어머니께 전해 들었어요."

그 순간 소름 끼치는 생각 하나가 뇌리를 스쳤다. 그러나 나는 사력을 다해 그 생각을 즉시 떨쳐버렸다.

"송구하게도 그리 아름다운 직업은 아니죠." 내가 대답했다.

에설은 말없이 고개만 끄덕이더니 덫을 향해 걸어왔다. "이건 뭔가요? 신묘한 죽음의 장치라도 되나요?"

"저라면 손대지 않겠습니다." 나는 그녀의 곁으로 서둘러 움직였지만 이미 그녀가 천을 당겨 벗긴 뒤였다. 그 덫에 발을 끼이기라도 한 듯 그녀의 눈이 휘둥그레졌다.

"보시기에 어떻습니까?" 내가 물었다.

"그게……"

내가 어떤 답을 기대했는지는 지금도 모르겠다. 야만적이다. 잔혹하다. 사악하다. 그러나 그녀는 그 문장을 끝내 마무리하지 않았다.

"어떻게 작동하죠?" 그 대신 이렇게 물었다. "보여주세요."

"정말이십니까?"

그녀가 고개를 끄덕였다.

나는 내 덫을 타인에게 보여준 적이 없었다. 비밀 유지라든가 그런 이유 때문은 아니다. 다만 뭐랄까, 그게 누군가의 흥밋거리인 경우가 많지 않아서다. 게다가 에설처럼 사랑스러운 여인과 공유하기에 적절한 주제가 맞기는 한 건지도 의문이었다. 그러나 다음 순간, 그녀가 쉽게 충격을 받는 부류는 아니라는 생각이 들었다. 나는 덫 근처 바닥에 손과 무릎을 대고 엎드렸다.

"제물이 어느 쪽에서 접근하든 상관없습니다." 내가 그녀에게 말했다. "놈이 어디에 있든 이 나무통로들을 보게 될 텐데 전부 덫의 주요 구조물로 이어지죠. 나선형 통로를 따라 올라가면, 이렇게, 이쪽 꼭대기의 가림막 쳐진 단상에 도달합니다. 거기서 가림막을 통과해 떨어지는 거예요…… 여기 이쪽 공간으로요." 나는 바깥에서 나무를 톡톡 건드렸다. "그러고는……"

"잠깐." 그녀가 끼어들었다. "이 생명체들이 당신 뜻대로 움직이리라 어찌 그리 확신하죠? 경사로를 올라갈지 말지 어떻게 알아요?"

"아." 나는 미소를 지었다. "훌륭한 질문입니다. 저만의 비법으로 만든 두 종류의 특수 향가루에 나무를 절여뒀거든요. 경사로의 밑에서는 향이 희미할 뿐이지만 놈이 맡는 냄새는 위로 갈수록 점차 강해집니다. 꼭대기에 도달하면 가장 강렬한 냄새가 기다리고 있죠. 가림막 너머에서요."

나는 사람이 그토록 옴짝달싹 못하는 모습을 생전 처음 보았다. 내 설명의 힘에 대해 내심 기뻤다.

"그 너머를 보시겠어요?" 나는 손가락을 뻗어 작은 벨벳 가림막을 한쪽으로 걷으며 물었다.

그녀가 가까이 다가와 들여다보았다. "아!" 놀라움에 겨운 목소리였다. "온통 별들로 채워져 있네요? 한밤중처럼."

"그거요? 제 시그니처 기술입니다."

"시그니처 기술이요?"

"그 외에 또 뭐가 보입니까?" 내가 그녀에게 물었다.

그녀가 다시 들여다보았다. "칼날." 그녀가 말했다. "천장에 달린."

"네. 그리고?"

"그게…… 문이요."

"그렇습니다. 덫의 안쪽에서만 열리는 문이죠."

"그런 건 굳이 왜 만들었어요?"

"쥐를 밖으로 나오게 하려고요, 당연히."

"나는 이게 덫이라고 생각했는데요."

"맞습니다, 틀림없죠. 이 칼날에는 독이 묻어 있어요. 제 에메랄드 더스트를 발라뒀습니다."

나는 가림막을 놓고 가루통을 꺼내 보여줬다. 그날 아침 일찍 특별히 치명적으로 다시 조제한 가루가 들어 있었다. 그녀가 통으로 손을 뻗었다. 그러나 그녀의 손이 닿기 전에 나는 통을 주머니에 도로 넣었다. 그런 다음 덫 얘기로 되돌아갔다.

"칼날을 흔들리게 유도하는 장치는 추락하는 쥐의 무게로 작동됩니다. 몸을 베이는 상황을 놈이 모면할 길은 없지만, 어제 부엌에서 발견한 두 마리에 맞먹는 크기와 체격이라면 경미한 찰과상 정도만 입고 말 겁니다. 자기가 다쳤다는 사실조차 모를 수 있죠. 놈은 바닥에 난 문을 통해 밖으로 나오겠지만 얼마 못가 온몸에 독이 퍼지기 시작할 거예요."

그녀가 숨을 들이마시고 나를 올려다보았다.

"안에 든 사체를 치울 필요조차 없는 덫인 셈입니다." 내가 설명했다.

"향가루라." 그녀가 문득 종잡을 수 없는 표정을 지으며 말했다.

"뭐라고 하셨습니까, 마마?"

"향가루라고 했죠. 조금 전에. 그런데 내 코로는 좀처럼 감지가 안 되는걸요. 무슨 향이 나는 건가요?"

"아." 나는 미소를 지었다. "그게 재미있는 부분이죠. 쥐의 입장에서 생각해보십시오. 놈들이 무엇을 원할지, 무엇을 좇을지."

"먹이?"

"네, 늘 그렇죠. 하지만 이런 곳에서는, 그러니까 양분이 무척 풍부할 듯한 곳에서는 놈들이 경사로를 오르도록 꾀려면 다른 것을 추가할 필요가 있습니다. 먹이보다도 거부하기 힘든 뭔가를."

이제 그녀는 나를 찬찬히 뜯어보고 있었다.

"뭔지 짐작이 가세요?" 내가 그녀에게 물었다.

"그렇다고 할 수 없겠는걸요." 그녀가 대답했다. 하지만 거짓말이었다. 확실했다.

"암컷의 체취입니다." 나는 어쨌든 알려줬다.

"그래서 제물을 놈이라고 했던 거군요."

"그래서 놈이라고 했던 거죠. 때가 되면 암컷용 덫도 만들겠지만 적어도 이번만은 '숙녀분 먼저'가 예의는 아니겠다고 생각했습니다."

"지극히……" 그녀가 말했다. "인상적인 것만은 분명하군요. 누군가는 이렇게 말할 수도 있겠어요…… 그러니까……" 그녀의 초록색 눈동자가 반짝이며 내 눈과 만났다. "누군가는 아름답다고까지 표현할 수 있겠어요."

아름답다. 그 말이 우리 사이의 허공에서 팽창하며 밝아지는 듯했다. 그릇 속 물에 떨어진 잉크 한 방울처럼. 나는 잠시 그녀를 살폈다. 그런 다음 외투 안 깊숙이 손을 넣었다. 가루통과 병 사이로 내가 전날 밤에 깎은 나무별의 뭉툭한 끝부분이 느껴졌다. 그것을 꺼내 앞으로 내밀고 손바닥을 활짝 펴는데 그녀가 움찔하며 뒤로 물러났다.

"받으세요." 내가 그녀에게 말했다. "당신을 위해 만들었습니다."

그녀가 별을 내려다보며 눈살을 찌푸렸다. "당신의 시그니처 기술과 똑같군요."

"그렇다고 볼 수도 있겠네요. 변변치 않습니다만 부디 받아주세요. 누군가에게 제 덫을 보여준 게 이번이 처음이거든요. 이런 식으로는 한 번도 없었어요. 받아주시면 좋겠습니다."

붓으로 그린 눈썹이 위로 한껏 들리더니 그녀가 한 걸음 가까이 다가와 내 손의 별을 낚아챘다. 동작이 그토록 날랠 수 없었다.

"영광입니다, 미스 에설." 내가 그녀에게 말했다.

다음 순간, 출입문 쪽에서 불쑥 들려온 달가닥하는 소리가 모든 걸 망쳐버렸다. 그 노파가 찻상을 들고 있었다. 그날 아침 노파의 소행을 목격한 터라 나는 그 여자를 쳐다보는 것조차 견딜 수 없었고, 그래서 자리를 옮겨 창밖을 응시했다.

"다과를 좀 들면 좋을 듯해서요." 등뒤에서 노파의 쉰 목소리가 들렸다. "누구든 짧게나마 휴식을 취해야죠. 특히나 그처럼……" 이 지점에서 노파가 바닥에 찻상을 내려놓는 작은 충돌음이 들렸다. "고된 일을 하는 분은요."

나는 창가에 그대로 서 있었다. 노파와 에설이 찻상 위의 이것저것을 내려놓고 정리하는 소리가 들렸다. 은수저와 각설탕 집게가 도자기에 부딪히며 내는 달그락거림과 덜거덕거림만 가득할 뿐, 보아하니 두 사람 모두 준비 과정에 대해 말이나 지시를 보낼 필요가 없는 모양이었다. 아닌 게 아니라 둘 사이에서는 꽤 자연스러운 의식인 듯했고, 나는 아까 스쳤던 그 소름 끼치는 의심이 스멀스멀 머릿속으로 되돌아오는 걸 어찌할 도리가 없었다.

"우리와 함께 차를 들지 않겠어요, 쥐잡이꾼 씨?" 에설이 꽤나 태평한 목소리로 물었다.

"아뇨, 괜찮습니다." 내가 말했다.

에설이 저 흉측한 할멈의 차를 마신다는 생각에 속이 메슥거렸다.

\*

나는 왕궁의 나머지 구역에서 일에 몰두하며 불쾌감을 떨쳐냈다. 그때부터 수주일 만에 가장 유쾌한 기분이 계속됐다. 에설이 등장하는 백일몽과, 저 늙은 마녀의 찻잔에 에메랄드 더스트를 넣는 꿈을 번갈아 꾸면서. 에메랄드 더스트는 가루 형태일 때나 요란한 초록색일 뿐 어두운 빛깔의 차—아마도 근사한 아삼차나 정산소종\*—에 섞이면 그 색을 멋들어지게 감출 테다. 그렇다고 나는 확신했다. 하지만 우스운 일이었다. 나는 에메랄드 더스트에 특유의 맛이 있는지 없는지조차 몰랐다. 그게 중요성을 띠

---

\* 홍차의 종류.

는 상황에 처한 적 자체가 없었다. 그렇다고 지금이 그런 상황인 건 아니지, 나는 재빨리 되새겼다. 다만 흥미롭게 사고할 만한 지점이기는 했다.

그처럼 무시무시한 생각에서 벗어나기 위해 나는 에셜에게 내 집 구경을 시키는 게 어떤 기분일지 마음놓고 궁금해했다. 그녀가 거기 있다고, 그녀의 우아함과 품위가 그 같은 일상성의 세계로 옮겨진다고 상상하니 온몸이 간질간질했다. 게다가 내 집은 썩어들어가는 왕궁에 비해 양호하게 관리되고 있다. 그렇지 않은가? 그녀는 궁에서 지내는 시간의 상당 부분을 거울을 응시하며, 또는 창밖을 내다보며 보내는 듯했다. 그러니 어쩌면 그녀 또한 탈출의 기회를 크게 반길지 모른다.

나는 몸을 굽혀 인사한 뒤 그녀의 손을 잡고 하룻저녁을 내 집에서 보내자고—아니, 어쩌면, 장기간 머물라고—초대하는 모습을 그렸다. 비록 집 자체가 너무 삭막하고 휑해서 그녀의 취향에 맞지 않을 수는 있겠지만. 당연히 그녀를 위해 화장대 하나쯤은 마련해야 할 것이다. 제 집에 있는 듯한 편안함을 느끼고자 그녀가 원할지도 모를 자질구레한 물건들과 함께. 다만 도시의 전망만큼은 그녀 역시 그 자체로 좋아할 것이다. 거기에는 의심의 여지가 없었다. 나는 창문 너머로 나가 그녀에게 한 팔을 내미는 내 모습을 그렸다. 그 팔을 잡고 나를 따라나선 그녀가 이

끌리듯 지붕으로 올라간다. 우리는 거기서 여러 시간을 함께 머문다. 내 상상 속에서는 그랬다. 팔짱을 끼고 나란히 앉아 도란도란 얘기한다. 우리 앞에 펼쳐진 건물 위를 선회하는 검은 새들을 바라본다. 그녀는 나와 함께여서 무척 행복해한다. 내 백일몽들 속에서는 그랬다.

*

역시 그날 저녁에도 퇴근 사실을 알릴 사람을 찾지 못했다. 왕궁은 정말 비참할 정도로 고요하고 외로운 곳처럼 보였는데 어둠이 내리면 특히 심했다. 미스 에설 같은 사람을 집에 데려가는 문제를 내가 진지하게 고민했던 건 물론 아니다. 하지만 궁내의 방들을 배회하면서 나 아닌 다른 인간을 찾아보겠다고 '이봐요' 소리를 내며 휘파람을 부는 동안, 그녀가 이따금 이곳을 벗어나고 싶어할 게 틀림없다는 확신이 속절없이 강해졌다. 그녀처럼 찬란하고 젊은 생명체가 때로 더 많고 더 나은 친구를 원하는 건 당연하지 않나?

나는 이런 생각에 잠긴 채 집으로 향했다. 왕궁 진입로에 새로 쌓인 눈을 사각사각 밟으며 걷다가 깊은 사색에서 흠칫거리며 깨어난 건 숲에서 뭉게뭉게 올라오는 그 연기를 다시 보았을 때였다. 그 또한 기이했다. 새 국왕이야말로 나를 여기에 불러들인 장본인인데, 왕궁에 발 들인 이래 나는 그의 코빼기도 보지 못했다. 국왕은 언제쯤 저 숲에서 모습을 드러낼까? 언제가 됐든 왕궁에 들를 수밖에 없는 상황일 것이다. 저기서는 나랏일을 제대로 할 수 없을 테니까, 그렇지 않나? 나는 지나는 길에 연기를 향해 짧게 허리 굽혀 절했다. 우둔한 짓일 테지만 어쨌든 더 활기가 돌기는 했다. 세상의 질서가 겉으로 보이는 것보다는 그래도 굳건히 유지되고 있다는 양.

밤을 나기 위해 집으로 돌아온 나는 담요로 몸을 단단히 감싸고 작업대로 갔다. 잔뜩 지친 상태였고 사람을 꽁꽁 얼리는 이 공기를 탈출해 한결 따뜻한 잠의 세계로 들어가고 싶은 마음이 굴뚝같았지만 그전에 할일이 있었다. 덫을 만들고 남은 자투리 나무에 톱질과 사포질을 어찌나 해댔는지 나중에는 눈이 끔쩍이도 피곤해서 침침한 불빛 속 무엇도 더는 구분 못할 지경이었다. 그리고 드디어 완성한 물건을 창문 쪽으로 들어올리고 만족할 만한지 확인했다. 완벽한 초승달이었다.

나는 몸에 두른 담요를 다시 여미고 절뚝이며 매트리스로 갔다. 냉기에 온몸의 뼈가 뻣뻣이 굳어 있었다. 그리고 내 장담하는데 세상 어떤 것보다도, 심지어 미스 에설의 미소보다도 좋았다. 마침내 눈을 감고 의식이 꿈에 투항하는 순간을 맞이하는 것은.

*

    이튿날 아침, 왕궁의 하인 구역에는 아무도 없었다. 그 노파조차 마주치지 않았는데 참으로 다행한 일이었다. 나와 맞닥뜨린 최초의 생명체는 그 거대한 쥐들 중 한 마리로, 내가 이틀 전에 에메랄드 더스트를 뿌려둔 조리대 위에서 경련하고 있었다. 나는 장갑을 끼고 놈의 목을 잽싸게 부러트린 다음, 음울한 복도들을 지나 궁내의 보다 웅장한 구역으로 향해 갔다.

    옛 놀이방을 다시 찾으려 걸음을 옮기다 그녀 특유의 선율 섞인 웃음소리를 들었다. 저 앞쪽 복도의 출입문 너머에서 들려왔다. 문은 빠끔히 열린 채였고 그 사실에 힘입은 나는 배짱도 두둑하게 문을 밀어열고 슬쩍 안으로 들어섰다.

    그 즉시 나는 실수했음을 깨달았다. 그랬다, 에설은 혼자가 아니었다. 그녀는 거울—전에 우연히 마주쳤을 때 그녀가 들여다보고 있던 것과 마찬가지로 금을 입힌 웅장한 거울이었다—앞에 자리잡았고 그녀의 뒤에 노파가 서 있었다. 빗을 들고 서서 그녀의 길고 검은 머리칼을 땋는 중이었다. 그 흉측한 할멈은 문간에 불쑥 나타난 내 존재에도 전혀 반응하지 않았다. 자신의 일에 몹시 열중한 나머지 거울에 비친 나를 보지 못한 듯했다. 그러나 미스 에설은 달랐다. 노파의 양손 아래서—저 불결한 손이

에설의 윤기 도는 머리칼 위를 쏘다닌다는 생각이 들자 미치도록 거북했다―완벽히 정지해 있었지만 거울 속 그녀의 두 눈은 깜빡이며 위를 향해 내 눈과 만났다. 나는 그녀를 마지막으로 한 번 쳐다보았다. 등불의 은은한 빛 속에서 그처럼 완벽한 그녀의 모습을 더는 감당할 수 없기에 뒤로 물러나 그 방을, 그 끔찍한 장면을 등졌다.

놀이방으로 다시 걸음을 재촉하는데 뒤에서 문이 닫히는 소리가 들렸다. 그리고 복도를 따라 다급한 발소리가 메아리쳤다.

"쥐잡이꾼 씨." 그녀의 목소리가 크게 울렸다. "우리를 그렇게 잠깐 보고 말 계획은 아니었을 텐데요?"

"미스 에설." 나는 말하며 몸을 돌리고 그녀에게 목례했다. 그날 아침 그녀는 눈동자 색과 맞춤한 초록색 드레스를 입었다. "바쁘신 듯해서요."

"나는 바쁠 일이 없어요." 그녀가 말했다. "이런 곳에서 어찌 바쁠 수 있겠어요?"

"하지만 그 노파가 있잖습니까, 마마."

"잠깐 기다리게 하면 돼요." 에설이 말했다. "실은 당신이 만든 덫 얘기를 해주던 참이었어요. 어제 작동법을 보여준 덫이요."

"그러셨습니까?"

"네." 그녀가 말했다. "당신 생각보다 큰 관심을 보이던걸요.

그러니 이리 와서 함께 있어요. 내가 머리단장을 끝마치는 동안."

"죄송하게도 사양해야 할 것 같습니다. 공주마마."

에설의 표정이 침울해졌다. "전에도 말했죠, 공주마마라 부르지 말라고. 내 이름은, 당신에게 말했다시피……"

"미스 에설이죠, 알고 있습니다. 하지만 저는 제 갈 길을 가야 합니다." 내가 말했다. "왕궁 곳곳에서 해야 할 일이 있습니다. 어쨌든 왕명이니까요." 내가 의심하기 시작한 사실이 저 노파를 향한 에설의 불가사의한 애착 뒤에 숨은 소름 끼치는 진실과 일치할지도 모르는 상황이었다. 그렇기에 노파와 잠깐이라도 함께한다는 생각이 내게 얼마나 엄청난 혐오감을 주는지 대놓고 드러내는 일은 삼가는 게 최선일 것 같았다.

"아, 그런데 쥐가 그렇게까지 많은 건 아닐 텐데요." 에설이 말했다.

그녀의 어조에 담긴 거짓 쾌활함이 훤히 보였다. 대개 그녀가 지독히도 차분한 사람이라는 사실에 비추어보면 이상한 일이었다. 지금 왕궁이 쥐 때문에 무척 심각한 지경에 처했다는 걸 그녀도 알지 않겠나, 그 속에서 살아가는 사람인 이상?

"제가 바삐 움직여야 할 정도로는 많습니다, 미스 에설." 내가 말했다.

그러자 그녀의 표정이 굳었다. "잘 알겠어요." 그녀는 그렇게 말하고 뒤돌아 걸었다.

"미스 에설!" 내가 그녀를 불렀다.

"네, 쥐잡이꾼 씨?"

"드릴 게 있습니다." 나는 장갑을 벗고 외투 주머니를 뒤져 지난밤 잠들기 전 작업대에서 그녀를 위해 깎은 조그만 초승달을 꺼냈다.

"여기." 내가 말하며 달을 그녀에게 내밀었다. "전에 드린 별과 함께 두세요."

그녀는 내 손바닥에서 달을 집어들고 찬찬히 살폈다. 잠시간 꽤 진지한 표정을 지으며 손에 든 달을 뒤집어 보았다.

"정말 우리와 함께할 생각이 없는 게 확실한가요?"

"확실합니다, 미스 에설."

"참으로 안타깝군요." 그녀가 말했다. 그러고는 미끄러지듯 방으로 들어가 문을 닫았다.

*

그게 정말 사실일 수 있을까. 에설 같은 사람이, 그처럼 아름답고 우아한 사람이—게다가 다른 누구도 아닌, 국왕의 이복누

이가—그날 아침을 나와 함께 보내지 못하는 상황을 안타까움으로 간주한다는 게? 처음에 나는 그 사실을 순순히 인정하려 들지 않았다.

그러나 시간이 흐르면서 내 기분은 점차 명랑해지다 못해 의기양양함에 근접해갔다. 참으로 안타깝군요라던 그녀의 말을 곱씹으면서 나는 썩어들어가는 복도를 오르내리며 에메랄드 더스트 길을 만들고, 그 초록색 길을 따라 미끼 역할을 해줄 향가루를 뿌렸다. 그러다 작업중에 또다시 휘파람으로 노래를 한 곡 부르고 있었다. 그저 뱃노래, 선원들이나 선창의 일꾼들로부터 비롯된 노래. 그러나 그 선율만큼은 아리따웠고, 그날 아침 나는 절실히 깨달았다. 가장 추한 상황의 가장 추한 일에도 언제나 아름다움은 있다는 사실을. 그 아름다움을 어디서 찾을지 스스로 알고만 있다면. 문 하나가 끼이익 소리를 내며 열리고 전에 본 적 없는 젊은 남자가 걸어나오는 모습을 보고도 나는 딱히 불안하지 않았다. 내가 지금껏 발 들인 적 없는 구역에서 값비싼 태피스트리*의 갉아먹힌 가장자리마다 독가루를 묻히고 있을 때였다. 남자는 훌륭한 자세의 소유자였고 새것처럼 깨끗한 정장을 입었다. 아마 공들여 가꾼 그의 외모와 주변 환경의 괴리 때문이

* 여러 가지 색실로 직물에 그림을 수놓은 것.

었을 것이다. 혹은 그 떫은 표정, 아님 제 방에 뭐 얼마나 값진 물건이 있는지 모르겠지만 그것을 염탐하는 내 천박한 시선을 차단하겠다는 양 등뒤로 문을 닫는 그 모습이 문제였는지도 모른다. 어쨌든 분명히 밝혀두겠는데 나는 처음 보는 순간부터 그가 싫었다.

"매우 고맙겠군요." 남자가 말했다. "당신이 지금 내고 있는 그 시끄러운 소리를 멈춰준다면요."

"저 말입니까?" 나는 태피스트리 가장자리에 과도하게 묻은 에메랄드 더스트를 떨어내며 물었다. "시끄러운 소리라니요?"

"휘파람 부는 소리 말입니다." 그가 말했다. "음정도 맞지 않고, 내 업무에 방해가 되어서요."

"아, 그렇군요." 내가 말했다. "그 문제에 대해서는 진심으로 사과드립니다. 선생님. 솔직히 그렇습니다. 안타깝게도 제가 특별한 음악적 재능으로 명성을 떨친 적이 없기는 하죠."

"그래 보이는군요." 남자가 말했다. "그리고 지금 하는 작업이 뭐가 됐든 다른 곳에서 해주면 고맙겠습니다. 가장 중요한 문서를 처리하는 중이라 정신이 산만해지는 일이 없어야 하거든요."

"하지만 저는 쥐잡이꾼인데요, 선생님." 내가 말했다. "일이 이끄는 곳이면 어디든 따라가야 하는 처지입니다."

남자는 약간의 놀라움 비슷한 감정이 담긴 표정으로 나를 쳐다보았다. 아니 어쩌면 그저 혐오였을지도.

"저는 이 궁의 복도 전체에 덫과 독을 놓을 의무가 있습니다."
내가 말을 이었다. "왕명입니다."

"아, 그러니까 왕께서 귀하를 보냈군요?" 남자가 말하며 한숨
을 내쉬었다. "뭐, 거기에도 나름의 설득력이 있군요. 그런 상황
이라면 나 역시―쥐잡이꾼을―받아들이도록 하지요." 그가 잠
시 자신의 손톱을 점검했다. "어쨌든 고맙겠군요." 그가 말했다.
"내 방만이라도 그냥 둔다면. 아, 그리고 나라면 놀이방도 건드
리지 않겠습니다. 아마 귀하도 결국에는 그리하게 될 겁니다. 본
인의 안위를 염려할 줄 아는 사람이라면."

"놀이방이요?" 내가 입을 열었으나 남자는 이미 방으로 미끄
러져들어가 문을 닫은 뒤였다.

나는 태피스트리 작업을 마쳤다. 그러나 이내 궁금증을 이기
지 못하고 걸어가 남자의 문에 걸린 명패를 확인했다. 번쩍번쩍
광을 내고 적절히 관리한 모양새가 지금껏 왕궁에서 본 다른 어
떤 것과도 어울리지 않았다. 명패에는 고급스럽고 구불거리는
글씨로 쇼, 법학박사라 적혀 있었다. 나도 나를 어쩌지 못했다. 그
앞쪽 바닥에 침을 뱉고 말았다.

　나도 안다. 그 따위 남자한테 낚여 내 오후를 망치는 게 어리석은 일이었다는 걸. 하지만 놀이방을 건드리지 말라는 그 말이 대체 무슨 의미일지 곱씹고 또 곱씹기를 멈출 수 없었다. 한술 더 떠서 나는 그게 일종의 위협일 가능성까지 따져보기 시작했다. 남자의 태도는 충분히 적대적이었다. 그저 의뢰받은 일을 수행할 뿐인 내게 그처럼 극심한 반감을 품을 이유가 무엇일지 모를 일이었다. 혹 남자가 놀이방에 갔다가 내 덫에 무슨 수작이라도 부린 걸까? 뇌리를 떠나지 않는 그 생각에 일을 계속할 수 없는 지경에 이른 나는 향가루와 에메랄드 더스트 통을 복도에 팽개쳐두고 상황을 확인하러 되돌아갔다.

*

　덫은 무사해 보였다. 놀이방 바닥 가운데에 내가 설치한 그대로 있었다. 정확히 그대로였다, 다만 이제는 그 주변에 온통 죽은 쥐들이 널려 있다는 사실을 제외하면. 독극물에 대한 회복력의 정도에 따라 나선형으로 퍼져나간 놈들의 사체는 개중 어느 녀석이 가장 강했는지, 독성에 압도되기 전 덫의 칼날로부터 어

느 녀석이 가장 먼 거리를 도망칠 수 있었는지 보여주는 지도였
다. 어둑한 사체들이 그런 식으로 바닥에 널브러진 모습을 보며
나는 잠시 까마귀들을, 내 방 창문 너머에서 도시 상공으로 솟구
치던 녀석들의 날개가 지붕에 드리우던 그림자들을 떠올렸다.
이 장면은 달라도 너무 달랐다. 그런 종류의 자유, 그런 종류의
우아함과는 여러모로 정반대였다. 나는 자리에 쪼그려앉아 가장
근처의 사체를 관찰했다. 놈의 부릅뜬 눈으로 안구가 튀어나왔
고 주둥이 부근은 싸늘히 젖어 있었다. 놈이 이 땅에서 최후의
순간을 보내며 거품을 문 자리였다. 누군가는 아름답다고까지 표현
할 수 있겠어요, 에설이 했던 말이었다. 돌이켜보면 나는 그 말을
거의 믿을 뻔했다.

"만지지 마세요." 등뒤의 문간에서 에설의 목소리가 들렸다.
나는 그녀가 접근하는 소리를 전혀 듣지 못한 터였지만 놀란 기
색을 들키지 않으려 사력을 다했다.

"괜찮습니다. 늘 하는 일이니까요." 내가 말했다. "이미 죽었
습니다. 아무 해코지도 못해요. 보이시죠?" 나는 꼬리를 잡아 들
어올린 놈을 그녀에게 보여주려다 즉시 후회했다. 그녀가 움찔하
며 비명을 지를 뻔했다. 그녀의 양손이 날아올라 입을 가렸다.

"만지지 마세요, 제발." 그녀가 말했다. "그러지 않는 게 좋겠
어요, 정말로."

"저는 제 일을 할 뿐입니다." 내가 말했다. "저기, 에설, 이 주변에서 쇼라는 이름의 남자를 본 적 없으시죠, 그렇죠? 그자가 이 놀이방을 걸고넘어지면서 제게 여기서는 작업을 해선 안 된다더군요. 왜 그리 말했는지 짐작하시겠습니까?"

그녀는 살짝 미소를 지었지만 여전히 아주 창백해 보였다. "그가 그렇게 말해주다니 고맙군요."

"무슨 말씀입니까?"

그녀는 고개를 가로저었다. "별일 아니에요." 그러고는 창문을 향해 가더니 꽁꽁 얼어붙은 잔디밭을 잠시 내다보았다. 느리고 신중히 숨을 고르며 치마 앞자락을 매만지는 모습이 내가 안긴 충격을 다스리는 듯했다. 다음 순간 몸을 돌린 그녀는 뉘엿뉘엿 지는 오후의 빛을 배경으로 삼은 액자 속 검은 윤곽처럼 보였다. "나는 사체나 보자고 여기 온 게 아니에요." 그녀가 말했다. "당신에게 부탁이 있어요. 나와 함께 산책하겠어요? 매일 이 시간이면 무척 외롭거든요."

나는 좀처럼 믿기지 않았다. 쪼그려앉아 있던 덫 근처 자리에서 몸을 일으켰다.

"산책이요?" 내가 물었다.

그녀는 미소 지었다. "그렇게 말씀드렸어요."

"노파도 함께요?"

"굳이 동행할 필요 없죠. 함께 가지 않는 편이 더 낫겠어요."

"정말이십니까?"

"당연히 정말이죠." 그녀가 말했다. "그렇지 않을 이유가 어디 있겠어요?" 다음 순간 그녀가 다가와 내 손을 잡았다. 세상에서 가장 기적적인 일임이 틀림없었으나 나는 그저 움츠러들 뿐이었다. 그때 쥐잡이용 장갑을 낀 채였단 말이다, 알겠나. 거짓말 안 보태고 그날 내내 쥐를 만지느라 장갑에 묻은 오물이 이제 그녀의 보드랍고 향기로운 피부에 가닿고 있었다. 나는 손을 빼내려 했지만 그녀는 내 손가락을 더 힘껏 붙들고 나를 출입문으로 이끌었다.

"어서요." 그녀가 말했다. "수줍어 마요, 쥐잡이꾼 씨. 무례하게 굴지도 마요. 당신이 함께 가고 싶어하는 거 알아요. 내가 와인 한 병과 이런저런 것들을 찾아냈거든요. 재미있을 거예요. 그렇게 따분한 인간처럼 굴지 마요."

그녀가 옳았다. 나는 정말 그녀와 함께 가고 싶었다. 오직 그 생각뿐이었다. 그래서 나는 의심을 잠재우고 뒤따랐다. 공주라는 사람이 나 같은 남자와 저녁시간을 보내고 싶다는 말이 진심이리라 믿으려 안간힘을 쓰면서. 외롭다는 그녀의 말은 어쩌면 진실일지 몰랐다.

＊

　나란히 거닐며 진입로를 내려가고 경내를 통과하자 호수가 나
왔다. 거대한 호수의 얼어붙은 표면이 달빛 속에서 반짝였다. 에
설이 잔 두 개에 와인을 채웠고, 우리는 제방에 자리잡았다. 내
외투를 벗어 돗자리로 썼다. 나는 얼어죽을 지경이었지만 행복
에 겨워 조금도 신경쓰이지 않았다.

　"어머니가 당신을 마음에 들어하지 않아요." 그녀가 불쑥 말
했다.

　"그럼 그 사람이 어머니입니까?"

　"물론이죠."

　"제 말도 좀 전해주시죠. 나 역시 그 사람이 썩 좋은 건 아니라
고."

　"아." 그녀가 와인을 한 모금 마셨다. "그렇게 나쁜 분은 아니
에요. 당신이 그분 최악의 모습을 본 것뿐이겠죠."

　"그렇습니까?"

　그녀는 잠시 생각에 잠겼다가 말했다. "내가 아주 어렸을 때
말이에요. 아버지가 나를 무척 예뻐하셨어요. 나는 아버지의 작
은 새, 그분의 꾀꼬리였답니다. 그분이 진짜 사랑에 빠져 결혼하
기 전까지는. 당신도 상상하다시피 그때부터 내 존재는 그분께

쥐잡이꾼 I　51

다소 불편해졌어요. 나는 놀이방으로 추방됐죠. 아주 오랜 세월을 보냈어요. 내가 사생아라는 사실을 들키기라도 할까봐 거기 그렇게 틀어박혀서. 그래도 아예 버려진 건 아니었죠, 완전히는 아니었어요. 맞아요, 어머니 덕분에. 그러라는 부탁도 명령도 없었지만 어머니는 거기 어딘가에 늘 있었어요. 나를 보살피면서."

"득시글거리는 쥐떼와 함께요."

에설은 대꾸하지 않았다. 와인만 홀짝일 뿐 나를 쳐다보지도 않았다. 잠시 뒤 그녀가 물었다. "있죠…… 당신이 덫을 만드는 방법 말이에요."

"네." 내가 대답했다.

"내 생각이 맞나요? 문이며 도르래며 경사로며 전부 무척 기발하지만 그 덫의 진짜 기교는……" 고개를 돌린 그녀는 이제 나와 시선을 맞추고 있었다. "당신의 제물이 원하는 바를 정확히 간파했다는 점에 있다는 게? 제물이 무엇을 필요로 하는지 말이에요."

"미끼 말씀이군요." 내가 고개를 끄덕였다. "야만적인 일이죠, 그렇습니다. 제대로 들여다보면."

그녀는 대답하지 않았다. 나는 그녀의 초록색 눈동자가 평소보다 반짝이고 있음을 눈치챘다.

"에설, 지금 울고 계십니까?"

그녀는 고개를 가로젓고 호수로 눈길을 돌렸다. 일이 분쯤 뒤 그녀가 다시 입을 열었다.

"내 미끼는 뭔가요?"

"무슨 말씀입니까?" 내가 물었다. 그녀가 의미하는 바를 정확히 알면서도.

"나는 무엇을 원하나요? 내가 필요로 하는 건 뭐죠?"

"제가…… 입에 담을 말이 아닙니다. 그렇습니다."

"그래도 생각은 해봤잖아요."

그때 나는 그녀를 어떻게든 웃게 만들어볼까 고민했다. 아니, 뭔가 현란한 것이나 영리한 말로 얘기를 딴 데로 돌릴까 생각했다. 하지만 "물론입니다"가 내가 내뱉은 말의 전부였다.

별안간 나는 오랜 세월 이 일을 하면서 갖게 된 사고방식에 극심한 자괴감이 들었다. 머릿속도 정리할 겸 자리에서 일어나 호숫가까지 짧은 거리를 걸어나갔다. 그녀가 나를 따르리라는, 더나아가 내 손을 잡을지도 모른다는 기대 또한 없지 않았다. 다만 그녀는 그러지 않았고, 나는 몇 차례 숨을 고른 뒤 다시 그녀와 합류했다. 달빛 속 그녀의 얼굴이 이상해 보였다. 혹 추위를 느끼는 건지 궁금했다.

"그애가 보낸 사람이 당신이 아니었다면 좋았을 거예요." 그녀가 말했다. "다른 사람이었다면 좋았을 거예요."

"제가 여기서 빼내드리겠습니다. 당신만 허락한다면." 내가 그녀에게 말했다. 단꿈에 젖은 남자라도 되는 듯 말을 뱉었다. "이곳은 잊어버리는 거예요. 국왕도 쥐도 당신의 어머니도 잊고 그냥 떠나는 거죠. 저와 함께 지낼 수도 있어요, 원하신다면요. 제 작업실과 창밖 풍경을 보여드릴게요."

그녀는 아무 말 하지 않았다. 나를 쳐다보지도 않았다. 그저 정면을 응시할 뿐이었고 표정에는 아무 변화가 없었다.

"터무니없는 소리를 하는군요." 마침내 그녀가 말했다. "다시 자리에 앉아 와인이나 들어요."

눈밭에 와인잔 두 개가 나란히 놓여 있었다. 그녀의 잔은 비었고 내 잔은 아직 가득하다시피 했다. 나는 와인을 벌컥벌컥 단숨에 들이켜고 말했다. "추우시죠. 이런 저녁에 야외에 앉는다는 건 어리석은 생각이었습니다. 궁으로 다시 모시겠습니다."

자리에서 일어난 그녀가 고개를 가로저으며 몸에 두른 모피 외투를 더 바짝 여몄다. "아뇨, 괜찮아요. 혼자 돌아갈 수 있어요. 어쨌든 여기는 내 집이니까요."

"지당하신 말씀입니다."

그녀는 내 외투로 손을 뻗어 거기 엉망으로 붙은 눈을 떤 다음 내게 건넸다.

그때 어째선지 나는 그렇게 느꼈다. 미끼니 덫이니 하는 얘기들은 다 제쳐두고, 그녀가 내게 진정 어떤 의미인지 설명하는 게 중요하겠다고. 하지만 어디서부터 시작할지 막막했다. "감사합니다." 내가 입을 뗐다. "당신을 만나기 전에는, 솔직히 말씀드리면, 이 세상 다른 누구에 대해서도 그런…… 그런 가능성을 염두에 둔 적이 결코……"

나는 잠시 수목을 응시하며 마음을 가다듬으려 애썼다. 다시 눈길을 돌렸을 때 그녀는 연민 비슷한 뭔가가 깃든 눈으로 나를 쳐다보고 있었다.

"저를 그런 눈으로 보지 마십시오." 내가 말했다. "에설, 하지 마세요. 제발 그런 눈으로 보지 마요."

나는 그녀의 손을 찾아 내 손을 뻗었다. 그러나 그녀는 내게서 몸을 돌리고 내달릴 뿐이었다. 눈 덮인 땅을 곧장 가로질러 왕궁으로 향했다.

"좋은 밤 보내십시오." 나는 떠나는 그녀의 뒤에 대고 외쳤다.

내가 그녀의 이상한 행동을 곱씹는 시간은 그리 길지 않았다. 왕궁 출입문에 미처 도달하기도 전에 근육 경련이 시작되고 호흡이 힘들어졌다. 사지가 벌벌 떨리고 창자가 뒤틀려와 몸부림치는데 뭔가가 머릿속을 스쳤다. 나는 주머니에 손을 넣어 에메랄드 더스트 통을 찾았다. 없었다, 뻔한 일이었다. 눈앞에 선연히 떠올릴 수 있었다. 그 법률가의 뜻 모를 말에 사로잡힌 내가 모든 걸 내팽개쳤던 복도, 장갑 옆에 놓인 가루통을.

나는 털썩 무릎을 꿇었다. 그러면서도 궁금하지 않을 수 없었다. 이게 다 내가 자초한 일이 아닌지. 그리도 대책 없이 선을 넘고 말았으니 말이다. 아아, 하지만 그 생각에 대적이라도 하듯 그녀의 눈이, 미소가 떠올랐다. 내게 허락된 게 고작 이런 취급이라니 도저히 믿을 수 없었다. 그 같은 아름다움을 품을 여지를 가진 세상임이 분명하다면 그 안 어딘가에 자비 또한 있지 않겠는가? 다음 순간 몸이 그토록 우악스레 경련하지 않았다면 나는 웃었을 것이다. 무의식에 빠져들기 전 두 눈에 마지막으로 들어온 장면이 바로 광활히 뻗어 별들로 가득한 하늘이었으므로.

심장마비

여행가방을 싸고 다시 싸는 게 몇 번이나 가능할까요? 무엇을 할지, 어디로 갈지, 아니 그보다 애초에 떠날 필요가 정말 있기는 한지 아직도 결론짓지 못했다는 데 번번이 놀라면서, 그저 놀랄 뿐이면서 말입니다. 런던은 나를 미치게 만들기 시작했습니다. 아니, 그 정도까지는 아니더라도 지독히 아프게 만들기 시작했는데, 어디가 어떻게 안 좋은지 규정할 수 없어요. 몹시 총체적인 느낌이라 무엇 하나를 딱 집어 말하기 힘듭니다. 상황이 이렇게 된 데는 런던의 엄청난 인파도 한몫합니다. 거리를 걷는 일에마저 수반되는 의지의 투쟁. 출퇴근 시간 지하철에서 경험하는 낯선 자와의 육체적 근접성. 그러니까 옆에 있는 여자가 짜증을 내며 쌀쌀맞은 표정으로 당신을 밀치고 자리를 옮기는 건, 조금 전 그녀와 등을 대고 선 키 큰 남자가 자기도 모르는 사이에 그녀를 배낭으로 내리눌렀기 때문입니다. 어떻게든 똑바로 서서 버티려 노란색 금속봉을 붙들고 있던 여자의 손도 그 와중에 같이 짓눌리고 말았거든요. 여기는 늘 이런 식입니다. 낯선 이가 무정하게, 심지어 잔인하게 구는 건 다른 이유 때문이 아니라 그저 이 도시에 존재하기가 몹시 불편해서, 불쾌해서입니다. 이곳은 가장 적합한 자의 생존만 허락할 뿐, 노인과 아이는 하나같이 병원이나 보육시설 혹은 신만이 아실 어딘가에 차곡차곡 정리해 넣습니다. 그런 걸 핑계삼아 시야에서 치워버리죠.

그러니 맞아요. 나는 이 도시에 있는 게 싫다고, 이곳의 속도가 싫다고, 여기서 변해가는 내 모습에 겁먹는 현실이 싫다고 말해도 무방합니다. 그런데도 아직 이렇게 남아 있네요. 남아는 있지만 이 도시에 하루하루 정나미가 떨어지고 기분은 최악을 달립니다. 그러면서 이제는 자꾸만 그때를 곱씹는 거예요. 지난 크리스마스에 킬로글린의 고향집에 갔다가 어찌나 당황했는지. 일단 케리공항에서 여권심사를 받는 데 걸리는 시간을 이해할 수 없었어요. 못 견디게 답답해하는 나를 발견했죠. 입국심사대의 여자가 그곳을 거쳐가는 가족과 죄다 안면이 있는데다 지극히 사소한 근황까지 모조리 전해 들으려는 듯 보였거든요. 존이 새로 장만한 자전거를 얼마나 즐기고 있는지, 이퍼네 아기는 건강한지 그리고 이가 나느라 겪는 고통은 좀 가라앉았는지, 핀턴의 개 알레르기는 여전한지 그리고 강아지 코코를 기르는 애니와 문제는 없는지, 하는 식으로요. 중간에 들른 신문가판대에서도 기다림은 계속됐습니다. 주인 로리가 스무 갑들이 말보로를 건네주기까지 나는 낡아빠진 1990년대식 금전등록기 위에서 느릿느릿 춤추는 그의 쪼글쪼글한 손을 쳐다보고 있었어요. 그러고 보니 누이의 표정도 떠오르네요. 아빠를 향한 내 인내심이 바닥나던 순간의 표정. 아빠가 생각을 만들어내고 말로 옮기기까지 너무 긴 시간이 걸린다는 게 이유였어요. 내가 속도를 높이는 꼭 그만큼 느려지는 듯한 아빠는 천천히 움직이다 못해 후진을 시작했습니다. 그분이 시간을 역행하면서 최근의 일들은 안개 속으로 사라지고 있죠.

다시 말하지만, 그럼에도 나는 여기 있습니다. 머물러보겠다고 열성을 다하는 건 확실히 아니고, 그렇다고 떠날 마음을 완벽히 먹지도 못한 채. 그리고 낡아빠진 여행가방을 꾸려서 '너무 큰' 옷장에 넣어둡니다. 가장 의외의 순간에 뭔가가, 계시나 마법 같은 해법이 나를 찾아오는 상황에 대비해서죠. 지금도 그렇고 지난 이백십사 일 동안에도 그래왔듯 내 인생의 문제가 그 어떤 결단으로 짜맞춰지는 일은 없을 겁니다. 그 이백십사 일의 하루하루가 직소퍼즐의 서로 다른 조각들이고, 그게 상자에 마구 뒤섞여 있는 것처럼요. 이 조각들이 맞춰져 새로운 그림으로 완성될 가능성이 어느 정도인지는 아직 결정되지 않은 듯해요.

내 약혼자 비어트리스가 출근하는 날이면—덧붙이자면 거의 매일입니다. 이따금 토요일에도 나가고요. 투지가 넘치는 사람이거든요—아무튼 그런 날이면 나는 '너무 큰' 옷장(자꾸 '너무 큰'이라고 말하는 건 옷장이 우리 침실의 절반을 차지하기 때문입니다. 합리적인 부류의 사람이라면 그런 규모의 인생을 살지 않을 게 분명해요)에서 여행가방을 꺼낸 다음 이십 분가량 시간을 들여 내용물을 살펴봅니다. 물건 하나를 제하고 전에는 필요를 느끼지 못했던 뭔가를 더할 때도 있죠. 가령 오늘 아침에는 나침반을 추가했습니다. 나침반은 늘 유용하니까, 나는 그렇게 결론지었습니다. 고정된 대상을 기준으로 지금 나의 위치를 알려주니까요. 목적지가 어디인지 확신할 수 없을 때조차.

어느 아침에는 가방 속 물건을 전부 꺼내 침대보 위에 줄줄이 늘어놓기도 합니다. 하나씩 차례로 만져보며 각각을 신중히 확인해요. 파운드화가 든 봉투. 유로화가 든 봉투. 우리가 사는 런던 집의 열쇠. 저멀리 킬로글린의 고향집 열쇠. 양모 재질 모자. 『바다, 바다』, 엄마가 갖고 있던 책인데 나는 아직도 읽을 시간을 내지 못했죠. 비상용 담배. 그리고 이제는 나침반까지. 회진이 끝나면 물건을 다시 가방에 넣고 걸쇠를 채웁니다. 그리고 그날 아침이 내가 가방

손잡이를 잡고 우리의 아파트를 떠나 다시는 돌아오지 않는 아침이 될지 여부를 고심합니다.

내 안에서 그 계기를 발견하고 런던의 거리로 나가게 될 수도 있을 겁니다. 가방의 해진 가죽 손잡이를 꼭 붙든 채 광대하고 오염된 도시를 구불구불 통과해 리버풀스트리트역으로 향하며 상상하겠죠. 고향집에 제때 도착해 엄마와 누이의 저녁식사 준비를 돕는 내 모습을. 때맞춰 도착한 덕분에 아빠가 나를 예전의 익숙한 아들로 알아보고, 다 함께 길고 산만한 아침식사를 하고, 해변을 걷고, 산중으로 드라이브를 가는 장면을. 우리 형제자매가 어렸을 때 늘 그랬던 것처럼요. 일단 리버풀스트리트역으로 가서 공항행 기차를 잡아탑니다. 공항에 닿으면 곧장 라이언항공 직원에게 걸어가 말하는 거죠. 케리행 편도 항공권 부탁합니다. 지불은 신용카드로 할게요. 아뇨, 금액은 상관없습니다. 세상에는 때로 그보다 중요한 것들이 있으니까요. 다만 목적지가 케리인 이상, 현란한 노란색과 파란색 제복을 입고 미소 짓는 데스크 여자 직원에게 높은 확률로 이런 소리를 듣게 될 겁니다. 오늘은 케리행 항공편이 없습니다. 수요일까지 기다리셔야 해요…… 다음 순간, 수요일이면 기다리기에 그리 긴 시간은 아니지만―인간의 삶이라는 원대한 프로그램과 지질학적 시간과 내가 이 도시에서 확신 없이 기다리며 보낸 세월만 벌써 이백십사 일이라는 사실을 감안하면 수요일까지는 그저 찰나일 뿐인데—어쩐지 이 결정에 정당성을 부여하는 급박함, 그 순간의 낭만적인 즉흥성이 결딴나고 맙니다. 그리고 내 마음은 비어트리스와 우리의 사랑스러운 런던 아파트, 그녀의 향초와 옷가지와 우리가 함께 구입한 그릇들이 있는 곳으로 떠밀리듯 되돌아가겠죠.

게다가 그건 도저히 용납할 수 없는 일일 듯합니다. 훨씬 나은 대접을 받아 마땅한 비어트리스 같은 사람에게는 너무 잔인해요. 그녀를 떠날 계획을 미리 세우고 수요일에 출발하는 항공권을 예약해놓은 다음 그녀가 직장에 있는 틈을 타 사라진다는 건. 퇴근하고 집에 오면 내가 거기 있으리라, 리소토를 만들거나 이웃의 험담을 하거나 그녀가 하고 싶어하는 모든 일에 생트집을 잡으리라 철석같이 믿고 있는 그녀일 텐데. 그래서 나—순전히 가상으로 그려보는 내 인생 속의 나에 해당하는 자—는 공항을 나와 기차에 다시 몸을 실을 겁니다. 집이 가까워올수록 가방은 점차 무거워지고, 그 속에 든 나침반의 바늘은 우리 런던 아파트의 현관과 공항 방면 사이를 회전하고 가리키고 오가겠죠. 내가 왔던 길을 되짚으며.

나는 저녁 도시의 혼잡함을 뚫고 걸을 거예요. 손도끼로 얼굴을 얻어맞은 듯한 표정의 통근자들이 내디디는 걸음을 이리저리 피하며(집에 가고 싶다는 그들의 확신이 내게도 있다면 얼마나 좋을까요) 보도와 빌딩들을 드디어 벗어나 하이드공원을 가로지릅니다. 여기는 덜 붐빕니다. 조급한 인파가 약간이나마 더 느긋한 분위기의 행인들로 대체되죠. 목적을 갖고 걷기는 마찬가지지만 그래도 이들은 도시가 승리하도록 내버려두지 않기로 마음먹고 이따금 고개를 들어 장미의 향기를 맡습니다. 나도 장미 향기를 맡아보려 시도는 하겠지만 결국 깨닫게 될 것은 내 주변이 온통 녹음이라 해도 발밑은 여전히 아스팔트라는 사실입니다. 하이드공원이야 당연히 아름답겠죠. 나 같은 상태(상태라는 말이 딱 맞겠습니다. 그게 무슨 상태인지는 모르겠지만)가 아닌 행인에게는요. 나는 그저 혼란스러울 뿐입니다. 런던이라는 아수라장—더 도드라져 보이려 경쟁이라도 하는 듯한 건물들, 고층아파트와 사무실, 선로들—의 심장부에 있는 게 겨우 인공호수와 아스팔트길과 비둘기, 그리고 이렇게 휑하니 펼쳐진 공간이라니 속상한 기분마저 듭니다.

나는 한참 늦은 시각에 집에 도착할 테죠. 하지만 이 가상의 세계에서 방랑하는 내게 시간은 아직 충분합니다. 여행가방—이제 정말 무겁네요. 전에는 이걸 대체 어떻게 들어올렸나 싶을 정도로—을 '너무 큰' 옷장에 다시 집어넣고 손과 얼굴을 씻은 다음 머리를 빗고 있으면 비어트리스의 소리가 들립니다. 내 약혼자 말입니다, 이름이 비어트리스죠. 그녀의 열쇠가 잠금장치

안에서 돌아가는 소리가 들립니다.

"안녕, 자기." 그녀가 말합니다. "외출했었어?"

"세인스버리 마트에 다녀왔어." 나는 그녀의 입맞춤 인사에 입맞춤으로 답하며 말합니다.

"저녁거리는 샀어?"

"아니." 내가 대답하죠. "아니, 미안해. 깜빡했어. 염소젖 치즈를 사려고 했는데 마음에 드는 걸 못 찾았어."

"자기는 마음에 드는 걸 도통 찾는 법이 없지." 비어트리스가 말합니다. 딱 봐도 짜증이 났네요. 이렇게 생각해서겠죠. 얼마나 정신을 놓고 있었기에 저녁거리를 사야 한다는 사실도 잊었어? 내가 일하는 동안 어쨌든 당신에게는 하루 온종일의 시간이 있었던 셈인데. 그런 그녀에게 나는 굳이 털어놓지 않습니다. 내게 뭔가 큰 문제가 있는 것 같다고. 머리가 아프고 가슴이 아프고 속이 아프다고. 지금 도무지 정체를 알 수 없고 내 모든 것을 집어삼키는 질병에 시달리고 있다고. 그녀에게 따로 되새겨주지도 않습니다. 내 조부모는 할아버지가 자란 섬에서 낙농장을 운영했고, 거기 염소들은 할아버지네 목초지에 난 풀만 먹었으며, 할머니가 만든 염소젖 치즈에는 시아주버니가 해안에서 채취한 해초가 얼룩덜룩 박혀 있었다고. 그러니 내가 원하는 치즈를 여기서 찾지 못하는 건 당연한 일이라고. 앞으로도 찾지 못하겠지만 그렇다고 찾기를 멈추지는 않을 거라고. 물론 여행가방이나 공항, 기차에서 빙글빙글 돌던 나침반 얘기는 꺼내지 않습니다.

나는 보통 비어트리스에게 일자리를 찾으며 시간을 보낸다고 말합니다. 그녀는 늘 대답합니다. 서두를 것 없다고. 자신이 버는 돈이면 당장은 함께 생활하고도 남는다고. 나도 내 몫의 역할을 하고 싶은걸. 내가 이렇게 말할 때마다 그녀는 진지하고 아량 있게 고개를 끄덕입니다. 비어트리스는 좋은 사람이 되려고 의식적으로 무진장 노력하는 편이에요. 천성적으로 좋은 사람이 아니라는 뜻은 아닙니다. 그 방면으로 엄청나게 노력하며 산다는 의미일 뿐이죠. 이게 무슨 말인지 이해될지는 모르겠지만.

"물론이지." 나 또한 일을 시작하고 싶은 마음이라고 얘기하면 그녀는 언제나 말합니다. "물론 나도 이해해."

그런 이유로 나는 비어트리스에게 일자리를 찾는 중이라고 얘기합니다. 그게 거짓말 같지도 않습니다. 그보다는 단순화에 가깝죠. 왜냐면 내가 하는 일, 그러니까 하루종일 거리를 배회하고, 하이드공원의 새들에게 퀴퀴한 빵부스러기를 던져주고, 상점의 진열창 안을 들여다보고, 그리고……

### 스톱_모션
21세기 댄스 오디세이 by 웬들 브라운

# 살찐 고양이에게 목숨 아홉 개가 웬 말이냐!
# 금융권을 응징하자!

스페이스 vs. 인스페이스:

새로운 정신의 포토그래피

청소해드립니다: 신속하고 꼼꼼한 신뢰의 업체!

시간당 £8.50. 자세한 문의는 0784965263으로!

이런 내용의 전단지들을 주워드는 등의 모든 일들이 뭐랄까, 따로 명칭은 없지만 뭔가 일자리 찾기와 상통하는 듯 느껴지니까요. 이게 무슨 말인지 이해될지는 모르겠지만. 내가 여기 이 도시에서 뭔가를 찾고 있는 것만큼은 사실이다, 이런 느낌이죠. 찾는 게 정확히 무엇이냐, 나도 잘 모르겠습니다. 눈으로 보는 순간 알아채리라 생각은 해요. 하지만 뭔가를 찾아 헤매는 듯한 기분에 빠진 이들도 다들 그리 믿겠죠. 하다못해 가장 답 없는 사람들마저도. 아님 그쪽으로는 아예 신경을 끄고 살든지요.

그래서 오늘 나는 어쨌든 거의 매일 하는 일들을 했습니다. 그러고는 템스강을 따라 거닐고 그린공원을 통과해 피커딜리 거리

방면 출입구 근처의 신문가판대로 갔죠. 내게는 지금도 놀라운 일입니다. 런던에 신문가판대가 터무니없이 부족한데다 지금껏 살아남은 극소수도 주류 판매에 의지해 근근이 버틴다는 사실이 말이에요. 아무튼 내가 보러 오는 이 남자, 내가 아침마다 신문을 사는 가판대의 남자는 진정한 의미의 범세계주의자죠. 세계 도처에서 발행되는 신문을 다 갖다 팔거든요. 나는 〈아이리시 타임스〉를 한 부 집어 남자 앞의 카운터에 내려놓습니다. "이것만 할게요"라고 말하면서(대체 나는 왜 뭘 살 때마다 이것만 할게요 또는 이것들만 할게요를 덧붙이는 걸까요?). 그리고 아주 잠시 고향에 있는 듯한 기분을 느낍니다.

"댄." 그가 외칩니다. 신문가판대의 남자 말입니다. 당황스러울 정도로 확신에 차 내 이름을 부르지만 나는 그의 이름이 기억 날 것 같지 않습니다. "어찌 지내고 있어요?"

남자는 매일 아침 이렇게 물어요. 내가 그를 마지막으로 본 게 고작 이십사 시간 전인데. 그보다 짧을 때도 있습니다. 간간이 저녁 귀갓길에 들러 인사하기도 하거든요.

"그럭저럭요." 나는 현금을 찾아 주머니를 뒤지며 말합니다.

"그럭저럭?" 그가 포효하죠. "그럭저럭? 이렇게 아름다운 날에?"

나는 빙긋 웃으며 5파운드짜리 지폐를 찾아 건넵니다.

"〈아이리시 타임스〉라." 남자가 잔돈을 세며 말합니다. "나는 아일랜드가 좋아요." 그가 내게 이 말을 한 게 최소 일흔여덟 번은 될 거예요. 내가 런던에서 맞이한 아침들의 수에서 이 남자와 신문가판대를 찾아내기까지 걸린 날수를 빼고, 거기서 다시 비어트리스가 집에 있고 내가 외출하지 않는 일요일을 빼면요. 며칠 안 되지만 남자가 내게 그 같은 말을 할 필요를 느끼지 않았던 날도 빼고, 그리고 당연히 그 이상한 날도 빼야죠. 그날 나는 아파서, 아니 뭔지 모를 이유로 지독히 우울한 탓에 신문을 읽을 생각조차 못 했거든요.

좀 웃기는 얘기인데, 이 신문가판대 남자를 보고 있으면 어째선지 형이 떠오릅니다. 내 형 키어런, 나보다 세 살 많고 지금 더블린에서 교수로 일해요. 형과 남자가 그리 많이 닮은 건 아닙니다. 사실 둘의 외모는 전혀 딴판이에요. 일단 나이만 보더라도 키어런이 남자보다 수십 살은 젊거든요. 하지만 이 가판대 남자의 태도, 그가 풍기는 분위기 속에는 내가 형을 떠올리지 않고는 못 배기게 만드는 뭔가가 있어요, 왠지 그래요. 어쩌면 단순히 그의 턱 생김새 때문일 수도, 혹은 말할 때 눈썹을 아주 많이 움직이는 모습 때문일 수도 있습니다. 그저 찰나의 인상일 뿐이지만 그 순간순간마다 나는 대입시험을 마친 그해 여름으로 되돌아가는 길을 찾아낸 듯한 기분을 느껴요. 그때 나는 형이 집을 떠나 일 년 남짓 재직중이던 대학으로 그를 만나러 갔습니다. 우리 둘은 비 내리는 오코넬스트리트에 서 있었는데, 형이 서브웨이 샌드위치를 쩝쩝거리면서 자기 학회에 참여하는 여학생에 얽힌 일화를 얘기하는 사이 747번 버스들이 획획 소리를 내며 우리 뒤쪽의 빗물 웅덩이들을 헤치고 나아갔죠.

"나는 아일랜드가 좋아요." 가판대 남자가 다시 말합니다. 나는 그가 홀로 그 말을 반복했을 아침의 숫자를 머릿속에서 여든여섯 번으로 올립니다. 그런데 그가 다음 순간 덧붙입니다. "우리 아들이 거기 있거든요." 그 말은 오늘이 처음입니다. "더블린에요. 착한 아이죠, 우리 아들은. 아일랜드 사람들이 그애를 예쁘게 봐줘야 할 텐데요."

"분명 그럴 거예요." 내가 말합니다. 하지만 인정할게요. 나는 남자의 말을 거의 듣고 있지 않습니다. 내 일부는 무슨 이유에선지 또다시 염소젖 치즈를 떠올리고, 그것을 뺀 나머지 대부분은 여전히 형 생각에 사로잡혀 있거든요. 학창시절이 아니라 지난 크리스마스에 보았던 형의 모습이 머릿속을 떠나지 않는 거죠. 엄마와 함께 부엌에 앉은 형의 얼굴은 찻잔에서 피어오르는 김으로 흐릿했습니다. 형이 이듬해 봄에는 집에 더 자주 들러 아빠를 돌보겠다고 약속하는 중이었어요. 식탁보 너머로 손을 뻗어 엄마의 손을 잡고서 더블린은 그리 멀지 않다고, 힘들 것 전혀 없다고. 기차 타면 잠깐일 뿐이니 오전 강의가 없는 날에는 주중에도 들를 수 있다고 얘기하더군요.

"녀석이 그리워요." 간판대 남자가 말합니다. "하지만 그애는 젊으니까요. 당신 나이쯤일까, 그렇겠군요. 당신 같은 젊은이들은 세상을 여기저기 둘러봐야 하는 법이죠, 그렇잖아요? 탐험도 하고, 새로운 곳에서 살아보기도 하고. 그래도 착한 녀석이거든요. 준비가 되면 집으로 돌아와 이 애비 곁에 정착하겠죠."

준비가 되면. 이 애비 곁에. 그건 마치 이들 부자의 유대가 몹시 끈끈해서 둘 중 하나가 줄행랑치는 위기 상황은 전혀 염려가 안 된다는 말처럼 들립니다. 어차피 그들 앞에 널린 게 시간이라는 듯 말이죠. 남자가 건네는 잔돈을 받은 나는 외투 주머니에 아무렇게나 집어넣습니다. 나중에 그 동전들을 찾느라 애를 먹기 십상이겠죠. 개중 조그만 녀석 몇 개는 주머니 이음매 사이의 구멍에 빠져 안감 속을 떠다닐 겁니다. 수년간 이 외투 속에 빠진 작은 동전들만 해도 상당할 거예요. 유로, 파운드, 달러. 거기다 이 외투가 아직 새것일 때 입고 스톡홀름으로 떠났던 그 괴상한 가족여행에서 생긴 스웨덴 크로나까지 있겠죠. 그런데도 내가 아직 자성을 띠지 않는다니 정말 기적입니다. 아니, 이미 자성을 띠고 있을지도요. 그리고 어쩌면 내가 지닌 이 자기장 때문에, 순전히 개인적인 혼돈과 엉성한 외투 이음매가 야기한 이 혼란스러운 효과 때문에 내 가방 속 나침반이 방향을 오독하게 될지도 모르겠네요. 나는 〈아이리시 타임스〉를 손에 들고 가판대 전면에 그득하니 진열된 온갖 신문의 헤드라인을 훑습니다……

리스본조약 50조 발동 후 일 년, 브렉시트 시계는 멈추지 않는다.

기후 변화가 몰고 올 파국, 손쓸 시간은 앞으로 십 년 남짓.

비비원숭이 50마리 탈출한 파리 동물원, 방문객 대피 소동.

"힘내요, 댄." 가판대 남자가 말합니다. "모쪼록 몸조심해요."
그 원래의 의도가 무엇이든 내게는 남자가 방금 한 말이 진심인 것처럼, 그냥 하는 인사말이 아닌 것처럼 들리는 겁니다. 이게 사실 런던에서는 이상하고 부적절하고 전례 없는 일인데 말이죠.
나는 당장이라도 남자의 손을 붙들고 이렇게 묻고 싶어집니다. "이처럼 대책 없이 분열되는 기분을 느껴본 적이 있나요? 온 세상이 조각조각 떨어져나가는, 별개의 위성들로 박살나는 기분을? 모든 것의 부품들이 죄다 분리되어 협력도 결집도 포기해버린 듯한?"

그렇지만 입을 열었을 때 귀에 들리는 내 목소리는 이렇게 말할 뿐입니다. "내가 있을 곳은 여기가 아니라는 생각을 해본 적이 있나요?"

남자는 약간 웃긴다는 듯 나를 쳐다보지만 대놓고 웃거나 하지는 않습니다. 내 질문에 대해 생각해보는 것 같아요.

"딱히 없는데요." 마침내 남자가 대답합니다. "게다가 그런 기분이 든다면 그리 오래 붙어 있진 않을 것 같네요, 그게 어디가 됐든."

"계속 궁금했거든요." 나도 모르게 말을 이어갑니다. "내가 지금껏 해온 이걸 이젠 그만둘 때가 아닐까. 런던 사람인 양 행세하는 것 말이에요."

"행세한다고 생각하는 이유가 뭔데요?" 남자가 묻죠.

"글쎄요, 뭐랄까, 지금 어떤…… 모르겠어요. 지금 어떤 통증이 있거든요, 여기 이쯤에. 앞을 선명히 보는 것도 힘에 부치고요."

"이봐요, 친구. 병원에 가봐야 하지 않을까요."

"나는 괜찮아요." 내가 대답합니다. "고단한 하루였을 뿐이에요." 고단한 이백십사 일.

"다 괜찮아질 거예요." 남자가 내게 말하죠. "어쨌든 모든 게 나아지고 있잖아요. 봄이 오고 있어요, 잊지 마세요."

그에게 고개를 끄덕여 작별인사를 하고 피커딜리 거리를 배회하던 중 나는 태양에 덧입혀진 새로운 온기를 실제로 알아채고 시선을 들었습니다. 아직은 겨울나무일 뿐이라 거미다리 같기만 한 나뭇가지에서 때 이르게 제 존재를 알리는 새순 몇 개가 보였어요. 나는 신문을 팔 아래에 더 단단히 끼우고 지하철역으로 향하는 최악의 인파를 피하려 길을 건넜습니다. 그리고 순간적으로 확연히 가벼워진 걸 느꼈어요. 심란함이 다소 줄고 세상이 좀 더 편하게 다가왔죠.

그런데 그때, 기분이 막 나아지기 시작한 순간에 그 이상한 일이 처음 벌어졌습니다. 적어도 내가 생각하기에 그때가 맞는 것 같아요. 완벽히 확신하는 건 아닌데, 그러니까 정말 기이한데다 아주 순식간의 일이라 내가 눈치챘을 즈음에는 모든 게 다시금 정상처럼 보였거든요. 물론 처음에는 내가 무방비 상태였던 탓도 있습니다. 그 일은커녕 그와 비슷한 일조차 예상해본 적이 없었거든요. 뜻밖의 새싹을 발견하고 계절의 변화니 세월의 흐름이니 하는 문제를 생각하느라 정신이 산란하기도 했고요. 하지만 진짜로 분명히 느꼈습니다. 우리 인간이 그렇잖아요. 자기 몸에 단연코 옳을 리 없는 어떤 문제가 생기면, 여기서 뭔가 불길한 일이 벌어지면 그냥 알도록 짜여 있죠. 내가 느낀 게 딱 그랬습니다. 가슴 한복판에서 시작해 왼팔과 손목으로 내달리는 날카로운 통증…… 다음 순간 스치는 장작 타는 냄새, 근방에서는 아무것도 타고 있지 않은데. 그리고 얼굴에 빗방울이 닿는 감촉, 하늘은 완벽히 맑은데. 뒤이어 희미하게 들리는 파돗소리와 뒤섞여 바닷물처럼 짜릿하게 혀를 쏘는 짭짤한 맛……

아, 나는 그 모든 것을 무시하려 정말 애썼습니다. 억지로 딴 생각을 했어요. 아까 신문가판대 남자의 말에 참으로 힘이 났었다. 내일은 꼭 그의 이름을 다시 물어야겠다, 어쩌면 나는 여기 런던에서 비어트리스의 친구들하고만 어울리는 대신 내 친구를 사귀려는 노력을 더 해야 할지도 모르겠다, 왜냐면 봐라, 간단한 대화만으로도 얼마나 큰 변화를 만들어낼 수 있는지…… 나는 콧노래를 흥얼거리며 여기로, 하이드공원으로 왔습니다. 중간에 코스타 커피 매장 근처의 상점에 들러 퀴퀴한 빵도 한 봉지 샀죠. 공원에서 잠시 느긋이 있으면서 햇빛을 즐기고 신문을 읽고 비둘기들의 배도 채워줄 생각이었습니다.

런던으로 이사하기 전에 비어트리스와 나는 더블린에서 사 년을 살았습니다. 그곳에서 우리는 괜찮은 한 쌍이었어요, 내 생각에는요. 둘의 삶은 꽤나 비슷했죠. 당시에는 나도 직장이 있었고 일도 나름대로 재미있었어요. 아니, 적어도 싫지는 않았어요. 더블린에는 친구도 많았습니다. 우리는 참 많이 웃었고, 잠은 그리 많이 자지 않았으며, 미래를 고민하지도 않았습니다. 아니, 적어도 나는 그랬어요. 우리는 늘 무척 바빴습니다. 항상 시간에 쫓기는 부류의 사람들이었죠. 어느 화창한 토요일, 그래프턴스트리트 근처에서 쇼핑을 하던 중에 비어트리스가 열심히 일하고, 열심히 놀고, 친절을 베풀라라고 적힌 포스터에 완전히 마음을 빼앗겨서는 그걸 사다가 우리 식탁 위에 붙여놓은 적이 있어요. 이제와 돌이켜보면 당시에는 세상이 그 정도로 단순하게 느껴졌고, 잘사는 인생을 꿈꾸고 유지하는 일 또한 쉽게만 보였죠. 그 시절 나는 가상의 다른 삶이 가진 장점을 따져보는 일이 거의 없었고, 혹 그런 생각을 하더라도 하나같이 터무니없고 행복한 종류의 백일몽일 뿐이었어요. 나에 대해 상상하곤 했던 것들…… 그 전부는 과거의 기억보다 미래의 아이디어에 훨씬 큰 비중을 두고 키워낸 꿈들이었습니다. 가령 이런 상상을 자주 했어요. 매일 내게 아주 약간이나마 숨 돌릴 틈이 주어진다면, 돈을 벌거나 허드렛일을 하거나 친구들을 상대하지 않아도 되는 여유시간이 조금이라도 생긴다면 춤이나 그림을 배울 거라고, 혹은 내친 김에 소설을 써볼 거라고요.

미안합니다. 핵심을 벗어난 소리를 했지 싶네요. 하지만 무엇이 진정으로 유의미하고 무엇이 부수적인지 판단하기가 무척 힘듭니다. 맹세컨대 이제껏 설명한 모든 것에서 비롯된 뭔가가 지금 내 상태의 골자이자 중심, 원인이자 요점일 테니까요. 그중에 반드시 그 핵심이란 게 있어야 합니다. 그렇지 않으면 내게 무슨 문제가 있는 건지 어떻게 알아내겠어요? 그중의 뭔가인 게 확실합니다. 지금껏 내가 당신에게 한 얘기와 굉장히 비슷한 생각—정확히 무슨 내용이었는지는 안타깝게도 잘 모르겠습니다—을 하고 있을 때 그 이상한 일이 다시 일어났거든요. 이쪽 길을 따라 걷고 경사로를 오르고 저쪽으로 이동하며 새 모이를 주던 중이었는데, 이제 온전히 두 번이나 겪고 나니 정말 걱정되기 시작합니다. 그런데다…… 글쎄요. 여기 이렇게 앉아 당신에게 얘기하다보니 인정할 수밖에 없겠습니다. 내게 뭔가 불길한 일이 벌어지고 있습니다. 가슴 한복판에서 시작해 팔을 타고 손가락으로 이동하고 다리로 전해져 발가락까지 이어지는 불길한 것이요. 하품이나 구토증을 억누르는 사람처럼 지금 이 순간에도 내가 억누르고 있는 이 느낌. 별일 아닐 수도 있습니다. 아무 일도 아닐 수 있어요. 병원에 가서 뭐가 문제인지 설명하라면 제대로 할 수 있을지 모르겠거든요. 그런데도 떨쳐버릴 수 없을 듯합니다. 말하자면 바싹 말라버린 듯한 이 느낌, 내 육신을 이어붙여 온전한 상태로 유지해주는 점토가 어째선지 점점 바닥나는 듯한 느낌을요. 그뒤를 잇는 원인 모를 장작불 냄새, 그리고 바다, 툭 떨어지는 빗물의 감촉…… 이 모든 것이 실제일 가능성은 지독히도 낮은 듯해 나는 걱정도 되고 당혹스럽기도 합니다.

어느 미래 속의 나에 해당하는 자는 비어트리스와 런던에 대해 놀라울 정도로 확신하며 잠에서 깰지도 모릅니다. 그 사람은 여행가방의 손잡이를 잡고—이제는 가방도 가뿐히 들어올릴 수 있습니다. 새털처럼 가벼울 테니까요—빳빳한 흰색 셔츠와 새로 광을 낸 구두 차림으로 성큼성큼 걸어나가 하이드공원의 이 호수, 지금 우리 앞에 보이는 이 호수로 올 겁니다. 그러고는 여행가방을 쥔 손을 앞뒤로 휘휘 내저을 거예요. 가방이 포물선의 정점에 도달하는 그때, 손잡이를 놓습니다. 가방이 하늘로 솟구쳐오릅니다. 허공에 붕 뜬 상태로 한순간 정지해요. 가방에 지배적으로 작용하는 힘이 아까 내던져지던 추진력에서 호수 쪽으로 잡아당기는 단순한 중력으로 전환되며 아슬아슬한 균형을 이룹니다. 그 순간, 그 정지의 순간에 엄마가 준 책의 표지가 앞뒤로 활짝 펼쳐지고, 이런저런 지폐들이 봉투를 빠져나와 뒤섞이고, 열쇠들이 쨍그랑거리고, 오늘 아침에 내가 넣어둔 나침반의 바늘은 그 열렬한 회전을 단숨에 멈추고 마침내 스스로를 추스를 겁니다. 내 외투 안감에 모인 잃어버린 동전들의 혼란스러운 자성으로부터 드디어 자유로워지는 찰나인 셈이죠. 나는 그런 생각이 듭니다. 본능적으로 느낍니다. 나침반 바늘이 진북에 정착하는 바로 그 순간, 나와 저 여행가방의 연결고리가 비로소 끊어질 거라고. 내 깊숙한 중심에 봉인되고 숨겨진 뭔가가 해방되고 내 삶에 새로운 단순함이 찾아올 거라고 말이죠. 이윽고 가방이 호수로 떨어지며 오리떼를 흩어놓을 테고, 나는 가방이 바닥으로, 호수의 중심부로 가라앉는 모습을 지켜볼 겁니다.

이렇듯 머릿속이 맑아진 나에 해당하는 자, 아까 말했다시피 각 잡힌 셔츠와 말쑥한 구두 차림의 그는 정신을 가다듬고 가서 직장을 구할 겁니다. 유용하고 평범한 일을 하는 그곳―전면창이 달리고 고무나무가 있는 사무실쯤 될까요―에서 마침내 자신의 삶을 끌어안게 될 거예요. 부여받은 것 자체가 크나큰 행운인 그 삶을요. 그의 몫으로 할당된 듯한 이 세상 속 빈칸에 드디어 자신을 끼워넣을 겁니다. 그의 치수에 딱 맞춰 비워놓은 듯한 공간이군요. 그래달라고 요청한 적이 있는지는 기억나지 않지만. 그 사람은 모든 질문들을, 역방향으로 내내 저어온 노질을, 조류에 맞서 싸우려던 발버둥을 그만둘 겁니다. 일 년에 세 번씩 고향집을 방문하고, 더 자주 못 온다고 불평하지 않을 거예요. 실은 그런 생각 자체를 아예 하지 않고, 고향집을 실수로 우리집이라 부르기를 계속하는 일도 더는 없을 테죠. 부모님을 방문할 때 비어트리스도 데려가고, 킬로글린의 모두가 두 사람이 함께인 모습을 보고 기뻐할 겁니다. 상태가 서서히 악화되는 아빠를 본다는 건 그에게도 당연히 서글픈 일이겠죠. 하지만 그 때문에 오히려 방어적으로 굴며 경멸 섞인 행동을 하는 일은 없을 거예요. 매사를 무조건적으로 대책 없이 의심하지 않을 테고, 무너져 내리지도 않을 겁니다. 아빠의 병이 자기 존재를 무너트릴 위협으로 느껴지는 지금과는 다를 거예요. 그는 유능하고 야무진 사람이니까요. 파티에 가서 낯선 이에게 자기 얘기를 털어놓고 당당히 행동할 줄 아는 누군가, 가엾은 비어트리스에게 마침내 자랑거리를 안겨줄 수 있는 누군가 말입니다.

나는 우리의 첫 만남을 생각하곤 해요. 비어트리스와 내가 대학생이던 시절, 던 래리의 대저택에서 열린 파티에서였어요. 주최자가 누구인지는 몰랐습니다. 형을 따라간 거였거든요. 키어런이요. 내가 형 얘기를 했던가요? 생각해보면 당시의 비어트리스는 꽤 다른 느낌이었습니다. 거의 태평했다고나 할까요. 상당히 느긋한 사람, 원피스에 레드와인을 쏟고도 웃을 수 있는 사람. 아무튼 머리칼은 지금보다 길었고, 인류학을 공부하는 중이었죠. 그때의 내게는 그녀의 영국인스러움이 무척 이국적으로 다가왔던 것 같습니다. 우리는 음식이 놓인 테이블 곁에서 대화를 시작했어요. 장소가 장소인 만큼—어쨌든 던 래리 아닙니까—흔히들 생각하듯 갖가지 간식이 잔뜩인 테이블 중앙에 모듬치즈가 놓여 있었죠. 나도 모르게 비어트리스에게 할아버지와 낙농장, 그곳의 염소와 큰할아버지의 해초 얘기를 했습니다. 고향집에 방문하는 조부모님이 번번이 치즈를 어찌나 많이 가져왔는지 온가족이 몇 날 며칠을 끼니때마다 먹어야 했던 일, 그럴 때면 빙긋이 본인 특유의 미소를 짓는 아빠를 보며 우리가 매번 웃음을 터트리던 일도요. 이처럼 부모가 만나러 올 수 있는 대가족을 자신이 일구었다는 사실에 아빠가 얼마나 큰 자긍심을 느끼는지 훤히 보였거든요. 그리고 잘 모르겠습니다…… 그러니까 지금 내 얘기가 꽤나 터무니없고 어쩌면 비상식적으로까지 들릴 수 있다는 걸 나도 잘 알아요. 치즈를 낭만의 대명사로 보기는 힘드니까요. 최소한 일반적인 관점에서는 그렇죠. 하지만 거기에 비어트리스와 앉아 있으면서 나는 확신했습니다. 내가 이 얘기를 나눌 사람은 그녀뿐이라고. 당장 얘기해야 한다고. 소다빵 위에 염소젖 치즈 스프레드가 올려져 있는, 고향의 맛과 아주 근접한 그 순간에.

고작 몇 년 사이에 얼마나 많은 게 달라질 수 있는지 생각하면 재미있습니다. 몇 년이 아니라 몇 주, 몇 개월, 혹은 이백십사 일—아니, 이백십사 일 하고도 절반, 오늘도 계산에 넣는다면요—만에도 많은 게 달라집니다. 흐르는 시간이 당신을 함께 데려가주지 않는다고 느낀 적이 있나요? 나는 가끔 궁금합니다. 아빠가 느끼는 감정이 그런 게 아닐까. 이제 이런저런 것들을 망각하기 시작한 상황에서 말입니다. 아빠는 특히 최근의 경험을 기억 못할 때가 많습니다. 그래서 다른 이들의 시간은 수주일이 흘렀는데, 나머지 우리는 더 빨리 더 멀리 움직이고 있는데, 오직 아빠만 외롭고 휑하니 홀로 정지한 점으로 남는 듯합니다.

그런데 들어보세요, 지금, 지금 더 심해지는 것 같아요. 내 팔에서 계속 벌어지는 그 이상한 일이요. 이제는 정말 꽤나 강력하게 느껴집니다. 그리고 그게…… 살짝살짝 돌아다녀요. 내 생각에는 가슴 근육 안쪽인 듯한데. 그게…… 글쎄요, 솔직히 얘기할게요, 걱정이 됩니다. 그러니까, 진심으로 걱정스러워요. 내가 정말 아픈 거면 어쩌죠? 아님 나도 모르게 무슨 물질에 노출되고 만 걸까요? 인생의 이상상태에는 왜 합리적이고 용인된 대책이 없는 겁니까? 아니 인생은 둘째 치고 지금 내가 겪는 이상상태에 대한 대책은 대체 뭔가요. 화상, 좋습니다. 수막염, 뇌진탕, 심장마비…… 그러니까, 말이 씨가 될까 두렵기는 하지만 이런 사정들에는 용인된 대처방식이 있죠, 그렇지 않나요? 특정 사례에 적합한 조치도, 어떤 상황에서든 어김없이 합리적이어서 상태를 호전시킬 조치도 취해볼 수 있습니다. 그런데 정해진 진단명이 없을 때는 어떡하죠? 뻔한 얘기 아닙니까? 내 어디가 문제인지 알기 전에는 치유책이든 치료법이든 찾아낼 가망이 없습니다. 나 자신이라는 이 덫에서, 고문에 가까운 이 생각과 문장들에서, 이 상태와 내 가슴속 통증에서 벗어날 탈출로를 발견하리란 희망은 전무합니다. 지금 내 얘기 잘 따라오고 있는 거죠, 그렇죠?

내 말이 무슨 뜻인지 이해하겠습니까?

*

리앤은 손에 든 피자를 한입 베어 물고 씹는다. 오리 한 마리
가 서펜타인호수의 수면을 스치듯 지나 물에 내려앉더니 깃털과
날개를 몸 밑으로 단정히 밀어넣고 헤엄칠 준비를 마친다. 공기,
물, 오리떼. 그녀는 대니얼의 말이 잠시간 벤치를 중심으로 선회
하며 그들 두 사람의 머리 위를 떠다니도록 그냥 둔다. 그런 다
음 재킷 소매로 입을 닦는다.

"어디에, 그분 이름이 뭐였죠? 비어트리스? 이 얘기들 속에
비어트리스는 어디 있는데요?"

"지금은 직장에 있겠죠." 대니얼이 말하고 시계를 확인한다.
"저녁 여덟시, 혹은 아홉시쯤 집에 올 겁니다. 직장이 우리 아파
트에서 멀진 않지만 비어트리스는 늦게까지 일하는 편이죠. 가
끔 체육관에 들르기도 합니다. 투지가 넘치는 사람이거든요."

"그녀를 충분히 사랑하세요?"

"네?"

"간단한 질문이죠." 리앤이 피자를 한입 더 베어 물고 고개를
양옆으로 돌리며 목을 풀어준다. 대니얼이 얘기하는 동안 벤치

에 구부정히 앉아 있느라 목이 뻣뻣하게 굳었다. "그녀를 사랑하세요?" 리앤이 묻는다.

"원래 질문은 그게 아니잖아요." 그가 말한다.

"뭐라고요?"

"처음에는 그렇게 물었죠. 그녀를 충분히 사랑하세요, 라고."

"이러나저러나 같은 말이죠, 어쨌든. 아닌가요?"

"전혀 그렇지 않습니다, 전혀요."

"글쎄, 그 질문에 답할 수는 있나요?"

"둘 중 어느 질문에 대한 답이요?"

"아, 어서요."

"아뇨, 정말, 두 질문은 결코 같지 않아요."

"정 그렇다면 '그녀를 충분히 사랑하세요?'에 대한 답이요."

"나는, 모르겠어요. 아주 사적인 질문이라서. 게다가 입안 한가득 음식을 물고 말하는 건 결례예요."

리앤이 한숨을 내쉰다. "내가 도와주기를 바라죠, 아닌가요?"

"누군가의 도움을 원하긴 하죠."

"그러니까⋯⋯" 리앤이 다시 목 근육을 푼다.

"내 말은, 누군가의 도움을 원하긴 하지만 거기에도 나름의 기준은 있다는 거죠." 대니얼이 말한다. "딱 봐도 형편없는 판단력의 소유자거나 심리적으로 문제가 있는 게 분명한 사람은 싫습니다."

리앤이 눈을 흘긴다. "자, 내가 하려는 말은…… 그러니까 이 상황 전체를 놓고 봤을 때 이상한 점은 당신이 비어트리스 얘기를 거의 안 한다는 거예요."

"비어트리스 얘기도 하는데요."

"그녀와 결혼을 약속한 남자치고는 안 한다는 말이죠."

"아뇨, 나도 비어트리스 얘기를 합니다. 해요. 그녀가 그 저…… 지금은 그리 큰 문제가 아닌 것뿐입니다. 아니, 문제의 전부는 아니죠. 지금 그녀는 딱히 내 걱정거리가 아닙니다."

"그녀에게 왜 결혼하자고 했어요?"

"나는 그런 적 없습니다."

"그런 적 없다고요?"

"네. 내 말은, 그녀가 내게 청혼한 겁니다. 내가 먼저 말을 꺼낼 순 없었어요. 나는 돈도 직업도 없으니까."

"진짜예요?"

"당연히 진짜죠."

"아뇨. 내 말은, 당신이 먼저 청혼하지 않은 이유가 진짜로 그거라고요? 지금은 21세기예요, 대니얼. 그런 조건들이 더는 문제될 수 없다고요."

"글쎄 뭐랄까, 비어트리스는 이곳의 이런 상황을 이미 준비해

놓고 있었죠. 모든 계획을 죄다 세워뒀어요. 가구들이며, 아파트 보증금으로 쓸 예금이며. 그리고 나는 그저…… 나는 그저 그럴……" 대니얼이 말을 멈추고 자신의 가슴과 팔을 문지른다. 손목의 힘줄을 마사지한다. "아무튼 그런 조건들은 당연히 문제가 되죠. 혹 그렇지 않다고 주장하는 거라면 당신은 지금 순진한 척 내숭을 떠는 거예요."

리앤의 한쪽 눈썹이 위로 들린다. "맙소사, 당신 정말 끝내주는 사람이네요. 아닌가요?"

"네? 아뇨! 나는 그저, 나는 그저 얘기를 하는, 아니 하려는 것뿐입니다."

"그래서 그녀가 당신한테 청혼했다고요?"

"네. 아까 그랬다고 말했습니다."

"당신은 수락했고요."

"물론이죠."

"왜 그랬는데요, 대니얼?"

"제발 취조는 그만하시죠. 내 팔의 그 이상한 게 더 악화되는 기분입니다."

"나는 지금 도우려는 거예요."

"그렇지 못해요. 도움이 안 되고 있어요."

"대니얼, 당신이 어떻게 되든 사실 나는 아무 상관 없어요. 당신을 잘 알지도 못한다고요."

다음 순간 대니얼이 벤치에 앉은 채로 몸을 돌리더니 그녀를 마주보며 말한다. "왜 나를 그런 눈으로 보는 거죠?"

"당신을 그런 눈으로 보는 거 전혀 아닌데요."

"아뇨, 그러고 있어요. 당신 지금 열받았잖아요. 느껴지는데요."

"아니에요." 리앤이 말한다. "열받지 않았어요."

"열받게 해서 미안합니다."

"아니라니까요."

"아뇨, 내가 열받게 했어요."

"따지고 들지 마요. 내가 열받았는지 아닌지는 나만 아는 거니까."

그 말에 그는 대답하지 않는다. 그래서 둘은 잠시 조용히 앉아 그들의 신발 주변을 부리로 쪼며 돌아다니는 비둘기들을 지켜본다. 리앤이 시계를 확인한 뒤, 구긴 피자 포장지를 대니얼의 머리 너머로 훌쩍 던져 옆에 있는 쓰레기통에 깔끔히 집어넣는다.

"저기." 그녀가 말한다. "나 다시 일하러 가야 해요."

"일이요?"

"당연히 나도 일을 하죠. 하루종일 여기 죽치고 앉아 있는 사람 같아요? 공원 벤치에서 괴짜들이 하는 얘기나 들어주면서?"

"이 도시의 모두가 일을 하는군요."

"대부분은 그렇죠."

길가에 때 이르게 피는 수선화 몇 송이가 제 새싹을 내보이고 있고, 리앤은 왠지 그 새싹들이 그들의 대화에 새로운 통찰력을 더해줄 수 있으리라는 양 물끄러미 바라본다.

"그런데 당신은 아니네요."

"네." 대니얼이 대답한다.

리앤은 수선화를 계속 응시하다가 다시 시계를 확인하고 하품을 하며 눈을 비빈다.

"근처에서 일하나요? 여기서 가까운 곳?" 대니얼이 묻는다.

"네. 바로 저기요." 리앤이 어느 건물을 가리킨다.

"하지만 저건……"

"세인트메리 병원이요."

"당신이 일하는 곳은 저기가 아니잖아요."

"왜 아닌데요?"

"당신은 전혀 의사 같지 않은걸요."

"나는 간호사예요."

"절대로 간호사 같지도 않고요."

"왜죠? 간호사 같은 게 뭔데요?"

"모르겠어요. 내 말은 그게 아니라, 그저…… 당신의 태도에 모진 구석이 있어서요. 간호사라고 하면 떠오르는 게 그런 건 아니라서."

"뭐라고요?"

"당신이 물었잖아요. 내 말뜻을 물었잖아요. 당신도 의식하고 있을 게 분명해요. 그런 모진 면도 결국에는 길러지는 거니까. 그게 아님 천성이라는 건데, 그렇다면 당신은 그걸 숨기거나 누그러트릴 노력조차 하지 않는다는 뜻이죠. 하지만 자신이 타인에게 어떤 인상으로 비쳐지는지 모를 정도로 자의식이 없는 사람이라고는 도무지 믿기지 않아서요. 당신이 멍청해 보이진 않거든요. 어쨌든."

"이런 맙소사, 이러고 있을 시간이 없어요." 리앤이 앞으로 몸을 숙이며 벤치에서 일어날 자세를 취한다. "나는 당신이 괜찮은지 물으려고 멈춰 섰을 뿐이에요. 당신 꼴이 말이 아니어서요. 인신공격은 사양할게요."

"아니." 대니얼이 말한다. "잠깐만요, 미안해요. 이러려던 게 아니에요. 이런 식으로 굴고 싶지 않아요. 그냥 끔찍이 괴로워서 그래요, 그게 다예요. 내 안의 뭔가가 망가지고 있는 것 같아요. 아니, 내가 통째로 녹아 없어지는 것 같아요. 그리고 그게……어렵네요."

리앤이 한숨을 내쉰다. 결단을 내리는 듯하다. 그러고는 그를 다시 마주본다. "어디예요." 그녀가 묻는다. "정확히 어디가 아픈데요?"

"네? 지금요?"

"네, 지금."

"모르겠어요. 말하자면…… 전부 다?"

"좀더 분명히 느껴지는 곳은 없어요?"

"네. 모르겠어요. 못 집어내겠어요."

"그래요, 그럼." 리앤이 눈을 홉뜨고는 외투 주머니에 손을 넣고 자리에서 일어난다. 이렇게 장시간을 밖에 가만히 앉아 있어도 괜찮을 정도로 완연한 봄은 아니다. 그녀는 오늘 이미 여덟 시간을 서서 일했다. 뼈마디가 쑤신다. 그녀는 하품을 하고 걸음을 재촉해 자신의 오후로 되돌아간다. 대니얼의 문제에는 이쯤에서 신경을 끌까 생각하지만 다음 순간 어깨 너머로 말한다. "내 생각에 당신한테 필요한 건 의사가 아니에요. 당신이 그녀를 진심으로 사랑하는지 따져보세요. 그게 내 조언이에요."

"잠깐만요!" 그가 뒤에서 다시 외쳐 부른다.

처음에 리앤은 걸음을 멈추지 않는다. 그러다 결국 멈춰 선다.

"왜요!" 그녀가 몸을 돌리며 말한다. 양손은 여전히 주머니 속에 있다. 저 남자 때문에 업무에 늦게 복귀하고 말 거다. 그럼 스스로가 얼마나 어리석게 느껴질까. 가던 길을 멈추고 대니얼 같은 사람에게 말을 거는 것처럼 실은 얼마든지 피할 수 있는 일 때문에 곤경에 처한다면. 스스로에게 지나치게 몰두해 있으면서 기본적으로 몹시 불쾌하게 구는 저런 사람 때문에. 그렇지만 그의 뭔가가 살짝…… 틀어진 듯 보이는 것도 사실이다. 그녀의 간호사적 육감을 자극하는 뭔가가 있다. 사실 그를 괴롭히는 건 신체의 병이 아니다. 그렇다는 암시를 주려고 그가 무던히도 애쓰는 게 눈에 훤히 보이지만. 그녀는 대니얼 같은 남자들을 전에도 본 적이 있다. 자신의 이익을 좇는 일에 영악하기 그지없는 남자들. 상상이 만들어낸 애매한 증상들을 늘어놓으며 그녀에게 접근해 연민을, 타당성을, 관심을 얻으려는 이들. 그렇더라도 그에게는 분명 뭔가가 있다.

다만 그녀로서는 이 정도도 너무 멀리 와버린 것이었다. 병원을 나서서는 안 될 일이었다. 정말 그렇다. 마무리해야 할 병동 회진, 머리를 감겨야 할 환자 마야, 복귀하자마자 상태를 확인해야 할 더글러스, 심정지 발생이며 병상시트 교환이며 도무지 예측이 불가능한 업무들까지 책임져야 할 상황에서 말이다. 애초에 여기 나오지 말았어야 했다. 리앤은 대니얼을 물끄러미 쳐다보며 근본부터 글렀다는 이 느낌을 따져본 뒤 여기에 잠시 더 머무는 게 그만한 가치가 있는 일일까 계산한다.

"결혼은 했나요?" 그의 뜬금없는 질문에 리앤은 생각의 흐름을 놓친다.

"뭐라고요?"

"말해줘요. 알고 싶어요."

"진심으로 하는 말이에요?"

"네. 왜 아니겠어요? 진심이에요."

리앤은 다시 시계를 확인한다. 이제 팔 분 남았다. 그 안에 복귀해야 한다. 그냥 가버릴까 고민한다. 하지만 그의 표정이 너무 진실하다.

"정 그렇다면, 아뇨. 대니얼. 나는 미혼이에요."

"결혼은 왜 안 했어요?"

처음 보는 사람한테 던지는 질문 하고는 참.

그리고 갑자기, 아주 잠깐, 모든 게 그가 묘사했던 그대로처럼 느껴진다. 시간은 전진하지만 그녀를 함께 데려가지 않는 것 같다. 그들 누구도 데려가지 않는다.

공원 경계 바로 밖의 가까운 어딘가에서 사이렌 울리는 소리가 지나간다. 아기가 비둘기 무리 속을 아장아장 거닌다. 미디엄 사이즈의 민트초콜릿칩 콘을 산 손님이 돈을 건네며 하는 말에 아이스크림 행상인이 왁자한 웃음을 터트린다. 그들을 둘러싼 도시에서 런던 사람 수천이 걷고 멈추고 달리고 춤추고 입맞춘다. 그리고 리앤은 생각한다. 처음에는 경박한 말로 대꾸해볼까 싶었지만 대니얼이 저토록 미친듯이 간절히 원하는 건 그런 답이 아니다. 그렇다고 그 답을 내뱉을 용기도 차마 나지 않아 그녀는 수선화 새싹들 무리로 다시 눈길을 돌린다. 기억들이 떠오르도록 그냥 둔다. 그녀를 파리에 데려갔다가 집으로 돌아오는 열차에서 청혼했던 남자가 떠오른다. 대학 시절 남자친구도 생각난다. 꽃을 사들고 그녀의 집에 불쑥 나타나곤 했다, 그가 로스쿨에 진학하느라 이사를 간 뒤 모든 게 결딴나기 전까지는. 이론상으로 훌륭하기 그지없는 상대였기에 서로 공통된 얘깃거리가 전혀 없는데도 그녀가 꼬박 이 년을 붙들고 늘어진 남자도 있었다. 그리고 그녀는 어머니를 떠올린다. 그녀의 스물한번째 생일날 아침에 증조할머니의 약혼반지를 선물로 건네던 당시의 모습으로. 갑작스러운 미풍에 전율이 일고 하이드공원에서 참새 한 마리가 노래한다.

"왜 안 했는데요?" 대니얼은 아직도 알고 싶어한다.

"왜냐면." 그녀가 말한다. "왜냐면 솔직한 말로. 이 문제에서도 내가 역시나 순진한 척 내숭을 떠는 거라고 말해도 좋아요. 그리고 누가 알겠어요, 내숭일지도 모르죠. 진짜, 진짜 내숭일지도…… 하지만 솔직히요? 나는 아직 그렇게 믿어요……" 리앤이 하늘을 쳐다본다. 그 광활함에 깃든 뭔가가 자신의 말을 정당화해줄지도 모른다는 듯. "나는 지금도 그렇게 생각해요. 언젠가는 나도 누군가를 만날 거라고. 그 누군가는, 그게……" 그녀는 두 눈을 감고 숨을 들이마신 다음 다시 눈을 뜬다. "내가 고고학적 유적지라고 해보죠."

"당신은 고고학적 유적지가 아닌데요." 대니얼이 얼굴을 찡그리며 대꾸한다.

"끼어들지 마요." 리앤이 말한다. "내가 유적지라고 생각해봐요. 사람들이 와서 내 마음을 파헤쳐요. 문과 경첩을 달아 열어젖히죠. 그 안에 뭐가 들어 있는지 알아내려고. 거기서 그들이 발견하는 건 그 남자뿐일 거예요. 오직 그 남자만 있는 거예요, 내 마음속에. 나는 그런 상대를 만나기를 기다리는 중이에요. 이게 말이 되는 소리인지는 모르겠지만."

"순진한 척 내숭 떠는 건 아닌 것 같네요."

"네. 뭐. 그럴 수도."

"내 마음속에 뭐가 있을지는 나도 모르겠군요." 대니얼이 말한다. "그들, 그니까 고고학자들이 파헤친다면. 그들이 내 마음을 찾을 수나 있을지 모르겠어요. 마음 고고학자들이."

다음 순간, 이날 오후 처음으로 그의 표정에서 구름이 약간 걷히더니 얼굴이 몽롱하고 두루뭉술한 미소로 밝아진다. 아마 마음 고고학자라는 아이디어 때문일 테다. 리앤은 자기도 모르게 그를 향해 미소 짓는다. 그와는 완전히 다른 이유에서지만.

"뭐랄까." 그가 말한다. "내 안의 뭔가가 결여된 것 같아요. 혹은 결함이 있거나. 내 마음까지는 아니더라도 뭔가 중요한 것, 내 중심에 있어야 할 뭔가가 없는 듯해요. 그 결과로 나는 이도 저도 아니고, 여기에도 저기에도 없는 사람이 되었죠."

그렇게 말하는 그에게서 광적이고 불안한 기운이 모조리 빠져나가는 듯하다. 리앤은 그 역시 이제 그녀를 똑바로 쳐다보고 있음을 눈치챈다. 그들이 대화를 시작하고 처음이다. 그녀는 어째선지 할말을 찾지 못하는 자신을 발견한다.

"당신은 괜찮을 거예요." 그녀가 마침내 입을 열지만 너무 건방지고 진부하고 확신에 찬 말인 것만 같다. "나도 따지고 보면 이 지역 출신이 아니에요. 첫해는 대개가 힘들죠. 하지만 적응하기 마련이니까요."

"그러기를 바라야죠." 그가 말한다.

리앤은 최선을 다해 긍정적으로 고개를 끄덕인 다음, 그를 홀로 두면 안 된다고 아직까지 떠들어대는 마음의 소리를 무시하고 몸을 돌려 길 아래로 걸음을 재촉한다.

그녀는 뒤돌아보지 않는다. 호수를 거의 다 돌았을 때쯤 멈춰서서 건너의 벤치들을 훑는다. 길을 따라 느긋이 산책하고 조깅하고 힘차게 걷고 유랑하는 오후의 인파 틈에서 대니얼을 찾아본다. 저기 있다, 분명하다. 저멀리 어두운 형상. 지금 그는 외투 주머니들을 뒤지고 있다. 뭔가를 찾는 모양인데 그 동작이 매순간 광기를 더해간다. 바깥쪽에서 주머니를 두드리고, 흔들어 빼낸 천을 그러잡고 쥐어짠다. 안감에 숨은 뭔가를 찾아 더듬기라도 하는 양…… 다음 순간 거대한 유아차를 미는 엄마들 한 무리가 리앤의 시야를 잠시 가린다. 그녀는 그들이 지나가기를 기다리며 자신의 지치고 지친 눈을 비빈다. 이윽고 도저히 사실일수 없는 장면이 눈에 들어온다. 그녀는 지금 너무 멀리 있다. 그래서임이 틀림없다. 지독히 눈부신 오후의 햇살 탓에 천지 분간이 안 되거나, 벤치를 헷갈렸거나, 아님 둘 다일 것이다. 그녀가본 장면이 절대로 사실일 리 없어서다. 지금은 3월이고, 머리 위나뭇가지에서 모습을 드러내기 시작한 초록 새순이 있으니까.

하지만 맞다, 아무리 봐도 그렇다. 구름처럼 날리는 가을 단풍. 금색과 황토색. 적갈색과 꿀색. 번트슈거색과 홀리베리빨강. 소용돌이치는 단풍들이 벤치를 휘감고 날아올라 구름을 향해 가는 모습이 초봄의 갑작스럽고 가벼운 바람과는 무관해 보인다. 리앤은 그 장면을 보며 처음에는 허리케인을, 다음으로 모래폭풍을, 다음으로 DNA의 이중나선구조를 떠올린다.

이윽고 그녀의 목덜미로 세차고 쌀쌀하게 불어오는 3월의 바람이 단풍 구름의 모양을 격렬히 뒤흔들어 소용돌이가 와해되고나뭇잎이 흩어진다. 사방으로 퍼진 황금색과 빨간색과 불타는호박색이 활짝 열린 창문 같은 창공으로, 런던 중심부의 이 텅 빈 공간으로, 액자틀 같은 고층 건물과 아파트로 둘러싸여 있지만 이 공원 위에서만큼은 무척이나 쾌청한 하늘로 드높이 솟구친다.

그러더니 낙엽들이 건물보다 높이 날아오르며 후끈하고도 쌀쌀하게 불어오는 기류를 타고 춤춘다. 그 기류를 느끼기에 리앤은 너무 낮은 곳에 있다. 여전히 지면에 발을 딛고 있다. 그런 그녀에게 이제 낙엽들은 불타는 듯한 가을새의 날개에서 떨어져나온 조그맣고 밝은 깃털들처럼 보인다.

그러나 저기에 앉은, 벤치에 남겨진 형상 하나는 여전하다. 어쩌면 대니얼이 저 이파리들을 주머니에 넣고 있었던 건지도 모른다. 그녀가 떠나기를 기다렸다가 몇 움큼 꺼내 허공에 던진 건지도. 따지고 보면 그가 그리 엉뚱한 사람 같지는 않았지만 말이다. 그저 약간 불안하고 슬플 뿐이지. 그녀의 눈에 보이는 저기 저쪽의 남자, 호수 반대편 벤치의 남자가 대니얼이 맞기는 하나? 무작정 확신하기에는 벤치 앞으로 난 길을 바삐 오가는 사람이 너무 많다. 수면의 빛은 너무 밝고 번쩍거린다. 여기서 보는 저 형상은 실제 사람이라기보다 누군가를 엉성하게 그려놓은 연필화에 가깝다. 아니, 유머감각을 지닌 누군가가 볕에 말리려고 널어둔 외투와 셔츠, 바지와 신발처럼 보이기까지 한다. 아마 그녀는 대니얼을 다시 만나게 될 것이다, 언젠가는. 그럼 저 이파리들에 대해 묻겠지.

그 이파리들은 다 뭐였어요? 그녀가 말할 것이다.

아, 그 이파리들이요. 그가 대답할 테다. 당신이 그 이파리에 대해 묻다니 재미있네요, 왜냐면…… 그러고서 그는 다시 시작할 것이다. 여행가방 혹은 나침반 혹은 동전 얘기를. 아님 그 섬에 살았다던 조부모님, 그리고 해초가 얼룩덜룩 박힌 염소젖 치즈가 늘 고향집을 떠올리게 한다는 얘기를.

양털 깎는 계절

옛날 옛적에 기이한 재능을 지닌 열한 살 소년 제이미가 살았다. 아이는 기차와 비행기와 우주선을 좋아했고, 우주비행사가 되고 싶었다. 하지만 아이의 집은 레이크 디스트릭트 한복판에 있는 외딴 양 농장이었다. 아이의 가족이든 그 작은 동네의 주민이든 우주여행 산업에 발 들이는 방법 같은 건 아예 몰랐다. 아니, 실은 외계의 외 자도 몰랐다.

다만 제이미의 엄마에게도 컴퓨터쯤은 있었다. 낡아서 쌕쌕 소리를 내는데다 인터넷 연결도 형편없는 데스크톱은 엄마가 쓰는 방의 한구석에 살았는데, 제이미는 매일 수시간씩 모니터 앞에 들러붙어 기나긴 버퍼링 시간을 끈질기게 버텨내며 자신이 사랑해 마지않는 유튜브 영상들을 보았다. 그중 최고는 화질도 좋지 않은 1960~70년대 미 항공우주국 영상이었다. 성공한 로켓 발사, 실패한 로켓 발사, 지구 궤도로 진입하는 인공위성들…… 거기에는 당연히 달 착륙 영상도 있었다. 제이미는 그 영상을 보고 또 봐서 눈감고도 재연할 수 있을 정도였다. 오디오 트랙에서 불쑥불쑥 튀어나오는 온갖 소음과 음성도 따라할 수 있었다.

"크르르스스크 크르르스스크 알았다, 휴스턴. 크게 잘 들린다! 크르르스스크 크르르스크." 아이는 자신이 흉내낼 수 있는 최대한의 미국식 억양으로 혼잣말하며 연습했다.

제이미의 엄마는 농장에 하숙인을 받곤 했다. 그들은 대개 봄철에, 어미 양들의 분만이 막 끝나고 그해 첫 제비가 모습을 드러낼 때쯤 도착했다. 제이미는 이 떠돌이 객식구들에게 별 관심이 없었다. 숙제랑 집안일, 유튜브만으로도 늘 너무 바빠서였다. 지독히도 바빴다, 정말 그랬다. 머리칼이 부스스하고 몸이 깡마른 마일스라는 이름의 청년이 나타나기 전까지는. 양털 깎는 계절의 어느 오후, 농장에 도착한 마일스가 완벽히 챙겨 온 증빙서류와 왠지 공식적으로 보이는 문서들은 그가 항공우주학 박사과정의 학생이라고 말해주고 있었다. 제이미는 그게 무슨 뜻인지 정확히 몰랐지만 그 종이들을 보는 순간 어떤 기회가 왔다는 건 알았다. 만년 늦잠꾸러기 마일스가 태평히 토스트에 마멀레이드를 바르고 있던 어느 날 아침, 제이미는 그에게 자신을 소개했다.

마일스가 입속의 것을 착실히 씹으며 빤히 쳐다보는 동안 제이미는 어떤 길이 최선인지 — 미 항공우주국과 유럽 우주국 중 어디를 먼저 공략할지, 그리고 직접 조종을 담당하는 비행사 훈련을 받고 싶은지, 아님 다른 전문 분야를 개척할지 — 결정하는 대로 우주비행사가 될 생각이라고 설명했다. 제이미는 나름대로 조사를 해둔 터였고, 대수롭지 않다는 듯 말을 이어나갔지만 속에서는 심장이 방망이질치고 있었다. 제이미도 그와 같은 부류라는 걸, 배움의 자질을 갖춘 사람이라는 걸 이 새로운 하숙인이 알아봐주면 얼마나 좋을까. 그러나 그는 내내 아찔할 정도로 무표정했고, 제이미는 눈앞이 캄캄해졌다. 마침내 토스트를 남은 한 입까지 다 먹은 마일스가 코에 걸린 굵은 테 안경을 올려 쓰며 입을 열었다. 제이미가 느끼기에는 분명 캘리포니아 억양이 희미하게 섞인 말투였다.

"그렇지." 마일스가 내뱉었다. "일리 있는 말이야. 미 항공우주국이 자금 조달 면에서는 확실히 낫지만, 둘을 비교하면 유럽 우주국이 더 흥미로울 수 있다고 생각해. 적어도 국제관계 측면에서는."

제이미는 눈을 끔뻑였다. 실제로 눈앞에 있는 누군가가 그런 식으로 말하는 걸 처음 보았다.

"당연한 얘기지만 유럽 우주국은 상대적으로 지역 기반이라는 장점도 있지."

그는 우주국이 실재하는 장소라도 되는 듯 말했다. 물론 실재의 장소가 맞았다. 제이미도 알았다. 하지만 마일스는 그게 정말 별거 아니라는, 일상적인 어휘이자 얘깃거리라는 분위기를 풍겼다.

"여기에는 왜 왔어요?" 제이미는 도저히 참지 못하고 물었다. "진짜 과학자, 진짜 우주비행사랑 함께 사막이나 도시, 아님 하와이 어딘가에서 일할 수도 있었을 텐데?"

"나는 평화를 얻으러 왔어"가 마일스가 대답한 전부였다. 그러고는 손끝의 빵 부스러기를 떨어내고 식탁 의자를 뒤로 민 다음 싱크대로 가서 접시를 씻었다. "연구는 어느 정도까지 했어?" 그가 세제 거품을 헹구며 물었다. "내가 도움이 될 수 있겠네, 네가 원한다면."

우선 마일스가 말했다. 시작의 의미로 스케치북을 챙긴 다음 다른 방으로 가 네가 생각하는 '발포성'의 모습을 그려보라고. 제이미는 이게 무슨 상관인지 잘 몰랐지만 당연히 토 달지 않았다. 얼른 거실로 가서 가장 좋은 연필을 깎고 색연필과 크레용을 죄다 꺼내 커피테이블 위에 줄줄이 늘어놓은 다음 새로 산 토성 모양 지우개의 포장을 벗겼다. 혀를 내민 채 한껏 집중한 아이는 매혹적으로 소용돌이치며 한 점으로 모아져 들어오는 별과 미소와 혜성들을 스케치북에 그려넣고, 별이 총총한 우주에서 발랄한 표정으로 두 발을 허리에 대고 있는 양 몇 마리를 더했다. 작업은 오전 시간을 몽땅 쏟아붓고도 모자라 오후까지 이어졌으며, 제이미는 점심식사마저 잊고 '발포성'이 연상시키는 독특한 종류의 역동성을 표현하려 최선을 다했다.

작업을 마친 뒤 마일스에게 그림을 보여줬다.

마일스는 고개를 끄덕일 뿐이었다. "그래, 알겠다." 그가 말했다. "하지만 너는 '발포성'의 보다 가슬가슬한 측면은 담으려는 시도조차 하지 않았구나. 태양이 특정한 각도에 걸릴 때 빛이 아주 깊이까지 침투하며 생기는 거칠고 우둘투둘한 음영들 말이야. 그 음영 바로 옆에서 종종 목격되는 더 납작하고 번들번들한 부분, 햇빛을 무지개 얼룩으로 반사하는 부분들도. 그것들은 다 어찌된 거지? 결국 그리기가 너무 버거웠던 건가? 그런 요소들을 잡아내기가 힘들다는 건 알아. 모든 게 빛의 반사와 관련된 문제라는 걸 감안하면 말이지. 그렇지만 네가 우주를 이해하고 싶다면 빛을 다루는 일에 익숙해져야 할 거야. 당장은 필요성을 못 느낄지라도 우주비행사 일의 중요한 일부란다."

제이미는 낙담했다. 열심히 노력했고 최선을 다했다고 확신했다. 학교의 워커 선생님이 늘 입에 달고 사는 말도 어쨌든 그거였으니까. 최선을 다하기만 하면 된단다, 얘야. 그럼 창대해질 거야. 아무리 그렇대도 제이미는 알았다. 폭풍처럼 거실을 급습한 종이들이 경이롭도록 불가사의한 모양으로 흩어져 있는 바닥에 다리를 포개고 앉아 마일스를 쳐다보며 제이미는 웬일인지 알게 됐다. 워커 선생님의 수업에서는 결코 배울 수 없는 완벽히 다른 세계로 자신이 이미 옮겨왔다는 사실을. 제이미는 엉엉 울고 싶은 충동을 삼키고 입을 앙다문 채 버텼다.

"잘 생각해봐." 마일스가 말했다. "충분히 고민했다 싶으면 '원근'을 그림으로 그려줘. 원근을 사용한 그림이 아니라, 그러니까 원근 자체에 대한 그림을."

이번에는 조금의 실수도 없이 해내겠다고 마음먹은 제이미는 연필과 스케치북을 내버려두고 곧장 자기 방으로 갔다. 자리에 앉아 '발포성'의 가슬가슬하고 빛을 반사하는 측면을 어쩌다 놓치고 말았는지 곰곰이 생각했다. 저녁식사가 준비됐다는 엄마의 목소리가 들릴 때쯤에는 마일스의 의도를 파악했다고, 그 정도까지는 아니더라도 꽤 떳떳할 정도로 시간을 들여 노력했다고 나름대로 확신했다.

그날 저녁은 제이미가 가장 좋아하는 메뉴였다. 스마일 모양의 감자, 생선 튀김, 완두콩. 다만 음식을 적절히 즐길 정신이 없을 뿐이었다. 제이미의 머릿속은 엄마가 축사에 가서 양떼를 돌보는 동안 제게 벌어진 이상한 일들에 온통 사로잡혀 있었다. 엄마가 하는 말에도 도무지 집중할 수 없기는 마찬가지였다. 그녀는 제이미의 맞은편에 앉아 큰 소리로 걱정을 늘어놓는 중이었다. 새로 태어난 양들의 상태가 염려스럽다. 축사 한 동에 들어찬 양떼의 털을 깎는 데 매번 너무 긴 시간이 걸리는구나. 제이미 네가 보기에는 마일스가 조만간 식탁에 나타날 것 같니? 그를 또 재촉하기 싫지만 서두르지 않으면 그 몫의 생선 튀김이 식어버릴까봐 그런다. 마일스가 끼니를 제대로 챙기고 있기는 하니? 늘 식사시간을 놓치는 듯한데, 살짝 조마조마한 기분이 드는 걸 엄마도 어쩔 수 없구나. 생각해보면, 마일스 얘기가 나와서 하는 말인데, 너랑 그 사람이 잘 지내는 게 무척 보기 좋지만 그래도 내일은 잠시라도 짬을 내 축사로 나와 양털 깎는 일을 도와줄 수 있을까?

제이미는 당장이라도 가서 '원근' 그리기를 시작하고 싶어 죽을 지경이었다. 음식을 급히 먹어치우고 완두콩은 대부분을 그대로 남긴 채 스케치북과 연필을 낚아채서는 전속력으로 계단을 올라 자기 방의 고요로 향했다. 쿵 소리가 나게 방문을 닫고 잠시 시간을 들여 숨을 골랐다. 그런 다음 가장 뾰족하고 눈길이 가는 연필을 골라 들고 백지 한 장을 앞에 펼쳐놓았다. 이번에는 온갖 미묘한 차이들—빛과 어둠과 가슬가슬함과 반드러움—의

측면에서 주제를 꼼꼼히 살피려 애썼다. 결국 A3 종이 두 장을 몽땅 써야 할 지경이 되어 스케치북의 낱장을 뜯어낸 뒤 테이프로 이어붙였다. 제이미가 충분한 크기의 화폭을 확보할 수 있는 유일한 방법이었다. 이번 콘셉트에는 그야말로 엄청 넓은 공간이 필요했다.

점점 모양을 갖춰가는 그림은 '발포성' 때 그린 것보다 훨씬 휑했다. '원근'은 홀로 외롭게 부유하며 무중력의 공백 속으로 들어가는 기다란 우주 폐품이었다. 그 위에 조그만 형체의 우주비행사가 앉았고, 헬멧의 각도로 봐서는 지구를 뒤돌아보고 있는 게 분명했다. 지구는 오른쪽 먼 구석의 작고 연한 구체로 그려졌다. 이번에 제이미는 두 개의 초점 사이에 존재하는 공간이 광채와 혜성으로 너무 붐비지 않게 주의했다. 별과 별 사이의 차가운 허무를 진지하게 고민했고, 그 스산한 공백을 포착하는 데 오롯이 집중하면서 수중에 있는 모든 등급의 연필을 동원해 이 빛의 부재 속에 자신이 담을 수 있는 갖가지 미묘함을 음영으로 그려넣었다.

마침내 새벽 다섯시, 제이미는 할 수 있는 최선을 다했다고 판단했다. 그대로 침대에 쓰러져 몇 시간 동안 휴식을 청했다.

제이미는 늦게 일어나고 말았다. 아침 아홉시쯤이었다. 기겁해서 헐레벌떡 부엌으로 내려갔지만 마일스는 여태 커피나 따르는 중이었다. 그날의 첫 커피인 듯했다.

"했어요!" 제이미의 말에 마일스가 안경 너머의 눈을 올빼미처럼 끔뻑였다. "'원근'을 풀어냈어요!"

마일스는 그 말을 듣기가 무섭게 정신이 번쩍 드는 듯했고, 자신의 커피를 뒤로한 채 둘은 성큼성큼 걸어 완성된 그림을 보러 갔다.

그러나 막상 방에 들어선 마일스는 혼돈에 찬 눈썹 사이에 주름 하나를 새기고 그림 앞에 서 있을 뿐이었다. 그러더니 여전히 말 한 마디 없이, 자신의 평결이 대강 어떤 방향일지에 대한 암시조차 없이 눈을 가늘게 뜨고 고개를 이쪽저쪽으로 갸우뚱거리기 시작했다. 마치 그림을 서로 다른 각도에서 보려는 양. 제이미는 못 견딜 지경이었다. 그 기나긴 집중과 턱없이 부족한 수면 끝에 아이가 원하는 건 그저 한 번의 포옹과 등에 느껴지는 토닥임이 전부였다. 그래주지 않는 마일스를 향해 당장이라도 발을 마구 구르며 소리 지르고 싶었다. 이제 그냥 말해주세요. 내게 우주비행사의 자질이 있나요, 없나요? 그럼에도 뭔가가 제이미에게 말했다. 마일스가 감상을 끝내도록 두는 게 중요하다고. 그래서 자제심을 쥐어짜가며 기다렸다. 마일스는 갸우뚱거림을 멈추고 진지한 흐음 소리를 연발했다. 정말이지 의미를 종잡을 수 없는 소리였다.

"여기엔 담긴 이야기가 너무 많아." 마일스가 마침내 말했다. "네가 기본 아이디어는 파악했어, 맞아. 그런데 서사가 너무 많아. 그럴 필요 없어. 그게 오히려 원근을 다른 것, 집을 떠나온 우주비행사의 사연으로 덮어버리거든. 나는 그런 이야기를 요구한 게 아냐. 내가 원했던 건 원근이야."

제이미는 억장이 무너졌다. 피곤과 과로에 지친 나머지 화장실로 뛰어들어가 문을 걸어 잠그고 떼쓰듯 한판 제대로 울었다.

얼마 뒤 기분이 나아져서 세수를 하고 물을 마시러 부엌으로 갔다. 마일스가 막 우린 민트차가 담긴 주전자를 놓고 기다리고 있었다.

"네 '원근'에 대한 내 반응 때문에 속상했다면 미안해." 마일스가 말하며 찻잔과 받침을 내밀었다. 제이미가 그걸 건네받으리라는 데 조금의 의심도 없는 듯했다. "나는 다른 사람들한테 내가 어떻게 비춰지는지 잘못 판단할 때가 있어. 네 그림들은 특출해. 나는 그저 개선이 필요한 부분만 지적하는 거야."

제이미는 아무 불평 없이 민트차를 받아들었다. 물론 보통 때

같으면 그처럼 어른스러운 음료는 마시지 않을 터였다. 아이는 민트차의 탁한 표면을 후후 불면서 이것도 무슨 수업에 해당하는 걸까 궁금해했다.

"딱 하나만 더 시도해봤으면 해." 마일스가 말하며 펄펄 김이 오르는 차를 움찔거림조차 없이 홀짝였다. "그러고 나면 네가 우주를 이해할 자질을 갖추고 있는지 아닌지 알게 될 거야."

그간의 그림이 '특출'했다는 마일스의 인정에 한껏 들뜬 제이미는 마지막 주제가 무엇인지 물었다.

"나는 네가 '미지'를 그려주면 좋겠어."

"'미지'요?" 제이미가 물었다.

"응, '미지'." 마일스가 확고히 말했다.

"어떻게……" 제이미가 대꾸하기 시작했다.

"아니." 마일스가 말을 끊으며 한 손을 들어올리는 동작에서 절대적인 권위가 느껴졌다. "내가 말해줄 순 없어. 스스로 생각해봐. 지금껏 배운 걸 떠올려봐."

이게 최종 과제일 리 없었다. 그럴 수 없었다. 절대로. 말도 안되는 소리다. 하지만 대화는 끝났다. 그것만은 분명했다. 이제는 제이미가 자리를 뜰 차례였기에 그렇게 했다. 문을 나서는 중에야 이 상황의 부당함을 깨달았다. 왜 내가 우리집 부엌에서 내쫓겨야 하나?

마일스는 그러고 나면 네가 우주를 이해할 자질을 갖추고 있는지 아닌지 알게 될 거야라고 말했다. 안 그런가? 뭐가 어떻든 제이미는 그 답을 알고 싶었다. 너무도 간절했다. 제이미에게 그 자질이라는 게 있다고 밝혀지면 무슨 일이 벌어질까? 마일스가 제이미를 항공우주학과 친구들에게 소개할지도 모른다. 그들은 서로 뜻을 모아 제이미의 깜짝 생일선물로, 미 항공우주국이 유소년 우주비행사를 대상으로 비밀리에 운영하는 속성 훈련 프로그램에 등록해줄 것이다. 거기서 제이미는 뉴욕이니 홍콩이니 도쿄니 하는 곳, 양 농장이라고는 들어본 적도 없는 곳에서 온 다른 아이들을 여럿 만날 테다. 녀석들 모두와 절친한 친구가 되어 훈련도 임무도 함께 수행하고 나중에는 달에도 착륙하겠지. 그런 걸 다 제쳐두더라도—제이미의 희망과 꿈과 야심과는 별개로—마일스는 제이미가 살면서 처음 보는 유형의 사람이었고, 그런 그를 실망시키고 싶지 않았다. 마일스에게는 그게 있어서다…… 그걸 뭐라고 하더라? 그래비타스.* 그거다. 혹 제이미가 '그래비타스'를 그릴 일이 있었다면 마일스를 그렸을 것이다.

그러나 과제는 '그래비타스'가 아니었다. 제이미가 그리기로 한 건 '미지'인데, 이걸 대체 어디서부터 어떻게 시작한단 말인

---

* 진지함, 엄숙함.

가? 아이가 내내 생각에 잠겨 있는 동안 산맥 위로 드높이 솟은 태양이 창유리를 뚫고 들어와 뜨겁게 반짝였다. 아래층 부엌에서 괘종시계 소리가 열두시를 알리고, 난데없는 확신이 찾아왔다. 제이미는 종이를 얹은 이젤과 뾰족이 깎은 연필들이 담긴 상자를 들고 리넨 보관장 안으로 들어갔다. 모든 준비물이 제자리에 있는지, 자신이 그 위치를 정확히 파악하고 있는지 신중히 확인한 다음 보관장 문을 닫고 어둠 속에 틀어박혔다.

제이미는 꼬박 다섯 시간 동안 앞이 보이지 않는 채로 작업했다. 처음에는 두 눈이 결국 적응하고 말까봐 걱정스러웠다. 하지만 어둠은 절대적이었으며 사방에 차곡차곡 쌓인 리넨 시트 덕분에 어둠의 질감만 약간 은근하고 답답하게 느껴질 뿐이었다.

제이미는 밑그림을 그리는 동안 어느 한쪽으로 치우치지 않으려 각별히 노력하며 '미지'의 온갖 모순적이고 역설적인 요소들을 동시에 떠올리고 기억했다. 가령 '미지'에 관해서는 잘못된 계획이라는 게 존재할 수 없다는 점에서 '미지'가 얼마나 자유로운 개념일 수 있는지. 그리고 모두가 존재할 수 없다고 말하는 일조차 아우를 수 있다는 점에서 '미지'가 얼마나 크나큰 희망을 가져올 수 있는지. 다음으로 당연히 '미지'가 엄마를 얼마나 걱정시키는지도 생각했다. 하루에도 몇 번씩 듣는 일기예보에서 라디오 진행자가 앞으로 벌어질 일을 설명하기 직전이면 습관처럼 엄마의 얼굴에 떠오르는 특유의 표정, 그 역시 '미지'의 한 단면이었다. 마일스가 다음 그림의 주제를 공개하거나 이전 그림에 대한 의견을 말하기 직전 제이미 자신이 느끼는 기분도 떠올렸다. 거기다 기묘하게 텅 빈 마일스의 눈도. 이제 제이미는 이런 생각까지 하게 됐다. '미지'는 지금껏 내 삶이 존재해온 방식과는 매우 다르다. '미지'는 사방이 양떼로 둘러싸인 세상에서 철따라 규칙적으로 되풀이하는 삶에, 말하자면 어떤 탈출로까지도 허락해줄지 모른다.

다만 제이미는 하나의 생각이 나머지를 압도하지 않도록 심혈을 기울였다. 그 대신 자신의 마음을 순전한 가능성과 불확실성의 상태에 묶어두려 최선을 다했다. 이 같은 생각의 근거는 '미지'의 엄청난 연약함이었다. '미지'는 구체적인 사고가 가능할 정도로 실체를 갖추는 바로 그 순간 '미지'이기를 멈춘다는 점에서 깨지기 쉬웠다. 제이미가 스스로에게 허락한 단 하나의 향수는 뭔가를 곁눈질로만 힐끔거릴 때의 감각이었다. 전 과정에 이 원칙을 적용했다. 단 한 번도 주제 자체를 직접적으로 파고들지 않았고, '미지'는 마음 한구석에 묶어뒀다.

작업이 완료됐을지도 모르겠다는 기분이 들자 제이미는 보관장의 문을 열어 빛이 들어오도록 했다. 화폭을 향해 눈을 몇 차례 깜빡인 뒤 시야에 들어오는 내용에 만족했다.

제이미는 마일스를 찾아 나섰다.

마일스는 자기 방 책상 앞에 앉아 있었다. 서로 어울리지 않는 물건들—스테이플러 심, 길이가 다른 줄, 4분의 1만 든 걸로 보이는 카드 한 팩, 반쯤 타고 남은 양초 등—로 무슨 구조물인가를 만드는 중이었다. 제이미는 층계참에 서서 그를 잠시 지켜보다 열린 문을 손으로 두드렸다.

"무슨 일로?" 마일스가 자신의 작업물에서 눈을 떼지 않으며 물었다.

"끝냈어요." 제이미가 말했다.

마일스는 구조물에서 튀어나온 눈금자의 날에 연필 하나를 수직으로 균형 맞춰 세워보려 애쓰고 있었다. 결국 실패하고 구조물 전체가 붕괴했다. 그는 안경을 벗고 눈을 비빈 다음 다시 안경을 쓰고 그제야 제이미를 쳐다보았다.

"그럴 리 없는데."

"뭐, 어쨌든 끝은 냈어요."

제이미가 앞장서서 '미지'로 향했다.

마일스와 함께한 짧은 경험들로부터 제이미는 그가 동요나 흥분을 드러내는 류의 사람이 아니라는 걸 감지하고 있었다. 그러나 걸음을 재촉하는 동안 깨달았다. 마일스가 아이를 앞장세우고 어디든 무작정 따라나서는 건 이번이 처음이었다. 이전까지 뒤따르는 쪽은 늘 제이미였다.

리넨 보관장 앞에 선 제이미는 옛 시절의 하인이라도 되는 양 마일스를 위해 문을 열고 잡아줬다. 마일스가 안으로 발을 내디뎠고, 제이미는 그림을 살펴보는 그를 복도에서 지켜보았다.

"'미지'라." 마일스가 숨을 내쉬었다.

"다 그렸다고 했잖아요." 제이미가 말했지만 마일스는 듣고 있지 않았다.

그 대신 자기 앞 이젤에 놓인 경이로움을 가만히 응시하면서 제이미의 귀에 깊은 안도의 한숨처럼 들리는 소리를 내뱉었다. 마일스의 이목구비로 느리고 희미한 미소가 퍼져나가고, 다음 순간 그가 그림을 향해 전진하기 시작했다. 그림을 반기듯 혹은 껴안듯 양팔을 뻗고.

"아름다워." 그는 그저 그렇게 말한 뒤 이 행성을 감쪽같이 떠나 제이미의 그림 속으로 곧장 걸어들어갔다.

그 과정은 아주 단정히 치러졌다. 야단법석 따위는 거의 없었고 그저 이젤 주변의 공기가 시각적으로 잠깐 흐트러지는 느낌, 미네랄이 풍부한 암석의 밝은 빛 파편들이 검은색 사포 위로 쏟아지는 모습이 떠오르는 소리 하나가 있었을 뿐이다. 당신이 그 모습을 직접 보았다면, 사람이 리넨 보관장으로 발을 내디뎌 연필화 속으로 사라지는 게 매일같이 일어나는 일인 듯 느꼈을 것이다.

마일스가 사라지고 몇 분 뒤 제이미는 다가가 그림을 확인했다. 아무 변화도 없는 듯했다. 다만 아주 꼼꼼히 살피자 시각적 아이디어들의 소용돌이 틈에서 파편으로 반짝이는 마일스 비슷한 형상들 몇 개가 분명히 보였다. 여기에 푸석한 머리칼 몇 가닥, 저기에 안경테 모서리와 신발끈, 밝게 빛나는 치아 하나가 있었다. 제이미는 이들 각각으로 번갈아 시선을 옮기며 도의적 불안감을 경험했다.

"고마워." 제이미는 그 파편들의 나직한 속삭임을 들었다고 생각했다.

잠시 뒤 보관장의 문을 닫고 엄마를 찾아 양털 깎기가 한창인 헛간으로 향했다. 남은 오후 내내 엄마의 일을 도왔고, 날이 어두워지자 둘이 함께 부엌으로 가 진짜 초콜릿 조각을 걸쭉하게 녹인 걸 우유에 섞어 제대로 된 핫초콜릿을 만들었다.

마일스가 어디 있는지, 식사 준비를 해야 할지 묻는 엄마의 질문에 제이미는 겁이 났다. 그러지 않으려고 오후 내내 애썼는데, 무슨 일이 벌어졌는지 혹은 자신이 무슨 짓을 했는지 엄마가 알게 될까 걱정스러웠다. 그래서 제이미는 아무 문제도 없다는 듯 활짝 웃으며 오늘 저녁에는 식사를 준비할 필요가 없다고 말했다. 마일스는 벌써 이곳을 떠나 '미지'로 들어갔다고. 그 '미지'

가 무슨 뜻이냐고, 한술 더 떠서 그것에 대해 어떻게 생각하느냐고 엄마가 물으면 자신은 뭐라고 대답할까 내심 궁금하기도 했다. 그러나 엄마는 그런 생각 자체를 하지 못하는 모양이었다. 그저 숨을 내쉬고 눈을 비비더니 그러나저러나 배가 고프다고 말했다. 둘은 스토브 앞에 서서 레몬과 설탕을 곁들인 팬케이크를 만들었고, 엄마가 일기예보를 들으려고 라디오를 켰다. 그 소리를 배경삼아 팬케이크를 먹는 동안 저기압과 다가오는 비 소식이 실내를 채웠다. 그런 뒤 저녁에는 제이미가 엄마에게 신문에 실린 이야기를 읽어주고, 그사이 엄마는 불가에서 뭔가를 수선했다. 그때쯤 제이미는 그 모든 익숙함에 몹시 편안하고 겸허해져서 마일스가 농장에 나타난 적조차 없는 것 같았다.

엄마는 열시에 자러 갔지만 제이미는 피곤하지 않았다. 벽난로에 장작을 넣으며 늦게까지 앉아 있다가 더는 버틸 수 없는 지경이 되었을 때 리넨 보관장으로 되돌아가 도저히 현실일 리 없는 자신의 그림을 들여다보았다. 층계참 조명의 불빛 속에서 그런 식으로 그림을 다시 보고 있으려니 그날 오후에 벌어진 일에 의심의 여지가 없다는 확신이 들었다.

제이미는 보관장으로 들어가 그림을 물끄러미 바라보았다. 그리고 무슨 일이 벌어질까 궁금했다. 자신도 마음을 조금만 더 넓게 열고 양팔을 활짝 편 채 그림을 향해 전진한다면. 마일스가 그랬던 것처럼.

궁금했지만 시도하지는 않았다. 마음이 바뀌기 전에 얼른 시선을 뗀 뒤 보관장 문을 닫았다. 그리고 부엌으로 가 엄마가 아침에 먹을 귀리를 물에 담근 뒤 날쌔게 잠자리에 누웠다. 그 밤 제이미는 '미지'를 두고 더는 그리 속 태우지 않았다. 그것을 어디서 찾을지 알고 있었으므로. 자신이 원하기만 한다면.

곰

언제부터인가 나는 대화의 방향을 가구 얘기로 돌리는 빈도가 부쩍 늘었다. 새집을 어떻게 채울지 하는 문제는 우리 둘 모두에게 편안한 의논거리인 듯했고, 이제 함께 보내는 시간이 무척 많아진 만큼 대화의 흐름을 유지할 공통 관심사를 경작하는 게 중요하게 느껴졌다. 5월의 화요일 아침, 어느 해안 소도시까지 운전해 가 중고가구 경매에 참여한 건 우리가 앞으로 장만할 가구를 둘러싼 이 기나긴 의논의 결과일 터였다.

나는 우리의 신혼 기간에 그런 경매장을 꽤 자주 찾게 되리라 생각했다. 그러니 이번 경매는 그다지 특별할 것 없는, 훗날의 다수 중 최초라는 의미 정도로만 남으리라고. 그날 아침이 어떤 결과로 이어질지를 두고 내가 희망이나 기대를 여럿 품었는지는 지금도 확실하지 않다. 기껏해야 소파나 하나 건지게 되리라 생각했지 싶다. 그럼 자러 갈 시간이 될 때까지 등받이가 수직인 식탁 의자에 앉아 서로를 마주보는 대신 거실에 편하게 나란히 앉아 저녁을 보내게 될 터였다. 혹 이번 경매에서 그 소파를 못 만나더라도 상관없다고, 나는 미루어 생각했다. 적당한 소파를 찾아낼 시간은 얼마든지 있었다.

평범한 장식품과 액자 몇 점이 우리 앞에 등장했다. 나도 아내도 도무지 응찰할 엄두가 나지 않는 물건들이었다. 뒤이어 경매 보조인이 은색 손수레를 밀고 나왔는데, 그 위에는 반듯하니 곰이 놓여 있었다. 나는 방금 곰이라고 했다. 이 작은 영국 동네의 보잘것없는 인구를 경악시키러 온 진짜 곰은 당연히 아니었다. 하다못해 박제 곰조차 아니었다. 나는 그저 그 곰에다 테디베어라는 단어를 쓰기가 망설여질 뿐이다. 구슬을 붙인 눈과 복슬복슬한 털, 과하다 싶도록 조그맣게 실밥으로 그려넣은 입을 표현하기에는 그 이름이 제격이겠지만 그럼 녀석의 전체 크기, 그야말로 상당했던 덩치를 숨기는 꼴이 될 터였다. 곰은 더도 말고 덜도 말고 나만큼 컸다. 키가 그 정도로 크지 않았을 순 있지만 키의 부족분을 몸통 둘레로 만회하는 수준이었다. 그러니까 누군가가 나를 허리께에서 반토막낸 다음 그 둘을 옆으로 나란히 이어붙인 정도라고 하면 녀석의 전체적인 덩치와 크기가 대충은

가늠되리라.

이 터무니없는 피조물이 앞에 놓이던 순간 장내에 흐르던 고요 속에서 나는 큰 소리로 웃을 뻔했다. 그 엉뚱함―이 맥락에서 나타난 이 곰―이 유쾌한 소란을 유발할 목적으로 아주 완벽히 조율된 시나리오 같아서 나는 경매사가 일종의 농담으로 녀석을 순서에 넣은 게 아닐까 궁금할 지경이었다. 하지만 그곳의 다른 누구도 내가 느끼는 재미를 공유하지 않는 듯했다. 아내조차 그랬다. 그전까지만 해도 그녀가 나와 동일한 유머감각을 지녔다고 내 나름으로는 확신했건만. 결혼 전 그 자극적이고 들뜬 나날에 우리는 정말 자주 함께 웃곤 했다.

그래서 나는 이 거대한 피조물의 등장과 동시에 내 입가에서 넘실대던 웃음을 눌러야 할 의무를 느꼈다. 내 주변의 모두―경매사와 아내 포함―는 완벽한 침묵 속에서 곰을 지켜볼 뿐이었고, 그들의 표정은 조급함에서 노골적인 지루함까지 다양했다.

"곰입니다." 경매사가 말했다. "봉제품이고 보드라우며, 최상급은 아니지만 양호합니다. 우측 어깨가 경미하게 닳았고 우측 다리의 이음매가 약간 해졌습니다. 경매가 15파운드부터 시작합니다."

나는 뒤쪽을 보았다. 앉은자리에서 몸을 돌려 장내를 조사하며 이 작은 동네의 누가 저처럼 괴기한 존재에 응찰하는 지경까지 갈지 구경했다. 그러나 그들의 얼굴은 변함없이 노곤했다.

"없습니까? 한 분도요? 이토록 웅장한 곰에 15파운드를 지불할 분이 여러분 중에는 없으신가요?" 경매사의 목소리가 장내에 메아리쳤다. "그럼 12파운드 가겠습니다. 12파운드. 거대한 봉제 곰이 12파운드입니다."

나는 다시 목을 길게 빼고 고개를 돌리면서 뒤를 살폈다. 이 새로운 시작가에 응하고 말 딱한 영혼이 분명히 있으리라 느끼며. 그저 몹시 민망한 일이기만 했다. 저렇게 푹 퍼진 상태로 손수레에 실려 우리 앞에 나타나 무거운 고개를 늘어트리고 양팔을 힘없이 떨군 채 앉아 있는 피조물을 봐야 한다는 건. 이 상황을 끝장낼 사람이 분명 나오지 않을까?

다음 순간, 내 옆 의자에서 움직임이 느껴졌다. 아내가 손을 드는 중이었다.

"12파운드, 네, 저기 파란 옷을 입은 여성분."

나는 아내 쪽으로 몸을 돌렸다. 그녀가 싱긋 웃으리라 예상하면서. 그녀 또한 저 곰에 얽힌 기괴한 코미디를 읽었다는, 자신의 응찰은 일종의 장난일 뿐이라는 신호를 보게 되리라 기대하면서. 그러나 아내의 얼굴은 지금껏 내가 진지함이라 알아온 표정을 띠고 있었다. 그녀의 잿빛 눈동자가 경매사와 곰 사이를 오갔고, 한 손은 여전히 들린 채였다.

"더 없으시면 파란 옷의 여성분에게 12파운드에 낙찰됩니다."

나는 영문을 알 수 없었다. 우리는 여기 가구를 사러 왔다. 집을 채울 유용한 물건들 말이다. 이 곰은 거대하고 무용하고 터무니없었다. 우리가 원했던 것과 거리가 멀어도 한참은 멀었다. 하지만 다음 순간, 하느님 감사합니다. 뜻밖의 축복처럼 또다른 여자가 등장했다. 아내 말고도 실은 둘이 더 있었다. 한 명은 장내의 뒤쪽에서, 다른 한 명은 앞에서 손을 들며 자신이 비용을 지불하고 곰을 집에 데려갈 용의가 있음을 알렸다. 두 여자 모두 아내와 마찬가지로 서른 살은 넘었지만 아직 오십대는 아니었다. 그들 누구도 특별히 매력적이지 않았고, 둘 중 하나는 모자를 썼다. 그때 아내가 나를 쳐다보았다. 두 눈이 반짝였다.

"더 불러야 할까?" 아내가 말했다. "더 부를 거야. 이거 내가 살 거야. 두고 봐."

나는 아무 반응도 하지 않았다. 어안이 벙벙할 뿐이었다. 경매사가 20파운드를 제시했고 아내는 손을 들었다. 25파운드에 다시 들고, 30파운드에 들고, 35파운드에 들었다. 다른 여자들도 항복을 꺼리는 게 분명했다. 나는 아내를 뚫어져라 쳐다보았다. 그녀의 눈길을 붙잡으려고, 우려 비슷한 신호를 보내려고 애썼다. 하지만 아내의 시선은 전방의 경매사를 주시하느라 정신없었다. 40파운드. 45파운드. 50파운드. 우리에게 허투루 쓸 돈이 있을 리 만무했다. 우리는 비교적 어렸고 결혼생활에서는 초짜 중의 초짜였다. 그런데도 아내는 계속 손을 들었다. 꾸준하고 착실히. 잿빛 눈동자를 초롱초롱 빛내며 상당한 결의에 차서 경매사를 바라보았다. 55파운드. 60파운드. 65파운드. 마침내 다른 두 여자는 내 아내와 곰 사이에 흐르는 감정, 경매사가 숫자를 내뱉을 때마다 더욱 강해지는 그 감정의 위력에 겁을 먹었다. 나는 잠시 아내가 자랑스럽기까지 했다. 이 거대한 65파운드짜리 곰을 데려가 한집살이를 하게 되는 순간이기는 했지만.

나는 이 곰을 우리 삶의 일부로 받아들이려 최선을 다했고, 한동안은 그리 힘들지 않았다. 우리는 녀석을 작은방에 두었다. 나는 그 방에 머물 일이 거의 없어서 녀석을 볼 일도 좀처럼 없었다. 그런데 가만 보니 아내는 이따금 확인하러 가는 모양이었다. 아침식사를 마치고 작은방에 고개를 들이밀거나, 아님 저녁식사 뒤 식탁에서 함께 보내는 시간(우리는 그때까지도 적당한 소파를 찾지 못했다. 경매를 향한 우리의 흥미는 그 등장만큼이나 잽싸게 사라졌다)에 내게 양해를 구하고 자리를 떴다. 위층으로 올라간 아내는 녀석의 곁에 앉아 있었다. 침대에 널브러진 녀석의 흘러내리는 몸뚱이가 작은 매트리스를 가득 채웠다. 나는 밤이면 아내가 녀석에게 이불까지 고이 덮어주는 게 아닐까 의심하기 시작했다.

7월의 어느 토요일 아침, 우리가 식탁 의자에 앉아 있을 때였다. 식탁에는 신문이 펼쳐져 있고, 포트에서는 커피가 내려지고, 바람 한 점 없는 여름날이라 온 집안의 창문이 활짝 열려 있던 그때 아내가 말했다. "자기야, 내가 생각해봤거든. 나는 저 곰을 다른 장소에 둬도 어울릴지 보고 싶어. 자기만 괜찮다면. 옳지 않게 느껴져서 그래, 자기는 안 그래? 내가 보기에 자기는 아예 가보지도 않는 작은방에 저애를 혼자 가둬두는 게."

그녀의 생각이 딱히 해가 될 것 같지는 않았다. 어차피 우리한 테는 널린 게 공간이었으니까. 나는 동의했다. 그리고 바로 그날 곰은 작은방에서 나와 우리 부부와 일상을 함께하게 됐다.

아내가 시험삼아 선택한 위치는 거실이었다. 녀석이 구석의 달리아 화병 옆에 나른히 앉아 지켜보는 가운데 우리는 식탁에 앉고 저녁이면 대화를 나눴다. 처음에는 완벽히 무난한 배치처럼 보였다. 그저 살짝 기이한 느낌이 들 뿐이었다, 집에 손님이 와 있는 듯한. 그러나 기나긴 여름이 깊어가고, 녀석이 줄곧 거실 구석의 자기 자리에 앉아 있는 동안—아내는 옆의 화병에 든 꽃을 수시로 갈아주고, 녀석의 사지가 놓인 모양을 매일매일 바로잡았다—나는 점차 깨닫게 됐다. 무슨 영문인지 몰라도 내가 매사에, 모두에게 불가해할 정도로 옹졸하게 굴기 시작했고 집에서는 특히 심하게 행동했다. 식탁보에 음식 소스를 흘린다고 아내에게 짜증을 부렸고, 내 구두끈이 끊어졌을 때는 창문 유리가 들썩일 정도로 크게 욕지거리를 했다.

처음에는 그 여름의 날씨가 그런 조화를 부리는 것이라 확신했다. 살인적일 정도로 내리지 않는 비 때문에 잔디가 죄다 바싹 마르고, 밤이면 모기들이 윙윙거리며 우리 방을 날아다녔다. 나는 그렇게만 생각했었다. 어느 날 아침, 신문에서 시선을 떼다가 녀석의 동그랗고 유리알 같은 눈을 마주하기 전까지는. 녀석은 미소 띤 얼굴을 갸우뚱하니 한쪽으로 기울이고 식탁 앞 우리를 지켜보고 있었다. 그리고 나는 의심하기 시작했다. 내가 처음 느껴보는 이 감정이 어쩌면 날씨와는 전혀 관계가 없을지도 모르겠다고.

그날 저녁 퇴근한 아내는 책상다리를 하고 곰의 맞은편 맨바닥에 앉아(우리는 그때까지도 바닥깔개가 없었다) 녀석을 면밀히 관찰하는 나를 발견했다. 나는 녀석의 어디가 내 심기를 그토록 거스르는지 알아내려 애쓰다가 그 무용함에 근거한 가설 하나를 수립해가는 중이었다. 맥락을 불문하고 녀석 같은 존재가 어찌 누군가의 타당한 바람이나 애정의 대상이 될 수 있다는 건지, 나로서는 도저히 이해할 수 없다는 사실과 관련한 가설이기도 했다.

그 어마어마한 덩치로 볼 때 녀석이 어느 아이의 침대 구석에 앉혀둘 앙증맞은 동물 인형으로 쓰일 리 만무했다. 부모가 아이에게 이 곰이 엄마를 따라 집에 들어온 경위와, 엄마가 경매장에서 보여준 한결같은 단호함과, 그곳의 매력적인 긴장감을 설명하는 동안 아이의 품에 안겨 어루만져질 미래를 꿈꾸며 침대 한 구석을 지키기에 녀석은 과하게 컸다. 거기다 그 곰스러움—그러니까 커다란 구슬을 붙여 만든 눈과 딱딱하게 달아놓은 주둥이—때문에 녀석은 뭐랄까, 빈백*이나 푸톤**, 혹은 부담 없이 몸을 얹고 낮잠을 청할 대형 쿠션으로 쓰기에도 불편했다. 저런 것 위에서 아무 부담 없이 잠을 청할 사람이 어디 있겠는가? 느긋이 늘어져 잠에 빠지려는 당신에게 내리꽂히는 저 눈초리가 그대로 느껴질 텐데. 아내의 생각은 어떨지 몰라도, 나로 말하자면 전혀 편할 수 없을 듯했다.

아내는 거기 그렇게 녀석과 함께 앉은 나를 보고 가벼운 걸음으로 다가와 내 정수리에 입을 맞췄다. 그리고 잠시 나는 그런 생각이 들었다. 녀석의 무엇이 내 심기를 거스르는지 대강 파악했으니 매사가 다시 수월해질지도 모르겠다고. 첫 만남 뒤 몇 주간 그랬던 것처럼 우리는 함께 웃게 될 거라고. 그녀를 불러내

---

* 커다란 천 안에 작은 플라스틱 등을 채워 만든 의자.

** 소파 위나 바닥 등에 깔개로 쓸 수 있는 직물 제품.

외식을 하고 가끔은 춤도 추러 갈 거라고.

"자기야." 아내가 말했다. "얼마나 우스워 보이게, 자기네 둘
이 거기 그렇게 앉아 있는 모습이. 사실 궁금하던 참이었거든.
자기도 저애가 장면 전환을 원한다고 생각하는지. 분명 엄청 지
겨울 거야. 매일매일 똑같은 것만 보고 있으니까."

그래서 아내는 녀석을 우리의 침실에 앉혀놓았다. 방으로 옮
기면서 대화도 했다. 이런 식의 말이었다. "그렇지, 얘야, 변화는
휴식만큼 좋은 거란다, 너도 알지." 그러면서 녀석을 안고 이층
으로 올라갔다. 녀석의 허리에 그 가느다란 팔을 두르고.

그리고 거기, 곰이 있었다. 바람 한 점 없는 여름밤들이 계속
되는 내내 자꾸만 흘러내리는 고개와 묵직하게 늘어트린 사지를
우리 침실 벽에 기댄 채로. 시간이 흐르면서 나는 거기 버티고
있는 녀석의 존재가 아내와의 성관계를 주도하는 내 능력에 방
해가 된다는 느낌을 떨칠 수 없었다. 아내는 표현이 과도한 유형
의 여자가 절대로 아니었다. 신음과 울부짖음과 머리칼 쥐어뜯
기처럼 은근함이 덜한 형태의 에로틱 판타지는 그녀 사전에 없
었다. 사실 그 곰이 등장하기 전 우리 관계의 자연스러운 양상
은, 아내가 침대에 가만히 누워 작은 잿빛 눈으로 지켜보는 가운
데 내가 그녀를 흥분시킬 갖가지 방법을 시도하는 거였다. 그리
고 나는 우리의 이 같은 접근법을 그녀 또한 즐겼다고 지금도 확

신한다. 일을 마치고 나면 그녀는 나를 늘, 한 번도 빠짐없이 양 팔로 감싸안았으니까. 자기 가슴에 내 머리를 품고 이렇게 말하듯 머리칼을 쓰다듬었다. 잘했어, 이런 짠하고 정신 나간 녀석, 잘했어. 이런 순간들에 나는 거두어지는 느낌을 받았다. 보호받는 것 같았다. 세상 무엇도 내게 영구적인 손상 따윌 입힐 수 없다는 듯. 하지만 녀석이 침실에 들어오고부터는 필요한 수준으로 발기하거나, 그 상태를 유지하는 데 어려움을 겪었다. 남자답지 못한 일이라고도 할 수 있다, 나도 안다. 생명도 없는 것의 존재에 교란당하다니. 아내가 마땅히 누려야 할 만족감을 이렇게까지 제공하지 못하다니. 방안에 내 것도 아내 것도 아닌 다른 얼굴이 있다는 단순한 이유로.

아무튼 아내가 내 태도의 변화를 감지하기 시작했다. 예전의 그녀는 상대적으로 조용한 사람이었을망정 내가 아는 한 무신경함과는 거리가 멀었다. 그러니 분명했다. 아내는 내가 겪는 이 새로운 차원의 불편함을 눈치채고 있었다. 아니, 적어도 그녀를 탄복시키려는 내 노력의 질이 시원찮아졌음을 눈치챘다. 그녀는 관계의 마지막에 나를 안아 달래기를 멈췄다. 그 짧은 평화의 순간을, 사랑받는 사람이라 느끼며 얻던 안도감을 나는 더는 맛볼 수 없게 됐다. 그 대신, 기를 써가며 땀을 뻘뻘 흘리고도 끝내 아무 성과를 내지 못한 뒤 아내의 곁에 누워―둘이 함께 거기에,

도미노처럼 나란히 누워—나는 곰을 건너다보았다.

녀석이라는 존재의 어디가 내게 이토록 극심한 장애를 유발하는 걸까? 단순히 녀석의 근본적인 무용함이 못마땅해서일 리 없다. 나는 꾸역꾸역 이렇게까지 생각해봤다. 더워도 너무 더웠던 그 여름밤들 중 하룻밤을 꼬박 지새우며, 내 고요한 아내의 곁에 누워. 혹 내가 저 곰을 질투하나? 그렇지만 녀석의 미소 띤 실밥 입술과 어깨의 해진 이음매를 잔뜩 노려보고 있자니 저리도 무가치한 피조물이 그처럼 격정적인 감정을 부추긴다는 생각 자체가 어이없었다.

다음날 아침이 되어서야—커피를 따르던 아내가 걱정에 가까운 표정을 지으며 내 머리칼을 쓸어넘겨주던 그때—나는 정확히 알게 됐다. 곰의 어떤 면이 나를 그리도 괴롭히는지. 그 생각이 덮쳐오던 순간 나는 앉은자리에서 의자를 뒤로 밀 뻔했다. 아내 혼자 아침식사를 하게 두고 아무 설명도 없이 부엌을 나가버릴 뻔했다. 나는 당혹감을 숨기려 재빨리 커피를 한 모금 마셨다.

하지만 그게 정말 가능할까, 그날 아침 나는 홀로 궁리했다. 아내와 마주앉아 토스트에 버터를 바르고 우유병을 주고받고 신문 지면들을 교환하며 겉으로는 아무 문제 없는 양 굴면서. 아내가 녀석의 거북한 부분을 그처럼 정확히 파악했다는 걸까. 녀석에게 내재된 위화감을, 녀석은 결코 진정한 가치를 가진 피조물

일 수 없음을 아내는 예리하게 꿰뚫어보았던 걸까. 그리고 그것이 녀석에게 끌린, 애초에 입찰하게 된 바로 그 이유일까. 알고보니 아내가 소위 대책 없고 무의미한 것들에 반한다는 그런 여자들 중 하나라면? 그러니까 그 자체가 망가진 건 아니지만 설계나 제조상의 흠결이 있는, 즉 어떤 용도에도 부합할 수 없게 세상에 나와 처음부터 아예 무가치할 운명인 것들에 마음을 빼앗기는 사람이라면? 이처럼 목적을 상실한 존재들에 안쓰러움을 느낀다는 부류에 내 아내가 속할 가능성이 있을까? 한술 더 떠서 그 무가치함을 곧 애정의 근거로 삼는 사람인 걸까? 그녀 자신이라도 사랑해주지 않으면 세상 누구도 그리하지 않을 걸 알기에 마음을 주는. 이전까지 나는 아내의 성격에서 그런 성향을 전혀 눈치채지 못했다. 하지만 이 또한 당연한 얘기가 아니겠는가. 그 곰의 등장 전에 아내가 사랑을 쏟는다고 느꼈던 유일한 존재(그녀의 가족은 제외하고. 당연히 그들은 출생과 동시에 그녀에게 주어졌고, 그들을 사랑할지 여부는 진정한 선택의 문제가 아니니까)가 나였던 상황에서.

아침식사 자리에서의 각성 이후 수일간 그 질문들은 지독히도 빈번히 되돌아왔다. 특히 저녁에, 아내와 나란히 누워 있을 때면 더욱 심했다. 곰 녀석은 가톨릭교회 신도석을 내려다보는 십자가 처형 장면처럼 불길하게 우리 위로 깃들었다. 사실 나는 그 문제를 줄곧 걱정한 나머지, 즉 아내가 주는 사랑의 진짜 본질에 대해, 곰 녀석이 등장하기 전의 나날 동안 그녀의 품에서 내가 느꼈던 다정다감함을 진정으로 유발한 건 무엇인지에 대해 극도로 우려한 나머지 밤에 더는 잠들 수 없는 지경이 되었다. 그 대신, 잠든 아내의 곁에서 녀석을 물끄러미 쳐다보았다. 덕분에 시시각각 더욱 피곤해지고 의심스러워지며 약이 올랐고, 제정신에다 올바른 사고의 소유자가 사랑을 느낄 만한 구석이 혹시 내게 단 한 군데라도 있을지 집어내기가 점점 힘들어졌다.

마침내 그 생각이 나를 잘근잘근 씹어 만신창이로 만들어놓았을 때, 나는 그냥 아내에게 물었다. 단도직입적으로. "자기는 저 곰이 왜 그렇게 좋아?"

"아." 아내가 말했다. 그리고 그녀의 눈이 불이라도 밝힌 듯 반짝였다. 예전에, 연애 초반의 그 봄에 곧잘 그랬듯. "어이없는 이유일 뿐이야, 정말. 내 얘기 듣고 비웃으면 안 돼, 자기야, 부탁할게. 약속해야 해. 나를 비웃지도, 내가 미쳐간다고 생각하지도 않기로. 어쨌든 내가 저애한테 동질감 같은 걸 느끼는 듯해. 어떤 공감 말이야. 내가 저애랑 비슷하다는 느낌을 떨치지 못할 때가 있어. 어처구니없는 얘기처럼 들려? 정말이지 그럴까봐 걱정이네."

아내는 빙긋 웃고 있었다. 하지만 우리가 함께한 나날 내내 나는 그녀가 그리 느끼도록―자신이 저 곰과 같은 신세라고―내 버려뒀다는 사실, 일이 이렇게 되기까지 따로 손을 쓰지도 않고 눈치도 못 챈 채 방치했다는 사실, 그녀가 그런 상황에 처해 있으리라고는 단 한순간도 의심하지 않았다는 사실…… 그 사실에 압도되며 깨달았다. 나는 아내의 생각과 감정을 꽤 정확히 이해하고 있다고 믿었었다. 우리가 함께하는 삶이 결함투성이인 걸 인정하면서도 서로 공유하는 인생, 무탈하고 기적적인 인생으로 순조롭게 성장하고 있기를 소원했었다.

그때 그녀가, 아내가 내 손을 잡았다. 그녀의 눈에 여전한 웃음은 내가 수개월간 본 적 없는 것이었다. 곰에 대한 자신의 생각을 마침내 분명히 표현하게 되어 다행이라는 것 같았다. 나는 생각했다. 내가 아내에게 사과해야 할 수도 있겠다고. 아니, 그간 계속 생겨나고 있었지만 이제야 불쑥 깨닫게 된 우리 사이의 거리라는 고약한 문제를 최소한 말로 꺼내보려는 노력이라도 해야겠다고. 그럼에도 그리하지 못하는 나를, 입을 뗄 엄두조차 내지 못하는 나를 발견했다. 그 대신 그저 그녀의 손을 잡고 잠시 그렇게 있었다.

# 쥐잡이꾼

## =

### 국왕

나를 불러들인 건 국왕 본인이었다. 아니, 전령 노릇을 하는 비쩍 마른 소년이 수일 전 내 집 문을 두드리고 그렇게 말했다. 그러니 어찌 이런 일이 있을 수 있단 말인가? 내가 내 손으로 만든 독가루에 중독됐다는 강력한 의심과 함께 숲에서 의식을 회복하는 나 자신을 발견하는 일이? 나는 영문 모르는 상태로 눈밭에 누워 있었다. 살갗이 꽁꽁 얼고 뼈마디가 쑤시고 속이 뒤틀리며 머리가 뭔가 끔찍한 것을 두들기듯 쿵쿵거렸다. 나는 그저 에설을 떠올리고 싶지 않다는 생각뿐이었다. 그녀가 황폐한 공원으로의 산책에 나를 초대했고, 내가 와인을 삼킬 때 곁에 있었던 유일한 사람이라는 사실도. 그 와인을 챙겨 온 것도 모자라 나를 위해 잔에 따르기까지 하던 모습도. 나는 그녀 생각을 하고 싶지 않았다. 그래서 아주 선명히 피어오르는 저 연기, 또 하루의 차디찬 저녁에 사그라지는 빛을 배경삼아 숲에서 유난히 도드라지는 저 연기에 시선을 대신 고정했다. 나는 어쨌든 왕명을 수행하다 독에 노출된 것이나 다름없으니 내가 설명을 구해야 할 사람은 아마 국왕일 것이다. 애초에 에설은 아무 잘못이 없을지도 모른다.

숲을 헤치고 나아가는 과정은 극도로 고통스러웠다. 나는 번번이 나무뿌리에 걸려 비틀거렸다. 그러다 나무에 기대어 콜록거리거나 숨을 골랐다. 한번은 돌연히 멈춰 서서 그보다 더 품위 없기도 힘든 자세로 몸을 굽히고 토하며 그게 체내에 남은 마지막 에메랄드 더스트를 게워낸 것이기를 소원했다. 나는 닥치는 대로 휘파람이라도 불어야 발을 계속 내디딜 힘이 난다는 사실을 발견했고, 그러다보니 요란스레 움직이는 꼴이 되었다. 내가 걷는 길 밖으로 녀석들이 달아나는 게 고스란히 느껴지는 것이 단순히 쥐떼만은 아니었다. 내 앞에서 허둥지둥 비켜나며 바스락거리는 숲속 생명체의 대열에 물론 쥐들도 분명히 섞여 있었다. 놈들의 조그만 발이 나뭇가지와 눈과 층층이 쌓인 낙엽을 교란하는 소리가 들렸다. 충격적으로 비대한 저 왕궁 쥐들일 터였다. 틀림없었다. 윤기 도는 털과 굽은 송곳니와 지렁이처럼 꿈틀대는 꼬리를 가진 놈들. 나는 놈들이 줄행랑치며 서로의 몸뚱이를 기어오르고 미끄러지듯 타넘는 모습을 상상했다. 여럿이 한데 뭉친 덩어리가 커지고 커지다 발버둥치는 몸뚱이의 물결이 나를 발원지삼아 흘러나가는 쥐들의 강이 되는 장면을. 숲속 생명을 통틀어 오직 까마귀들만이 나를 반기는 듯 어둑해지는 저녁 하늘을 빙글빙글 돌았다. 녀석들을 탓해서는 안 된다. 실은 내가 다 죽은목숨이나 마찬가지로 보였을 테니까. 구부정한 자세로 비틀거리는 몸과 꼴사납게 종종거리는 발걸음 때문에 말이다. 독을 마시고 추위 속에서 수시간을 보내느라 몰골이 완전히 달라진 내게는 그나마도 최선이었다. 그럼에도 나는 당장 눈앞에 닥친 일에 집중하며 목표물을 향해 나아갔고, 마침내 연기가 더는 보이지 않는 지점에 이르렀다. 그 말인즉, 당연히, 그 근처에 당도했다는 얘기다.

　나는 코를 쳐들고 킁킁거렸다. 저기다. 미풍에 실려오는 장작불 연기. 후끈하고 매캐한 냄새를 따라가자 공터와 숲속 오두막이 나왔다. 맞다, 오두막이라고 했다. 오두막 형태의 목제 구조물이었지만 정말이지 그 규모만큼은 도시 내 대다수 동네에서 대저택으로 통할 정도였다. 굴뚝까지 하나 달려 있었고, 거기서 연기가 피어오르는 중이었다. 나는 멈칫했다. 전반적으로 그보다 더 원시적인 것을 예상했었다. 모닥불 하나쯤, 아마도. 탁 트인 야외에서 영위하는 활기차고 격식 없는 삶을 그렸었다.

절뚝이며 현관에 올라서자 집안에서 조그만 개가 고음으로 짖어대기 시작했다. 나는 개를 좋아해본 적이 없었다. 특히 작은 녀석들은 더더욱. 그러나 망설이거나 마음을 바꾸지는 않았다. 문을 두드리려 손을 들었다…… 그런데 주먹이 가닿기도 전에 문이 활짝 열리고, 장작불의 복된 온기가 얼굴에 훅 끼쳐왔다. 그때 느닷없이 웬 지저분한 생명체가 나타나 물어뜯을 기세로 달려들더니 내 발목 주변을 돌며 짖었다. 그리고 거기 소년이 서 있었다. 아니, 내가 실례를 범했다. 어린 신사라 해야 적절하리라. 다만 아무렇게나 자란 장발에다 꾀죄죄한 얼굴, 수주일은 씻지 않은 듯한 체취 때문에 도무지 첫눈에 알아볼 수 없었을 뿐이다. 하지만 그였다, 그가 맞았다. 어린 국왕. 비록 지금은 대관식 당시의 위엄이 상당히 사라진 듯 보이지만. 그처럼 거창한 의식이 빠진 그는 완전히 다른 남자였다.

이제 와 생각해보면 나는 원래 이렇게 말할 계획이었다……

뵙게 되어 영광입니다, 국왕 전하. 혹 궁금하실까요, 저로 말씀드릴 것 같으면 대관식 직후 전하께서 파견한 쥐잡이꾼입니다. 오늘 저녁에 찾아뵌 것은 저를 채용하신 일의 본질과 관련하여 송구하오나 몇 가지 여쭙고자 함입니다. 무엇보다도 제가 전하의 궁에서 본분을 다하던 중 심각한 독살 위기에 처하는 일이, 그러니까 거의 죽임을 당할 뻔한 일이 어찌 발생할 수 있었는지요. 그뿐만 아니라 이 같은 곤경에 처한 제게 어떤 조언, 더 나아가 도움을 제공하실 의향이 있는지 알고 싶습니다……

그러나 거기 선 그는 뭔가 달랐다. 외진 숲에서 이 보잘것없는 개 한 마리를 친구삼아 홀로 지내는 깡마른 소년이라니. 나는 그를 위아래로 훑어보았다.

"그렇군요." 나는 원래 하려던 말 대신 이렇게 내뱉었다. 소리가 입 밖으로 튀어나오고 있다는 것도 잘 몰랐다. "화려한 의복과 수많은 하인, 그 모든 야단법석을 제하고 보면 제아무리 국왕이라도 여느 사람과 다를 바 없군요."

국왕의 눈이 가늘어지고 개는 계속 시끄럽게 짖었다. 나는 녀석을 걷어차고 싶은 마음을 가까스로 억눌렀다. 다음 순간 국왕이 웃었다. 귀에 거슬리는 높고 요란한 웃음이었다.

"이 얼마나 즐거운 일인가요." 그가 말했다. "방문객이 있었으면 하던 차였거든요. 이곳의 기나긴 저녁은……" 그는 말하며 사뿐히 걸음을 옮겨 오두막 안으로 되돌아갔다. 누더기 셔츠 차림에 신발도 신지 않았다. "몹시 따분하거든요, 보시다시피. 자, 그렇게 우두커니 서 있지 마요. 들어와요. 나를 즐겁게 해주세요."

개와 문간 너머로 나는 발을 내디뎠다. 일주일 새 국왕의 처소 두 곳에 초대받은 것이었다. 그 점에 주목하지 않을 수 없었다.

내부에 가구는 전혀 없었다. 커튼조차 없었다. 방 한쪽 끝에 있는 기본적 형태의 난로에서 타오르는 불과 반대편 구석에 담요로 만들어둔 둥지 하나가 전부였다. 거기서 국왕과 개가 함께 잔다고 볼 수밖에 없었다. 저 생명체를 위해 따로 마련한 듯한 바구니나 담요가 아무데도 없었으므로. 역겹다, 나는 늘 생각한다. 짐승과 인간이 저처럼 가까이서 함께 산다는 게. 내게는 자연스러워 보이지 않는다. 나는 쥐떼의 증거를 찾아 방을 훑었다. 그런데 이상하다. 도시와 궁내에서 맹렬히 계속되는 창궐을 감안하면 몹시 이상하게도 오두막에는 쥐떼의 흔적이 전혀 없다시피 했다. 저멀리 벽 하단에 난 유일한 구멍은 기껏해야 조그만 쥐 한두 마리나 있겠다 싶은 크기였다.

나는 안으로 발을 들이자마자 내 문제들을 얘기했어야 했다. 담대히 설명을 요구하고 그것으로 끝냈어야 했다. 그러나 눈앞에 펼쳐진 장면의 의외성에 내 목소리를 도둑맞은 듯한, 깔끔히 빼앗겨버린 듯한 기분이었다. 아까 숲에서는 이렇게 상상했던 것 같다. 아마 통나무로 만든 투박한 왕좌에 앉아 국왕이 내게 방문의 이유를 묻고, 나는 그것을 허락삼아 넋두리에 돌입하게 되리라고. 다만 현실은 그렇지 않아 마냥 불편할 뿐이었다. 어디서부터 시작해야 할지 막막했다.

난로에서 그리 멀지 않은 곳 바닥에 아직 끝내지 못한 직소퍼즐이 있었고, 나는 머리도 식힐 겸 그쪽으로 걸음을 옮겼다. 퍼즐 그림은 어느 시골의 풍경이었다. 파란 하늘, 푸른 언덕, 실타래 모양으로 비행중인 새들, 잎이 무성한 나무들, 장면 전체를 관통하며 흐르는 강. 그 강은 퍼즐 조각이 바닥난 지점에서 끊겼다. 아니, 조각은 있는데 국왕이 지지부진해서, 그러니까 퍼즐을 완성하는 문제에 지지부진하게 굴어서 그런 건지도 모른다.

"아주 어여쁩니다, 전하." 내가 그에게 말했다.

국왕은 자신의 개와 노는 중이었다. 녀석의 주둥이 위쪽 허공에 대고 뭔가를 달랑거리다 그 지저분한 생명체가 뛰어오르기 직전에 물건을 다시 낚아챘다. 내 눈에는 잔인한 놀이처럼 보였지만 개의 심정이 실제로 어떨지는 모를 일이었다. 녀석이 애초에 뭘 느낄 줄이나 안다면. 국왕의 개는 얼굴살이 처지고 이목구비가 잔뜩 눌린 그 짐승 부류 중 하나였다. 무엇이든 마주치는 족족 불만족스러워 보이는 놈들 말이다.

나는 다시 시선을 돌려 퍼즐을 살펴보았다.

"달라도 너무 다르군요, 실로. 이곳의 상황과는." 잠시 뒤 내가 말했다.

국왕이 나를 쳐다보았다. 그 맥없는 손가락에 들린 물건이 뭔지 몰라도 개가 잡아채도록 그냥 두었다. 천천히 다가온 그는 내 맞은편에 서서 퍼즐을 물끄러미 내려다보았다.

"흥미로운 의견이군요, 쥐잡이꾼 씨. 적어도 당신은 쥐잡이꾼이 맞죠, 그렇죠? 당신이 여기 있는 이유는 불가사의지만요. 왕궁에 머물기로 되어 있는 이때에, 내 누나한테 대혼란을 안기면서 말이죠. 아, 아무튼 참으로 맞는 말을 했어요, 쥐잡이꾼 씨. 그래요, 그렇고말고요. 우리가 처한 이 환경과는 정반대네요. 그렇지만 당신도 동의하지 않나요? 위치의 문제에서 보자면 바로 이 작은 오두막에 무척이나 재미있는 뭔가가 있다는 걸? 아닌 게 아니라, 친애하는 우리 루카스만을 벗삼아 이처럼 칩거하다보면 여기가 어디든—정말 어디든!—될 수 있을 것 같은 기분이 들거든요. 현관문을 나서기만 하면 저 얼어붙은 숲이 아니라 뭐랄까, 이 퍼즐 속 장면이 펼쳐질 것 같은…… 아아, 그리된다면 꼬맹이 루카스와 나는 환호성을 지르겠죠. 목가적인 놀이에 흠뻑 빠진 농가 소년들처럼 초원을 깡충깡충 뛰어다니고 나무를 기어오를 거예요. 그렇지 않니, 루카스, 얘야?"

국왕이 고개를 돌리고 몸을 숙이더니 개를 들어 품에 안았다. 자기 턱밑에 녀석의 털북숭이 머리를 끼우는 바람에 나는 그들 둘을 한꺼번에, 하나의 이목구비가 다른 하나의 이목구비 위에 얹힌 꼴을 마주하고 말았다.

"아아, 그럴 거야, 그렇지 않니?" 국왕이 말을 이었다. "우리는 정말 신나게 장난치며 떠들 거야. 그러다 해가 꽤 높이 떠오르면 너무 더워서 더는 계속할 수 없겠지. 아, 그치만 상상해보렴. 그처럼 더운 날씨라니! 하긴 상상이 잘 안 되기는 해. 그 오랜 시간을 이렇게 꽁꽁 얼어 있었으니까…… 하지만 걱정 마라, 꼬맹이 루카스. 그냥 밀어붙여보는 거야! 그러니까 신나게 장난치기에, 전처럼 즐겁게 놀기에 너무 덥다 싶으면 둘이 함께 이 길로 달려내려가는 거지, 여기로." 국왕은 퍼즐 옆에 쪼그려앉아 그게 지도라도 되는 양 그 위를 손가락으로 훑었다. 그의 말마따나 '꼬맹이 루카스'를 한 팔로 여전히 안은 채. "들판을 통과하고 언덕을 내려가서…… 강으로! 여기서 너는 수영을 할 거란다, 꼬맹이 루카스. 실은 우리 둘이 함께해야 하지 않을까 싶어. 그 거센 급류에서 네가 홀로 떠 있으리라고 기대할 수는 없거든, 지금으로서는, 그렇잖니? 그래, 너는 물살에 휩쓸려 나를 떠나고 말 거야. 아마 너는……"

국왕은 말을 멈추고 자기 얼굴에 그 생명체의 코를 비벼댔다. 녀석은 쿵쿵거리며 국왕의 냄새나 맡을 뿐이었다. 제 주인이 먹을 것이면 좋겠다는 듯. 그러고 보니 국왕이나 그의 조그만 개나 피골이 상접한 몰골이었다. 나는 의아했다. 이들은 여기서 대체 뭘 먹고 지내는 걸까?

"하지만 저 밖에 강이라고는 없지." 국왕이 바닥에 앉으며 말했다. "게다가 언제나처럼 춥다는 게 지금 여기서도 느껴지는구

나. 그래도 걱정 말거라, 꼬맹이 루카스. 걱정하지 마."

나는 퍼즐 조각을 만지작거리는 국왕을 물끄러미 내려다보았다. 그는 하늘 부분의 조각을 루카스에게 먹이는 시늉을 했다.

"농담을 즐겨 하나요, 쥐잡이꾼 씨?" 국왕이 고개도 들지 않고 물었다. "아님 노래? 혹 춤은요?"

"안 합니다, 전하." 내가 말했다.

"게다가 당신은 왜 그리 추한 몰골인가요? 나는 기겁했어요. 그런 꼴로 절뚝이며 내 집 현관에 나타난 당신을 보고. 꼭 시체 먹는 악귀 같거든요. 물론 그 덕분에 내 동정심 정도는 샀지만." 국왕은 목소리를 낮추고 내 억양을 우스꽝스레 흉내내며 속삭였다. 저는 원래도 그리 매력적인 외모의 소유자는 아니었습니다. 그러더니 특유의 끔찍하고 신경에 거슬리는 고음으로 웃었다. "아, 하지만 이 얼마나 경이로운 일이냐, 꼬맹이 루카스. 우리에게 새로운 캐릭터가 생긴 듯하구나!" 여기서 그는 또다시 내 목소리를 과장해 말했다. "미스터 쥐잡이꾼." 그러고는 죽어라 웃어댔다.

"저를 흉내내지 않아주시면 감사하겠습니다, 전하." 내가 말했다.

"저를 흉내내지 않아주시면 감사하겠습니다, 전하." 국왕이 나를 따라 했다.

나는 반응하지 않았다. 그 대신 한 걸음 앞으로 발을 내디디며 국왕의 퍼즐을 밟아 뭉갰다. 서로 맞물려 있던 조각들이 내 신발 밑에서 떨어져나갔다. 국왕의 얼굴에서 백치 같은 미소가 걷히며 그 자리를 대신한 크고 순진한 눈망울은 더욱 의뭉스럽기만 했다.

"아, 나는 재미로 그런 것뿐이에요, 쥐잡이꾼 씨. 보시다시피 우리는 여기서 정말 따분하거든요. 꼬맹이 루카스와 나 말이에요. 더구나 뭘 하며 즐겨야 하나요, 당신이 우리를 위해 노래도 춤도 농담도 하지 않을 생각이라면? 뭐든 좀 해줄 수 있나요, 쥐잡이꾼 씨? 아님 그럴 가망 따윈 아예 없는 건가요?"

"저는 쥐를 잡을 줄 압니다."

"그야 그렇겠죠. 그게 얼마나 유익한 능력인지 누군들 모를까요." 국왕이 얼굴을 찡그리며 잠시 멈췄다. 말을 계속하기에 앞서 불쾌한 생각이 사라지기를 기다리는 듯. "다만 그 능력이 재미를 주기는 힘들겠죠, 당장은, 아닌가요?"

"줄 수도 있죠." 내가 말했다. "사람들은 제 덫에 감탄합니다. 심지어……" 여기서 나는 잠시 말을 멈춰야 했다. 숲을 헤치고 오느라 기력이 쇠한 상태였고 게다가 목구멍에 뭔가가 걸려 있었다. 나는 기침을 하고 다시 말을 이었다. "심지어는 아름답다고까지 합니다."

배꼽을 잡고 웃는 국왕의 상체가 개를 툭툭 건드렸다. 녀석이 그의 무릎에서 버르적대는 모양새가 꼭, 그러니까 내가 보기에는 제 주인의 거친 손아귀에서 벗어나려 애쓰는 중인 듯했다.

"심지어는 아름답다고까지 합니다." 국왕이 나를 흉내낸 목소리로 말했다. "아, 그런데 나는 이 사람이 무척 마음에 든단다, 꼬맹이 루카스. 우리가 정말 간만에 만나는 최고의 캐릭터잖니." 그런 다음 그는 얼마간 노력을 기울여 흥분을 가라앉힌 뒤 호기심을 한껏 과장한 표정으로 나를 올려다보았다. "누가, 그러니까 이런 질문이 실례가 되지 않는다면, 친애하는 쥐잡이꾼 씨, 누가 당신의 덫들에 그처럼 대단한 찬사를 보내던가요? 말하세요. 안 그럼 꼬맹이 루카스와 나는 당신의 말을 믿지 않을 거예요."

"미스 에설입니다." 내가 말했다. "왕궁에서 미스 에설이 그러셨습니다. 제 덫이 아름답다고요. 원하신다면 믿지 않으셔도 좋습니다만, 사실입니다. 절대적이고 숨김없는 사실이요."

"누나가?" 국왕이 앉은자리에서 벌떡 일어나며 개를 바닥에 떨어트렸다. 그 진드기 같은 녀석이 살아 있는 생명체라는 것 따윈 아예 잊은 듯했다. 어쨌든 녀석은 네 발로 착지하는 일에 능숙해 보였다. 그것만은 분명했다. 그런 다음 구석의 담요 더미로 서둘러 도망쳤다. 주인의 관심을 더는 독차지하지 않는다는 사실에 아마 감사하고 있을 터였다.

"정말인가요?" 국왕이 말했다. "확실해요? 참으로 이상한 일이군요. 물론 누나에게도 나름의 이유가 있었겠죠. 아, 그래도 말해봐요." 국왕이 내 쪽으로 움직였다. 이번에는 자신의 맨발로 퍼즐을 망가트리면서. "당신이 보기에 누나는 어떤 사람 같았나요, 쥐잡이꾼 씨?"

"그분은." 나는 입을 열었다. 독가루와 관련해 마음 한편에 늘 걸려 있던 의문이 혀끝에서 다시 한번 춤추기 시작했다. "그분은 아주 매력적인 여성인 듯합니다."

"아주 매력적인 여성." 국왕이 말했다. "아아, 이 얼마나 신사적인 사람인가요, 당신은. 그처럼 예스러운 공손함이라니. 당신 말이 맞아요, 쥐잡이꾼 씨. 매력으로는 최고죠, 내 누나가. 아니, 그래 보여요, 좀더 가까이서 보기 전까지는. 혹 왕궁에서 쇼라는 자도 만났던가요, 쥐잡이꾼 씨? 그자 특유의 아첨으로 한눈에 알아볼 수 있죠. 아니 그보다는 누나에게 떠는 아첨이라고 해야겠군요. 그자의 머릿속에는 누나를 왕위에 앉히겠다는 생각밖에 없어요. 내 가여운 아버지의 유언장을 매일같이 샅샅이 훑는 것도 그래서죠. 나를 더 멀리로 몰아내기에 충분한 구실이 될 조항, 하다못해 마침표 하나라도 찾아내려는 거예요. 내가 이미 이렇게 숨어버린 상황에서도. 분명히 말하지만 나는 이해가 안 돼요. 대체 어쩌면 누나에게 그처럼 끌릴 수 있는지. 당신은 이유를 알겠나요? 내 어머니조차 누나를 좋아하지 않았어요. 내 어머니는요, 쥐잡이꾼 씨, 천사 같은 사람으로 유명한데도 그랬죠. 아, 하지만 그 두 사람 사이에 뭔가 거슬리는 일이 벌어지고 있어요. 분명해요. 누나와 쇼 사이에서 말이에요. 그런 의심을 떨칠 수 없어요. 그래, 당신은 그자를 만났나요?"

"그렇습니다, 전하."

"그래서 그자는 뭘 하고 있던가요, 말해보라니까요? 웃고 있던가요? 춤이라도 추던가요? 내가 여기 이 작은 집에 붙박인 채로, 그들 두 사람이 살고 싶어 안달하는 그 쥐떼 소굴의 권좌에 얼씬도 말아야 할 법적 근거를 무수히 만들어내는 중이던가요? 이런, 내가 멍청한 소리를 했군요. 쇼는 절대로 웃지도 춤추지도 않는 사람인데. 그자는 미소조차 짓지 않아요, 내가 아는 한은. 그러니 말해요, 쥐잡이꾼 씨. 나는 알아야겠어요. 누나가 정말 당신의 덫들이 아름답다고 했나요, 그랬어요?"

"덫들이 아니라 덫입니다, 전하." 내가 말했다. "그분께 제 덫 중 하나를 보여드렸을 뿐이지만, 맞습니다. 그걸 보고 아름답다고 했습니다. 그러셨습니다."

"이렇게 신기한 일이 있나. 아 그런데 쥐잡이꾼 씨, 이제 그 덫을 내게도 보여야 한다는 걸 당신도 알죠? 우리 둘 중 한 사람에게만 보여주는 건 불공평한 일일 테니까."

"송구하오나 불가능합니다, 전하."

"어찌 그럴 수 있죠, 불가능하다니?" 국왕이 말했다. "누나한 테는 잘만 보여줘놓고 왜 나는 안 된다는 거예요?"

"다름이 아니오라 전하, 문제의 그 덫은 현재 사용중입니다. 그리고 어찌하였든 제가 그 덫을 다시 찾을 일은 없습니다. 그뿐 입니다."

"아." 국왕이 말하며 씩 웃었다. "재미있기도 해라. 그 덫이 어 떤 고통스러운 기억이라도 불러일으키는 걸까요, 쥐잡이꾼 씨? 당 신의 미스 에설이 지닌 더없이 매력적인 그 간계와 관련해서?"

"전혀 아닙니다, 전하."

"가여운 쥐잡이꾼 씨." 국왕이 말했다. "누나는 타인의 마음쯤 깔끔히 무시할 수 있는 사람이죠. 그건 누나의 잘못이 아니에요, 아니랍니다. 자녀를 애정 없이 기를 때 벌어지는 일일 뿐."

다음 순간 국왕이 하품을 했다. 자신이 방금 던진 말이 그저 날씨를 둘러싼 한담 정도에 지나지 않는다는 양. 그러고는 어기 적거리며 담요 더미로 돌아가더니 천들이 엉망으로 뒤얽힌 데서 루카스를 들어냈다.

"우리에게 새 덫을 만들어줘야 할 거예요, 쥐잡이꾼 씨." 루카 스를 다시 품에 안은 다음 국왕이 말했다. "사실상 왕명입니다. 덫이 우리 마음에 들면 보상으로 당신에게 조언을 좀 해주고 싶 어질지도 모르겠네요. 그렇지 않겠니, 꼬맹이 루카스? 그래, 맞

아. 그렇지! 이 불쾌하고 추한 남자한테 귀띔하게 될지도 모르겠어. 그토록 좋아하는 미스 에설과 다시 잘해볼 방법을 말이야, 그렇고말고."

"미스 에설에 대한 얘기를 더 해주실 수 있다는 말씀입니까?"

"왜 아니겠어요! 나는 선량한 시민에게 상을 내립니다, 알잖아요. 내가 그렇게까지 폭군은 아니라는 걸. 당신은 내 누나와 친구가 되고 싶죠, 아닌가요?"

"남자라면 누구나 그렇지 않겠습니까?" 내가 되물었다. 그리고 머릿속에서 그 만성적인 희망이 다시 반짝이기 시작했다. 호숫가에서 벌어진 일에 뭔가 다른 설명이 있으리라는 희망. 독살 시도의 배후에 그 법률가, 아님 고약한 할멈, 더하게는 국왕이 있었을지도 모른다는 희망. 하지만 그런 식으로 대답해서는 안 됐던 모양이다. 내 말 속의 뭔가로 인해 어둠이 드리워지던 국왕의 표정을 보면.

"나는 얼마나 행운아인가요." 국왕이 말했다. "그처럼 매혹적인 누나를 가졌으니." 그가 퍼즐의 잔해에 발길질했고 조각들이 사방으로 흩어졌다. "이미 망가졌는데 뭘. 남은 일은 다시 시작하는 것뿐."

국왕은 담요 둥지로 들어가 자리에 앉으면서 꼬맹이 루카스를 품에서 놓아줬다. 녀석은 잠시 주인의 곁을 맴돌다 결국 무슨 이유에선지 그의 무릎 위로 자진해서 되돌아갔다. 조그만 개의 털을 쓰다듬는 국왕에게서 예전의 허세는 죄다 빠져나간 듯했고, 그가 그저 어리고 약간은 지친 소년 같아 보이는 걸 나도 어쩔 수 없었다. 그가 고개를 숙이고 개의 양쪽 귀 사이에 입을 맞출 때 나는 차라리 눈길을 돌렸다. 앞서 말했다시피 그런 광경은 내 비위에 맞지 않는다.

다시 고개를 돌려 보니 국왕은 담요에 누워 몸을 웅크린 채 꼬마가 단짝 장난감을 끌어안듯 꼬맹이 루카스를 그러안고 있었다. 잠시 그렇게 서로를 바라만 보았다. 쥐잡이꾼과 국왕은. 난로에서 나오는 빛이 깜빡거렸다. "졸려요." 국왕이 마침내 입을 열었다. "이제 가서 내 덫을 만드세요. 잠에서 깰 때, 단 한 번만이라도, 뭔가 아름다운 것을 보고 싶어요."

눈을 감은 국왕은 곧바로 잠들었다.

나는 세상이 지금보다 나아지기를 기대하는 사람이 아니다. 당신도 수긍할 게 분명하다는 생각이 드는데, 나는 우리 주변에서 어떤 마법처럼 작용하는 정의감의 존재를 가정하는 사람도 아니다. 그럼에도 분통이 터지는 건 어쩔 수 없었다. 이처럼 지독히도 형편없는 지경의 국왕이 밤마다 그리도 쉽게 잠들 수 있다니. 그러나 국왕의 개는 그렇지 않았다. 꼬맹이 루카스의 말똥말똥한 눈이 그의 품속에서 번득였다. 나는 궁금했다. 녀석은 아침이 오기까지 저렇게 기다릴까. 저 조그만 생명체가 최대한 가만히 버티는 걸까, 제 주인의 잠을 방해하지 않겠다는 일념으로.

나는 잠든 국왕을 좀더 지켜보았다. 그리고 뒤돌아 문으로 걸으며 그의 쌔근쌔근한 숨소리와 탁탁거리는 불의 온기를 등졌다. 나뭇가지를 좀 모으고 어딘가 멀리로 가야 했다. 내가 제작할 덫에 대해 생각해야 했다. 나는 오두막을 나서며 국왕의 개를 향해 고개를 까딱했다. 그 짓 너나 많이 해라, 나는 됐다는 심정이었다.

*

그렇지만 작업에 적당한 장소를 찾아 숲을 되짚어가면서 나 자신이 답답해지기 시작했다. 불평 한 자락 해보겠다고 국왕을 찾아간 것도, 그런 식으로 오두막을 떠난 것도 기가 찰 노릇이었다. 상황의 진전을 보기는커녕 수행해야 할 왕명만 더 짊어지고 말았다. 국왕이고 뭐고 다 떠나 그는 한낱 어린애일 뿐인데.

그날 일찍이 남겨둔 허접한 자취를 따라 움직인 끝에 나는 왕궁 출입문 근처로 돌아왔다. 밤을 맞이해 문은 모두 잠겼고, 끝이 뾰족한 쇠창살을 휘감은 육중한 사슬에는 자물쇠가 달려 있었다. 그처럼 멀리서 보는 궁문 너머의 도시는 하늘을 등진 검은

덩어리일 뿐이었고, 조명이라고는 불규칙하게 나타나 사라지거나 조각조각 흩어져 있는 불빛—여기서 명멸하는 가스등, 저기서 움직이는 자동차 전조등—이 전부였지만 어쨌든 나는 쇠창살에 기댄 채 그 광경을 내다보며 밤공기를 호흡했다. 국왕의 거처에서 매캐한 연기에 찌들었던 폐에 무척이나 반가운 일이었다. 나는 산들바람에서 희미하고도 익숙한 쥐떼의 냄새를 다시 맡았다. 마치 북소리처럼 온갖 것들의 기저에 깔려 있는 그 냄새, 그리고 나는 깨달았다. 아까 오두막에서는 이 냄새가 거의 그립다시피 했다는 걸. 최근의 창궐로 인해 사방에 깃든 쥐떼의 냄새에 몹시 익숙해진 터였다. 나는 살짝 긴장을 푼 다음 밤거리를 내다보며 하수관과 배수로 속을 기고 달리는 조그만 생명들을 홀로 상상했다. 상대적으로 포획하기가 무척 수월했던 수천의 평범한 쥐떼들. 내가 꾀하는 일들마다 발목을 잡고 늘어지는 듯한 복잡함 따윈 궁문 너머 저 세상에 없었건만.

나는 눈을 들어 지붕들을 살폈다. 따닥따닥 붙어 서로의 머리 위로 솟은 지붕들은 어느 늙은이의 입속 충치처럼 들쑥날쑥했다. 내 시선이 지붕을 따라 동쪽으로 움직였다. 병원 굴뚝에서 솟구치는 연기를 지나 낡은 제철공장의 검은색 상자 모양 형체들에 가서 꽂혔다. 그중 어디에도 불은 켜져 있지 않았고, 그처럼 멀리서 봐서는 그곳을 삶의 터전삼아 살아가는 사람이 있으리라고 절대로 짐작할 수 없을 터였다.

　손가락으로 건물을 짚어가며 컴컴한 지붕 세 개를 센 끝에 내 집을 골라낼 수 있었다. 저기 내 작업실이 있다는 걸 나는 알았다. 내 연장 전부도 있다. 내가 가장 좋아하는 순서로 완벽히 배열된 채, 내가 돌아와―아마 담요를 몸에 두르고―작업대 벤치에 앉기를, 새로운 창조물의 고안에 몰두할 준비가 되기를 기다린다. 거기 있는 작업실을 보니 무척 기뻤다. 처음에는 그랬다. 그러나 다음 순간 뭔가가 달라지면서 나 자신이 작업실 지붕에 올라가 있다고 상상하는 기이한 경험을 했다. 지붕의 나는 도시의 전망이 가장 좋아서 늘 찾곤 하는 위치에 서서 궁문 쪽을 내려다본다. 그래봐야 보게 될 것은 궁문에 기대어 쇠창살을 움켜잡고 그 너머를 내다보는 나 자신일 뿐이지만.

　나는 그 느낌이 몹시 불쾌했다. 부르르 몸을 떤 뒤 고단한 여정을 다시 시작하려는 찰나 그 생각이 마침내 나를 찾아왔다. '마침내'라고 말하는 건 내가 줄곧 알고 있었기 때문이지 싶다. 부엌 근처 하인용 출입구를 통과해 왕궁에 발을 들였을 때부터, 더 정확히는 쥐떼의 배를 불리던 노파를 발견한 이래로. 도시를 장악하는 쥐떼는 왕궁에서 나오고 있었다. 그럴 수밖에 없었다. 그 외의 어디서도 나는 그만한 군집을, 놈들의 필요에 그처럼 완벽히 부합하는 거대 서식지를 본 적이 없었다. 기괴하다 못해 반역적이기까지 한 발상이었지만 일단 떠올려버린 이상 무시할 수 없었다. 도저히 눈감을 수 없는 진실이었다.

국왕도 알고 있었을까. 나는 궁금했다. 그리고 그게 나를 파견할 이유일 수 있을까? 혹 그렇다면 퍽도 무성의한 노력인 듯했다. 내가 이 분야의 능력자인 건 맞지만, 왕국 전체에 들끓는 쥐 떼의 근거지를 소탕하는 일은 남자 하나를 소환하는 것보다 더 상당한 수준의 조치를 요하는 법이었다. 국왕이 설령 알았다 한들 그게 놀랄 일인가, 그라는 사람을 겪어본 지금? 어차피 내 눈에 국왕은 무성의함을 넘어 이기심으로 치자면 왕 중의 왕으로 보였다.

*

앞서 말했다시피 덫 고안 작업을 시작하려면 통상적으로 예비 제물들의 무리에서 참고용 표본을 구해야 한다. 그래서 나는 그 밤의 작업실로 선택한 공터로 쥐 한두 마리쯤을 끌어들이려 시도했다. 작업용 장갑도, 심혈을 기울여 조제한 가루가 가득 든 깡통도 하나 없었지만 속이 텅텅 빈 나무 밑동의 이끼 더미에서 자라는 버섯을 조금 발견하고 손가락으로 으깨어 땅에 뿌려뒀다. 그런 다음 나무뿌리를 수북이 덮은 퇴적물 곁에 최대한 소리

죽여 쪼그려앉은 뒤 기다렸다.

첫번째 쥐는 덤불에서 등장했다. 내 무릎으로부터 고작 몇 미터 떨어진 낙엽 더미에서 길쭉하니 씰룩거리는 주둥이를 내민 놈은 왕궁에서 서식하는 쥐떼의 표본으로 삼기에 양호했다. 검고 윤기 도는 외피에 반사되는 달빛으로 반짝이며 버섯 미끼로 직행했다. 나는 손닿는 범위 내에 놈이 들어오기가 무섭게 앞으로 튀어나갔다. 하지만 통증과 부상이 여전한 상태였고, 아직 한창때인 쥐는 그 거대한 몸집에도 불구하고 요리조리 날쌔게 움직였다. 북슬북슬한 털 사이로 삐져나온 송곳니로 버섯을 한입 물고는 내 손가락을 솜씨 좋게 피해 수목의 그림자 속으로 쏙 들어가버리는 바람에 나는 내 손으로 만든 버섯 혼합물의 한복판에 나엎어지고 말았다.

그 정도로 단념할 내가 아니었다. 나는 잽싸게 원위치로 돌아갔다. 다시 기다리기 시작했고 조용히 있으려 숨조차 거의 쉬지 않았다. 까마귀들이 깩깩대고 나무 꼭대기에서 바람이 삐걱거렸다. 그리고 드디어 두번째 쥐가 나타나 어슬렁어슬렁 미끼로 향했다. 나는 놈을 붙잡을 태세를 취했다. 목을 조를까 부러트릴까 생각하던 와중에 나를 불안하게 만드는 뭔가에 주목했다. 놈은 내가 거기 있는 걸 뻔히 알았다. 그 쥐 말이다. 놈은 이미 나를 보았다, 분명했다. 본 것까지는 아니더라도 냄새 정도는 맡은 게 확실했다. 그런데도 놈은 내가 이를 드러내고 튀어오를 태세를 취하는 동안 도망칠 생각을 전혀 하지 않았다. 코를 킁킁거리며 빤히 쳐다볼 뿐이었다. 어찌된 영문인지 나는 놈을 덮치지 못했다.

나는 발뒤꿈치를 땅에 붙이고 서서 몸을 앞뒤로 흔들었다. 놈을 향해 달려나갈 준비를 하며 눈밭에서 온갖 소음을 내고 숲 바닥의 고사리들을 일렁였지만 그래도 이 생명체는 제 목숨을 부지하려 들지 않았다. 오히려 내게 곧장 다가와 킁킁거리며 무릎과 신발의 냄새를 맡았다. 제 몸뚱이를 내게 거저 갖다 바치는 것이나 다름없었다. 그러나 인정해야겠다. 나는 완전히 손놓고 있었다. 감상 따위에 젖은 건 아니다. 쥐를 잡으며 보낸 그 숱한 세월 동안 교전의 통상적인 수칙을 그처럼 노골적으로 무시하는 상대를 본 적이 없었을 뿐. 나는 놈이 내 주변을 킁킁거리며 좀더 다니게 두었다가 수목 틈으로 쫓아버렸다. 어쩌면 어리석은 짓이었겠으나 나는 그때까지도 오싹한 기분에 시달리고 있었다. 그날 일찍이 궁문 근처에 서 있다가 불쑥 떠올리고 만 그 이미지를 아직 떨치지 못하는 중이었다. 그런 상태에서 그처럼 거리낌 없이 자신을 내놓는 뭔가를 취하기까지 했다면 머릿속이 아주 뒤숭숭했을 테다.

그 일이 있고 나는 으깬 버섯과 속 빈 나무 곁에서 마냥 기다릴 수만은 없음을 깨달았다. 국왕의 거처를 떠난 지도 벌써 한참이었고, 사방에는 밤이 깊었으며, 달이 하늘을 가로질러 이동해 있었다. 게다가 내게는 작업에 도움이 될 평상시의 도구도 재료도 없었다. 그 말은 곧 덫 제작 과정에 내가 보통 용인하는 수준보다 훨씬 더 긴 시간이 걸리고 말리라는 뜻이었다. 눈으로 공터를 한번 더 훑은 나는 다른 쥐가 조만간 나타나리라는 조짐이 전혀 발견되지 않자 이제 작업을 시작할 때라고 결론지었다. 예비 제물들에 한해서는 기억에 의존해야 했다.

처음에는 못 견디게 고되고 비효율적인 과정인 것만 같았다. 천연 상태 그대로의 기다란 나무를 두툼하니 그러잡고 작은 주머니칼 하나로 깎아내는 일도, 재료를 찾아 나무를 기어오르는 일도. 평상시 같으면 톱이니 널빤지니 칼날이니 화학적 술수니 하는 것들을 마음껏 써먹었을 상황에서 말이다. 하지만 구축 작업이 본격적으로 진행되면서부터 이내 환경의 제약을 잊었다. 장치를 보다 정교히 하고 덫의 복잡성을 강화하는 데 몰두하면서 가령 미끼 문제에 어떻게 접근할지 등을 고민했다. 내게는 향가루가 없었고, 설령 갖고 있었다 해도 그날 밤에는 짝짓기로 생명을 유인해 독살해버릴 용기가 차마 나지 않았다. 그러던 중, 그날 국왕이 무척이나 굶주려 보였기 때문일까, 혹은 나 자신의 허기가 되돌아와서일까, 아무튼 먹이야말로 이번 대모험에 가장 적합한 미끼인 듯 보이기 시작했다. 나는 이 문제를 몹시 신중히

166

고민했다. 메뉴 구성을 고심하는 주방장의 신중함에 못지않았을 것이다. 나는 휘파람으로 노래를 부르며 깎고 다듬고 두들기고 저미고 가느다란 나무껍질을 꼬아 밧줄을 만들었다. 마침내 장치를 완성하고 고개를 들었을 때는 새벽녘이었다. 나는 외투를 벗어 덫을 덮었다. 옷으로 가린 본체를 들어올려 쑤시는 양팔로 안은 다음 느리고도 고통스러운 여정을 시작했다. 숲을 다시 헤치며 오두막으로 향했다.

*

굴뚝에서 뿜어져나오는 연기가 상당하고 자욱했던 탓에 나는 국왕이 깨어 있으리라 짐작했다. 곧장 현관으로 가서 문을 두드렸다.

"아!" 문 너머에서 국왕의 목소리가 들렸다. "잠깐만요! 일 분만 시간을 줘요!"

그 말에 바깥의 추위 속에서 기다리는데 오 분은 족히 흘렀고, 품에 안은 덫의 무게에 양팔이 밑으로 처지다 못해 아예 빠져버릴 것만 같았다. 결국 인내심이 다한 나는 다시 문을 두드렸다.

"아!" 국왕의 목소리가 다시 들렸다. "아, 들어와요!"

덫을 떨어트리지 않으면서 문고리로 손을 뻗으려 고생하고 있는데 국왕의 말소리가 들렸다. "자, 꼬맹이 루카스, 과연 누가 우리를 찾아왔을까?"

나는 끝내 문을 여는 데 성공했다. 아니, 그러니까 몇 번 더듬거리다 예기치 못하게 문고리를 돌려 문이 열리는 바람에 몸이 앞으로 쏠리면서 문턱에 걸린 발이 허우적대며 눈송이를 흩뿌렸다. 덫의 무게 때문에 엎어지려는 찰나 가까스로 몸을 가누었다. 참으로 형편없는 지경이 되었다고 나는 다시 한번 느꼈다. 예전의 체력과 체격은 오간 데 없었다. 발을 헛디딘 곳에서 고개를 들자 난로 안의 장작 받침쇠 속에서 아우성치는 불길이 보였다. 다음 순간 뒤쪽에서 꼬맹이 루카스의 낑낑거림이 들렸다. 나는 방의 반대쪽으로 고개를 돌렸다. 전날 밤 내가 국왕을 두고 떠난 위치였다.

담요들이 저쪽으로 밀쳐져 있었다. 국왕은 낑낑대며 발버둥치는 꼬맹이 루카스를 꼭 껴안고 벽에 기대서 있었다. 그리고 문제의 장면이 눈에 들어왔다. 나를 꽤나 역겹게 했던 게 바로 이 장면이었다. 국왕은 직접 만든 왕관을 쓰고 있었다. 왕관인 것 같았다. 숲에서 모은 잔가지와 나뭇가지로 만든. 아, 하지만 문제는 그게 아니었다. 장난감 왕관을 만들든, 호화로운 의복 차림에다 그걸로 단장을 하든 그건 국왕 마음이었다. 정말 내 신경을 거스른 건 그가 자신의 것과 똑같은 왕관을 조그맣게 하나 더 만들었고, 그걸 얌전히 빠져 있는 법이라고는 도무지 모르는 꼬맹이 루카스의 구린내나는 털북숭이 머리에 고이 씌워됐다는 사실이었다.

나는 인간과 짐승이 비슷해 보여서는 안 된다는 강한 믿음을 공공연히 피력해왔다. 일례로 내가 더 건강했던 시절에, 그러니까 왕궁에 발 들이기 전 아침마다 습관적으로 시간을 들여 내 자세를 완벽히 가다듬었던 것도 다 그 믿음 때문이었다. 나 혼자만의 생각일지 몰라도, 엎드려 기고 살금살금 다니고 야생에서 살아가는 이 세상 모든 것과 나는 다르다는 게 내 고집이었다. 그래선지 인간과 짐승의 친밀감을 가장하는 국왕의 이 작은 쇼는 내게 상당히 도착적으로 다가왔다. 게다가 다른 걸 다 떠나서, 국왕의 품에 붙들려 있는 내내 루카스는 머리 위의 잔가지들을 벗어버리려는 듯 이리저리 꿈틀댔다. 그 쇼에 억지로 동참하는 듯한 녀석의 몸부림이 눈앞의 장면을 더 최악으로 만들었다.

"인사드립니다, 전하." 내가 말했다. "간밤에 편히 주무셨는지요?"

"잠을 설쳤어요." 국왕이 말했다. "그래요, 거의 못 잤어요. 여기 이 꼬맹이 루카스가 밤잠도 없이 어찌나 간절히 내 관심을 바라는지 한숨도 못 자다시피 했어요. 이제 좀 자도 되겠느냐, 루카스, 애야?" 국왕은 늘 하던 대로 녀석과 코를 비벼댔고, 둘의

쌍둥이 왕관이 맞닿으며 부스럭거렸다. "안 돼, 이 유치한 녀석, 네 속에 대체 뭐가 들어 있는지 모르겠구나. 정말 그래요. 녀석의 이 순진한 얼굴에 속지 마요. 꽤나 짓궂게 굴 때가 있거든요. 아, 그런데 지금은 다 괜찮아졌어요, 그렇지 루카스? 내 것과 똑같은 왕관을 네게도 만들어줬으니 더는 시샘할 필요가 없잖니! 녀석의 시샘은 끔찍할 정도랍니다, 쥐잡이꾼 씨. 내 누나에 버금가게 못 되게 굴죠. 하지만 봐요. 이제는 우리 둘 다 왕이에요. 그래서 녀석도 오늘은 꽤 행복해요."

아까 말했듯 꼬맹이 루카스는 조금도 행복해 보이지 않았다. 눈곱만큼도 아니었다. 다만 내게 그건 굳이 걸고넘어질 가치가 없는 문제였다.

"그렇다니 다행입니다, 전하." 내가 말하며 외투에 덮인 덫을 바닥 가운데에, 유해처럼 흩어져 있는 퍼즐 조각들 위에 내려놓았다. "전하도 흡족하실 겁니다." 나는 그에게 말하며 손을 털고 덫의 외투를 매만져 보다 매력적인 각도로 걸려 있게 했다. "오늘 전하를 위해 고안한 덫의 주제는 삼림입니다. 전하와 전하의 꼬마 동반자가 거처로 정한 이 더없이 매력적인 주거지를 기리는 의미죠. 감히 권하옵건대 전하, 느릅나무의 매끄러운 선을 살려 본체의 모양을 잡은 것이 보이십니까? 경첩에 사용한 단풍나무의 독특한 색조는 또 어떻고요? 전반적으로 소박하고 목가적이기까지 한 덫의 외관을 전하께서 즐거이 여겨주시면 좋겠습니다. 저는 근면히 열과 성을 다했습니다, 전하. 무엇이 전하를 기쁘게 할지 세세히 고심했죠. 물론 꼬맹이 루카스도요."

국왕이 손뼉을 쳤다. 그러면서도 무슨 조화인지 루카스를 품에서 놓치지 않았다.

"아아, 좋구나." 그가 말했다. "우리가 그간 얼마나 고대했던 일이냐, 그렇지 않니, 꼬맹이 루카스, 내 조그만 꼬맹이 루카스? 나는, 이 몸은 당신이 우리를 위해 무엇을 고안했는지 보고 싶어 못 견딜 지경이에요, 쥐잡이꾼 씨. 어서 계속해요, 네? 온종일 기다리게 할 셈은 아니겠죠."

그러나 이번에는 물러서지 않기로 결심했다. 나는 덫을 두른 외투를 그 자리에 그대로 두었다.

"그전에 전하, 질문이 있습니다." 내가 말했다.

국왕이 이를 드러내며 히죽 웃었지만 얼굴의 나머지 부분은 무표정했다. "이런, 이런." 그가 말했다. "이거 재미있네요. 질문? 이것도 게임의 일부인가요? 어서 해봐요, 쥐잡이꾼 씨. 당신의 그 질문, 부디 해주시겠습니까?" 국왕은 내 목소리를 다시 흉내내고 있었다. 목소리를 이랬다저랬다 하는 모습이 꼭 모조인간에 대고 말하는 복화술사 같았다.

"미스 에설 말입니다, 전하." 내가 말했다. "전에 제게 해줄 애기가 있다고 하셨습니다, 미스 에설과 관련해서."

"내가 그랬나요?" 국왕이 눈을 동그랗게 뜨며 말했다. "아니
실은, 그래 그랬지! 무슨 영문인지 까맣게 잊고 말았어요. 아, 하
지만 그 얘기를 하려면 당신의 덫이 그만한 가치가 있다는 생각
이 먼저 들어야겠죠. 당신이 들었다는 누나의 그 극찬을 받을 만
한 가치가 있는지. 그게 뭐였더라? 아름답다? 글쎄요, 이런다고
나를 원망진 못하죠. 쥐잡이꾼 씨. 그 말이 정녕 사실일까 확
인하려 든다고 해서요. 그게 사실일 가능성이 어쨌든 아주 낮아
보이거든요."

루카스가 사납게 짖어대기 시작했다. 고음으로 끽끽거리는 끔
찍한 소리에 나는 신경질이 치밀었다. 조금 전 국왕이 장황히 떠
들어대면서 녀석을 붙든 팔에 바짝 힘을 준 모양이었다.

"감히 저는 그 얘기를 당장 들어야겠다고 고집해야만 하겠습
니다. 덫을 공개하기 전에요."

"이처럼 피곤한 사람을 봤나." 국왕이 말했다. "누나가 정말
그리도 매혹적인가요? 단 일 분도 기다릴 수 없을 정도로? 눈앞
의 재미마저 제쳐둬야 할 만큼? 정말이지, 쥐잡이꾼 씨, 누나는
당신의 확신처럼 매력적인 사람이 아니에요. 내 장담하죠. 당신
이 누나를 나만큼 잘 알았다면 그녀에 대한 얘기는 두 번 다시
듣고 싶지 않을 거예요."

"제 고집을 용서하십시오, 전하. 이 흥정은 전하의 뜻이었고, 오늘 이렇게 외투를 씌워 가져온 물건의 모양과 덩치를 보면 전하도 아시겠죠. 제가 약속을 지켰다는 사실을 말입니다. 이제 부디 해주시겠습니까. 전하 또한 전하의 약속을 중히 여기시리라는 보증을요."

국왕의 눈이 가늘어졌다. "내 약속을 중히 여겨라? 우리의 이 소소한 게임을 꽤나 거창하게 생각하는군요, 정말. 하지만 아무렴 어때요, 당신이 그리 고집한다니 말해줄게요. 막상 듣고 보니 마음에 들지 않는 얘기라고 나를 탓하면 안 된다는 것만 알아둬요. 나는 당신한테 경고할 생각이었거든요, 뭐랄까, 쥐떼에 대해서요. 안타깝게도 당신은 쥐잡이를 중단해야 할 거예요. 정말 당신이 누나의 환심을 사고 싶다면." 여기서 국왕의 입이 뒤틀리며 심술궂은 미소를 지었다. "왜냐면 누나는 쥐를 사랑하거든요, 그래요. 내가 여기 이 꼬맹이 루카스를 사랑하는 것처럼. 물론 내게는 꼬맹이 루카스가 전부지만 누나는 마음에 쥐 한 마리 한 마리를 죄다 품을 수 있는 사람이죠. 아아, 그렇다고 누구 하나 잡아죽일 듯한 표정을 지을 필요는 없어요, 쥐잡이꾼 씨. 내가 하는 모든 말은 진실이랍니다, 내 장담하죠! 어릴 적부터 누나는 쥐들 말고는 다른 누구하고도 어울리지 않았어요. 그러니까 누나의 그 끔찍하고 얼빠진 어미를 제외하면. 그 여자를 친구로 쳐주기는 힘들죠. 내 누나는 장난감을 갖고 노는 법이 결코 없었어요. 나랑 어울리기도 거부했고요. 사람들이 나를 누나 곁에 아무리 데려다놓은들 소용이 없었죠. 누나는 말도 하지 않았어요. 내가 같이 놀이를 시작해보려고 하면 그저 으르렁거리고 심하면 할퀴기까지 했죠. 그래놓고는 내내 창밖만 내다보고 있으니 결국 나는 다른 방으로 옮겨졌어요. 아아, 하지만 그 쥐떼들은, 이제 누나는 늘 놈들하고만 어울려요. 누나와 놈들 사이에 어떤 애착이라도 있는 모양이라고, 누군가는 그렇게까지 말할 수 있겠죠…… 그래서예요, 쥐잡이꾼 씨. 누나가 당신의 덫을 극찬했을 가능성이 내 눈에는 낮아 보이는 게. 혹 내가 잘못 짚은 부분이 있거든 정정해주세요. 다만 나는 누나가 당신에게 거짓말을 해왔다고밖에 결론지을 수 없어요. 아아, 그래도 그렇게나 고약한 표정을 지을 필요는 없어요." 국왕은 모든 문제를 일축하듯 한 손을 저었다. "이제 내게도 덫을 보여줘요. 어쩌면 나만큼은 그게 진심으로 아름답다고 생각할 수 있고, 그럼 당신은 적어도 우리 둘 중 하나의 칭찬은 얻게 되는 셈이니까요! 어서요, 쥐잡이꾼 씨, 이제 보여줘요, 당장."

국왕은 품속의 꼬맹이 루카스를 고쳐 안고 다시 손뼉을 쳤다. 나는 숨쉬기가 힘들었다.

"잔인하시군요." 내가 마침내 입을 열었다. "미스 에설에 대해 그리 말씀하시다니."

"상관없어요." 국왕이 말했다. "할말을 한 것뿐이니까. 이제 당신의 약속을 중히 여길 차례예요. 이제 당신이 흥정의 끝맺음을 하도록 해요."

글쎄, 나는 머릿속을 좀처럼 정리할 수 없었다. 특히 꼬맹이 루카스가 저기서 저리도 시끄러운 소리를 내는 와중에는. 그래서 영리하게 맞받아치며 국왕의 이상한 얘기가 나를 조금도 뒤흔들지 못했음을 보여주는 대신 고개나 절레절레 흔들며 불가로 걸어가 덫 바로 뒤에 섰다.

나는 숨을 들이마시며 아까 숲에서 했던 결심을 되새겼다⋯⋯ 그런 다음 손을 내려 덫을 두른 외투의 윗부분을 잡고 뒤로 당겼다. 국왕 쪽에서 헉 소리가 났고, 나는 고개를 들어 그의 얼굴을 보았다. 이제는 그리 시건방지거나 심술궂어 보이지 않았다. 그저 겁먹은 아이. 그래 보였다. 그 순간에는. 나는 그 모습을 보며 온몸에 흐르는 전율을 느꼈다. 국왕은 얼른 이목구비를 단속했지만 이미 내게 들키고 말았음을 그 역시 알았다. 나는 절뚝이며 덫 뒤에서 걸어나왔다.

"여기. 나무 몸통처럼 휜 중추 구조물의 정교함을 눈여겨보십시오." 내가 말했다. "구조물의 겉면에 나무껍질의 원래 무늬를 강조해 새겨넣었습니다. 오로지 미적 가치를 위해서죠. 그러니

까 삼림이라는 주제와 목가적 절제에 이바지하면서 전체적으로
는 나무의 외양에 더 가까운 분위기를 주려는 겁니다. 그리고 구
조물의 여기와 여기와 여기에." 나는 덫 옆에 쪼그려앉아 이곳저
곳을 가리켰다. "작은 V자 모양과 홈들을 새겨뒀습니다. 발판이
죠, 굳이 설명하자면. 궁에서 발견된 쥐들의 크기와 덩치에 맞춰
최적의 간격으로 띄워뒀습니다, 전하. 구조물의 위쪽으로 이어
지는 경로가 좀더 쉽고 보다 매력적으로 보이게 만들려는 것이
죠, 굳이 설명하자면. 물론 발판은 대개가 형식적인 겁니다. 왕
궁의 쥐들이 다소 비대한 건 사실이지만 그래도 나무를 타는 일
에서는 여전히 능란할 테니까요." 나는 국왕에게 히죽 웃어 보이
며 손으로 덫을 훑어 중추 구조물 위쪽의 나뭇가지들로 향했다.
"여기 보이는 이 나무별들은 제 시그니처 기술입니다…… 그리
고 여기서, 왕이시여, 대미가 장식됩니다."

"새 둥지?" 국왕이 말했다. 그리 편치 않은 목소리였다. 나는
그의 음성에 깃든 불안한 기색이 무척 마음에 들었다.

"맞습니다, 새 둥지." 내가 말했다. "잘 보셨습니다, 전하. 버
섯 여러 종을 혼합해 으깬 다음 둥지 안에 깔아뒀습니다. 만찬이
풍기는 먹음직스럽고 향기로운 냄새를 강화할 수 있게."

"그렇군요." 국왕이 말했다. 내가 이런 말을 해도 될지 모르겠
지만, 그는 약간 목이 졸리는 듯한 소리를 냈다.

"보이십니까, 여기, 둥지를 받치고 있는 조그만 단상이요, 전하?"

"네, 쥐잡이꾼 씨. 보이네요."

"이 부근의 나무를 빙 둘러 다듬고 깎아 단상에서 최후의 도약을 해야지만 둥지로 뛰어오를 수 있게 만들어졌습니다."

"놈들이 단상에 도달하면 어떻게 되나요, 쥐잡이꾼 씨?"

"놈들이 단상에 도달하면 어떻게 되나요?" 내가 그의 말을 그대로 따라 했다. "아, 참으로 감사한 질문입니다. 그때는 이렇게 됩니다, 전하." 나는 덫의 꼭대기에 있는 장치를 토닥였다. "단상 위 쥐의 무게가 이 기중기 같은 장치를 작동시킵니다. 울퉁불퉁한 나무껍질 올가미가 밑에서부터 슬슬 올라오죠. 보이십니까? 바로 여기? 그리고 적당한 지점에서 조여드는 겁니다. 상당히 정확한 곳, 제 계산에 따라 우리 친애하는 쥐 선생의 번들번들 토실토실한 목을 찾게 될 지점에서 말이죠. 그때쯤 단상은 당연히 밑으로 떨어집니다. 그럼 하! 쥐 선생은 목이 매달리고 마는 거죠."

"그렇군요." 국왕이 다시 말했다. "쥐잡이꾼 씨, 그 말인즉 이 덫으로는 쥐를 한 마리밖에 잡지 못한다는 뜻이 아닌가요? 그리 효율적이지 않은데요, 꼼꼼히 따져보면 말이죠. 자, 아닌가요?"

하지만 시연에 완전히 정신이 팔린 나는 그의 말에 별 관심이 없었다.

"자, 허락하신다면 전하." 내가 말했다. "결정적 한 수를 보여 드리겠습니다." 나는 구조물의 꼭대기에 있는 조그만 새 둥지에 손을 넣어 새알 하나를 꺼낸 뒤 단상의 측면에 톡톡 두들겼다. 껍질을 가르며 내용물을 둥지 안 다른 알과 버섯에 뿌렸다. 젠체하는 프랑스인 요리사풍으로, 라는 게 내 원래 구상이었다.

"자극성을 강화하는 겁니다, 전하." 내가 말했다.

그러나 나는 그 순간의 기쁨을 그리 오래 만끽하지 못했다. 작은 새알의 껍질을 깨는 순간부터 루카스가 다시 사납게 짖어대서였다. 나는 녀석의 존재를 잠시 잊었었다, 그 점은 짚어야겠다. 덫을 설명하는 내 목소리의 권위가 녀석을 입 다물게 했다고 봐도 무방할 것이다. 여하간 나는 몹시 몰두한 나머지 녀석은 안중에도 없었다. 아마 그래서였을 테다. 몸부림 끝에 주인의 품을 벗어난 녀석이 방을 깡충깡충 가로질러 덫으로 향할 때 내가 다소 더디게 반응한 건. 그때까지도 둥지를 물끄러미 바라보고 있던 국왕 또한 마찬가지여서 평소에 그랬음직한 것만큼 날렵히 대처하지 못했다.

"루카스." 굼뜬 두뇌가 일이 돌아가는 형편을 따라잡았을 때 국왕이 입을 열었다. "루카스!" 그리고 소리쳤다. 하지만 국왕이 자리에 붙박여 얼빠진 듯 바라만 보는 사이 꼬맹이 루카스는 후

178

다닥 구조물의 몸통을 타고 올랐다. 내 나무별들을 들이받아 옆으로 제치고 걸음을 재촉했다. 맙소사, 녀석이 제대로 된 음식을 구경한 지 최소 한 달은 된 게 틀림없었다. 생명체가 그토록 절박하게 덫으로 돌진하는 모습은 거의 본 적이 없었다.

"루카스!" 국왕이 다시 절규했다. 개가 단상에 도달하는 순간에야 비로소 사지가 말을 듣기 시작한 그는 제 짝하고 소중한 동반자를 향해 질주했다. 그러나 전에 말했듯 실내는 널찍한 편이었고, 국왕이 우리 쪽에 도달했을 때쯤, 그러니까 그가 자신의 몸을 부려 개와 덫과 내 곁에 섰을 때는 너무 늦었다. 올가미가 루카스를 낚아챘다. 녀석은 목이 크게 꺾인 채 캑캑거리며 끝을 향해 갔다.

국왕은 그보다 더 기괴할 수 없는 소리로 울부짖었다. 그 소리에 나는 이런 생각까지—아주 잠깐일 뿐이었다, 알겠는가—하게 됐다. 내가 무슨 엄청난 잘못이라도 저질렀나보다. 하지만 그 문제에 대해 제대로 생각할 겨를도 없었다. 내가 얼떨떨하니 정신없는 사이에 국왕이 덤벼들더니 덫을 발로 걷어차 바닥에 패대기쳤다. 그 와중에 꼬맹이 루카스가 휘익 요동하고, 새 둥지가 훌쩍 날아가고, 새알들이 데굴데굴 구르고, 으깬 버섯이 바닥에 우수수 쏟아졌다. 국왕은 쪼그려앉아 꼬맹이 루카스의 목에 감긴 울퉁불퉁한 나무껍질 밧줄을 잡아뜯었다. 매듭을 풀려고 안간힘을 쓰며 망측하디 망측한 소리를 냈다. 살면서 들어온 중 나와 같은 인간이 내는 소리로는 가장 극악했다. 거기에는 눈에 보이는 것 이상의 의미가 있었다. 내가 몸담고 살아가는 도시에서 벌어지고 있는 일들을 생각하면. 국왕이 그 지경으로까지 전락하는 꼴을 보다니 꽤 놀라웠다. 내 손으로 야기한 상황이라는 건 둘째 치고 살아생전에 두 눈으로 직접 보게 되리라 생각조차 해본 적 없는 장면이었다.

"목이 부러졌습니다." 내가 마침내 입을 열었다. "차라리 죽게 두는 편이 지금으로서는 더 관대한 조치일 겁니다."

그러나 그 말은 국왕의 새된 비명과 흐느낌과 밧줄을 잡아뜯는 몸부림에 다시 불을 붙일 뿐이었다.

"맙소사." 나는 그가 만드는 유감스러운 난장판 주변을 뒤뚝뒤뚝 한 바퀴 돌았다. "정말 엄청난 소란이군요, 네? 하지만 생각해보세요, 전하. 전하의 궁문 너머에서 쥐떼가 창궐하고 있습니다. 다른 곳도 아니고 왕궁에서 퍼져나와 거리를 병마와 질병으로 채웁니다. 그 때문에 죽어가는 사람들까지 있어요. 다들 겁에 질렸고 절박합니다. 어딜 보든 역병이 속삭이니까. 전하의 지금 이 소란은 그들을 위한 것입니까? 이 한심하고 보잘것없고 해로운 짐승 하나 잃었다고 내는 불협화음을 저 밖의 인간들을 위해 내본 적이 있습니까?" 나는 국왕의 멱살을 부여잡았다. 바닥에서 경련하는 조그만 몸뚱이에서 그를 뜯어내고 일으켜 세워 우리 둘의 코가 맞닿도록 끌어당겼다. "당연히 아니겠죠." 내가 말했다. "당신은 그들의 존재조차 모릅니다."

"루카스는 해로운 짐승이 아니야." 국왕이 쉰 소리를 냈다. "루카스는 살아 있고 생각하는…… 그애는……" 그는 말을 끊고 콜록거렸다. 목청을 가다듬고 나를 똑바로 올려다보는 그의 얼굴에 괴상한 표정이 서렸다. 무척 중요한 뭔가를 설명하려 진심으로 애쓰는 사람처럼. "루카스는 해로운 짐승이 아니에요. 그애는 루카스라고요. 몹시 조그맣고 다정하고 연약한. 녀석과 함께일 때면 나는, 왠지 몰라도 절대로 악몽을 꾸지 않아요."

나는 국왕의 옷깃을 놔버렸고 그는 무기력하게 바닥에 처박혔다. 너무 말라 뼈만 남은 짐승처럼.

"한심하군." 나는 그에게서 등을 돌리고 절뚝이며 걸어가 난롯불을 응시했다.

우리는 상대적인 고요 속에서 그렇게 잠시 시간을 보냈다. 처음에는 등뒤의 국왕 쪽에서 상당한 훌쩍임과 흐느낌이 있었다. 그리고 최후의 캑캑거림이 들렸다, 물론 꼬맹이 루카스에게서. 마침내 둘 다 조용해지면서 이제 내가 귀기울일 건 불꽃의 탁탁거림뿐이었다. 나는 천천히 몇 차례 호흡하며 두근대는 심장을 진정시켰다.

"고의로 그랬죠." 잠시 후 국왕이 등뒤에서 말했다. "그 덫, 루카스를 노리고 만든 거죠, 그렇죠?"

"모르겠습니다." 내가 불길에 대고 말했다.

"당신은 정말 괴물이 틀림없어." 국왕이 말했다. 그의 목소리는 전과 달랐다. 드디어 냉정을 되찾고 바닥에서 몸을 일으킨 듯한, 죽어가는 자신의 개 위에 엎어져 있는 얼빠진 일 따윈 그만둔 듯한 소리에 더 가까웠다. 나는 뒤돌아 그를 보았어야 했다. 그랬어야 했다는 걸 이제는 안다. 나 자신이 수치스럽지 않다는 것을, 혹은 그가 전혀 두렵지 않다는 것을 보여줘야 했다. 하지만 어찌된 영문인지 그러지 못했다. 나는 그가 가까이 다가오는 기척을 느꼈다. 맨발로 아주 가만가만히. 그런데도 나는 여전히 다른 곳을 보고 있었다.

"그런데 왜 그런 짓을 했죠, 쥐잡이꾼 씨? 나는 누나에 대해 진실을 말했어요, 정말이에요. 당신이 우리를 도우러 왔다고 생각했어요."

"모르겠습니다, 전하." 나는 시선을 돌린 채 말했다.

"가여운 꼬맹이 루카스." 국왕이 말을 이었다. "녀석은 평생 살생이라고는 해본 적이 없어요. 그리고 이제……" 국왕의 목소리가 떨렸다. "녀석 없이 내가 뭘 어째야 할지 도저히 모르겠어요."

내가 다음으로 한 말은 지금도 자랑스럽지 않다. 실은 애초에 왜 그런 말을 했는지도 잘 모르겠다.

"사과드립니다, 전하." 내가 말했다.

이윽고 나는 뒤에서 획 하는 움직임을 감지했다. 몸을 비틀어 뒤로 돌자 불길에 휩싸인 기다란 막대기를 휘두르는 국왕이 보였다. 불꽃이 나무막대의 밑에서 위로 번지며 춤췄다. 내 교수대 장치의 위쪽 부분인 듯했는데 이제는 덫에서 떨어져나와 활활 타오르고 있었다. 나는 펄쩍 뛰어 비키려 했다. 그러나 동상이 발가락을 야금거리는데다 독성이 여태껏 혈관 속을 오가는 중이었다. 온갖 종류의 통증에도 시달리고 있었다. 다시 말해 나는 너무 느렸다. 막대기 끝의 불길이 내 셔츠 소매에 와닿는 바로 그 순간 반대쪽을 핥으며 국왕의 손으로 향했다. 그가 비명을 질렀고 이제는 불덩어리가 된 그것을 저멀리 다시 난로 속으로 던졌다.

나는 국왕이 제 손바닥을 데었는지 확인하는 모습을 지켜보았다. 그사이 불길이 내 소매 끝으로, 바짓가랑이 밑으로, 가슴을 가로질러 내달렸고—나는 계속 지켜보았다. 고개를 든 국왕이 예의 그 휘둥그런 눈으로 나를 빤히 보는 걸. 그 모두가 천진하고 순전한 실수였을 뿐이라는 듯—마침내 고통이 꽃피면서 살이 타는 냄새를 자각한 순간 나는 문으로 질주했다.

눈밭에 도착하기 무섭게 눈 속에 머리부터 처넣었다. 불길과
물기가 접촉하며 쉭쉭거렸고 나는 더 많은 눈을, 불을 끌 새 땅
을 찾아 바닥을 마구 굴렀다. 우리가 살아가는 이 끝없는 겨울이
그토록 감사하리라고는 생각해본 적 없었다. 그리고 마침내, 천
만다행으로, 불길이 사그라지는 게 보였다. 누더기가 된 옷에 눌
어붙은 살갗이 여전히 불타듯 뜨겁고 끈끈했지만. 나는 땅에서
몸을 일으켰다. 흙바닥에서 구르는 건 할 만큼 했다. 잠시 멈춰
부상의 정도를 확인하는 대신 나는 호수로 향했다.

숲을 되는대로 헤치며 나아갔다. 나무 몸통과 가지에 충돌하
고 까진 두피를 잔가지에 긁히며 움직인 끝에 드디어 왕궁 진입
로에 도착했다. 맙소사, 그때부터는 달렸다. 그리 멀지 않은 과
거에 에설에게 밤인사를 건넨 뒤 걸었던 길을 되짚어 내달렸다.
우리가 별들 아래서 와인잔을 놓고 함께 앉았던 자리에 마침내
도달했다. 어깨에 모피를 두른 그녀는 달빛 속에서 얼마나 아름
다웠던가. 그러나 나는 추억을 음미하려 멈추지 않았다. 그 대신
앞으로 몸을 던졌다. 참으로 절박한 생명체답게 도약해 호수 표
면으로 뛰어들었다. 살갗의 여기저기가 얼음에 닿으면서 비명을
내지르는 듯했다. 국왕이 제 어처구니없는 개를 두고 질러대던
소리만큼이나 요란하게. 다음 순간 뼈가 박살나는 듯한 우지직
소리와 함께 몸 아래서 얼음이 깨지고 나는 얼음장 틈으로 빠지

며 입수했다.

　가라앉았다. 하늘하늘 밑을 향했다. 처음에는 극도로 고통스러웠다. 냉기가 창자와 두개골 속에서 요동치는 기분이었다. 그러다 마침내, 꽤나 느닷없이, 견딜 만해지면서 눈을 뜨고 바라본 저 위의 얼음이 꼭 딱딱하고 투명한 천장 같았다. 나는 주변을 둘러보았고 호수 속에는 나를 괴롭히거나 방해할 게 전혀 없다는 사실 또한 보았다. 그처럼 적대적이고 냉혹한 곳에는 아무것도 살지 않으니까. 있는 것이라고는 밑바닥의 돌들이 전부였다. 나는 그쪽으로 나아갔다. 그러는 동안 살갗에 닿으며 화상을 달래는 물은 상쾌하기까지 했다. 나는 숨을 참을 수 있는 만큼 오래 물속에 머물렀다.

　아까 물에 빠질 때 얼음장에 생긴 조그만 틈새로 불쑥 솟아올라 다시 표면으로 나온 뒤에는 시야가 맑아질 때까지 눈을 깜빡이며 고개를 좌우로 저었다. 몸 상태가 몹시 나빠 손으로 눈을 비빌 엄두가 나지 않았다. 몸의 어디든 손대기가 무척 두려웠다. 내 손의 열기가 예의 그 불타는 느낌을 되살릴까봐. 아니, 망가진 피부가 손가락에 묻어나오고 말까봐. 시각이 되살아난 나는 잠시 고개를 들어 하늘을 보았다. 그런 다음 내 작은 물웅덩이에서 선헤엄으로 몸을 돌려 왕궁 진입로를 내려다보았다. 이제 궁문은 저멀리 바닥에 깔린 듯 보였지만 다시 활짝 열려 있었다.

그리고 거기 내 도시도 있었다. 저편에서 여전히 손짓하며, 그 너머에서 여전히 곪아가며.

나는 첨벙거리며 왕궁을 마주보았다. 그리고 깨달았다. 어쩌면 내가 처음으로 왕궁을 있는 그대로의 모습으로 보고 있다는 사실을. 애초에 그리 좋아했던 적도 없지만 호숫가에서 곰곰이 뜯어볼 때쯤에는 내 시선을 왜곡할 경외심 혹은 두려움 혹은 씁쓸함, 하다못해 호기심조차 남지 않은 듯했다. 아까의 불길이 그 전부를 태워 없애기라도 한 것 같았다. 그 호수의 나는 왕궁 대신 창궐의 핵을 보고 있을 뿐이었다. 기둥과 주랑 사이에 줄줄이 도사린 송곳니들. 흉벽 위 가고일 뒤에 숨은 쥐떼의 굶주린 면상들…… 내가 에메랄드 더스트의 길을 만들어둔 장소들, 즉 벨벳 커튼의 발치와 도금된 문간에 무더기로 쌓여 싸늘히 식어가는 비대한 사체의 더미들. 이윽고 나는 왕궁 건물 좌측의 창문에서 움직임을 감지했다. 커튼 하나가 홱 젖혀졌다.

에설이었다, 창가의 인물은. 내가 그녀를 마지막으로 보았을 때, 호숫가 제방에서의 그 밤에 그랬듯 여전히 차분하고 완벽했다. 그녀를 물끄러미 올려다보는데 뜻밖의 이미지 하나가 떠올랐다. 어린애인 그녀, 휑한 놀이방에 홀로 남겨져 친구라고는 쥐떼밖에 없는. 그게 사실일 수 있을까. 그렇다면 국왕이 그저 제 누나를 괴롭힐 생각으로 나를 파견했을 가능성이 있는가. 쥐떼의 창궐을 끝장내겠다는 진정한 염원에서가 아니라. 당신이 우리를 도우러 왔다고 생각했어요. 오두막에서 국왕은 그렇게 말했다. 그 말의 진짜 의미는 무엇이었을까?

처음에 에설은 내 존재를 깨닫지 못한 채 경내를 내다보았다. 그러나 다음 순간, 당연히 나를 알아보았다. 흠칫 놀라 뒤로 물러서더니 시야에서 사라졌다. 그것이 내가 그녀를 보는 마지막일까 궁금했으나 그녀는 이내 다시 돌아왔다. 제 어머니를 옆에 끼고. 둘은 나를 빤히 내려다보았다. 에설의 우아한 자태와 노파의 굽은 형체가 기괴한 모양으로 한데 어우러지며 그들이 느끼는 공포를 더없이 훤히 드러냈다. 이렇게 그들에게 되돌아온 나를 보는 공포. 망자들의 왕국으로 고이 보내버린 지 얼마 되지도 않아서.

나는 선헤엄을 치는 와중에도 그녀에게 시선을 고정하려 애쓰며 다 해진 입술을 비틀어 활짝 웃었다. 그런 다음 한 손을 들고 흔들었다.

속도를 높여!

다 그 인턴 탓이었다. 아니, 최소한 내가 부탁하지도 않은 라테를 그 인턴이 들이밀며 시작된 일이기는 했다. 나는 그로부터 몇 개월 전에 런던에 입성했고, 전에는 커피를 맛본 적이 별로 없었다. 방금 별로라고 했다…… 그러니까 몇 차례 시도는 해봤다는 얘기다. 당연히 십대 시절의 나는 커피에 호기심을 느꼈고, 세련되고 성숙해 보이리라는 기대감 속에 머뭇대며 눈물이 찔끔찔끔 나는데도 몇 모금을 마셔봤다. 물론 토요일이면 이따금 휘핑크림을 얹고 설탕을 왕창 넣은 스타벅스 모카치노를 마시며 동네 쇼핑센터의 공허한 내부를 헤매고 다니거나 도서관을 들락날락하기도 했다. 하지만 대체로는 커피의 쌉쓸함이나 강렬함, 혹은 한 모금 넘길 때마다 심장이 콩닥콩닥콩닥 박동을 높이며 온 사물의 색깔이 더 밝아지고 가장자리는 더 예리해지는 듯한 기분을 절대로 받아들이지 못했다. 그건 뭐랄까, 웬 요정이 내 머릿속 포토샵 프로그램의 레벨을 갖고 놀면서 명암 조절용 바를 위로, 위로, 위로 밀어올리는 것만 같았다.

아무튼 그 인턴과 그가 가져온 라테 얘기로 돌아가자. 그곳은 내가 대학 졸업 후 들어간 첫 직장이었고, 인정하건대 초창기의 나는 내 일을 이해하지 못했다. 업무 자체를 이해하지 못했을 뿐 아니라(내 뇌는 매일같이 뒤죽박죽이었다. 이력서에 마이크로소프트 엑셀에 능숙하다고 썼고 그게 거짓말이라고 생각하지도 않았지만, 내가 엑셀의 기능을 뭔가 오해하고 있었던 게 분명했다) 그것의 존재론적 의미도 이해하지 못했다. 그 회사가 하는 일은 흥미롭고 중요해 보였으나 그곳 구성원으로서 내 역할을, 더 나아가 보다 넓은 사회 속 그 회사의 역할을 설명해야 하는 가상의 상황이 있었다면 안타깝게도 나는 고전을 면치 못했을 것이다. 그래서 그 인턴이 다가왔을 때 내가 다소 불안정한 상태였다고, 하다못해 그날 아침의 가차없던 핫데스킹* 경쟁에서 가까스로 쟁취한 업무 공간이 과연 애쓴 만큼의 가치가 있는지조차 헷갈

---

* 직원 각자에게 업무 공간이 지정되어 있지 않아 매번 자리를 선택해 사용하는 자율좌석제.

리턴 중이었다고, 그래서 인턴의 커피를 그저 고갯짓 한번으로 받아들고 말았다고 말해야겠다. 내 인턴은 무척 믿을 만하고 사무실 생리에도 빠삭한 듯 보였기에 그 상황을 그러려니 하고 넘어가면 그만이었다.

이쯤에서 짚어야겠다. 나는 정신의 화학 공정에 영향을 미치는 물질은 무엇이든 늘 경계해왔다. 고작 술 정도나 주저하며 마실 뿐, 그보다 강한 약물에는 절대로 손대지 않는다는 주의다. 나는 모험을 즐기는 사람이 아니고, 일평생 지독히도 근면히 노력했기에(내 이력서는 완벽에 가깝다. 마이크로소프트 엑셀과의 친분을 과장한 점만 빼면) 무모하게 굴고 싶지 않았다. 나는 진심으로 믿는다. 도박을 해야 하는 상황에 처하면 언제나 하우스가 이긴다.

그럼에도 나는 인턴에게 이 자리는 내 자리라는 듯 당당한 모습을 보이고 싶어 안달난 마음에 앞에 놓인 뜨거운 액체를 한 모금 가득 들이켰다. 어쩌면 형편없이 오염된 런던의 공기에 내내 노출된 탓에 혀의 미뢰가 변해버린 걸지도 몰랐다. 비록 위장은 이 가혹한 공격에 분개해 마구 뒤틀렸을지언정 나는 대번에 깨달았으니까. 이건 꽤 매력적인 뭔가라고.

나는 커피가 체내에 퍼져나가는 동안 스스로를 살폈다. 내 앞의 책상과 컴퓨터 기기를 점검했다. 내가 뭔가를 해봐야 할 문서

더미를 곰곰이 연구했다(슬프게도 그 뭔가가 뭔지는 그날 아침에 문서를 건네받을 때부터 이미 감을 잡지 못했다). 나는 개방형 사무실의 바닥과 실내용 화초와 냉수기, 밝은색에다 내용을 알 수 없는 차트 수백 개가 다닥다닥 붙은 코르크판들을 훑었다…… 그리고 느닷없이, 어쩌다 진입하고 만 이 새로운 세계가 좀더 편히 느껴지기 시작했다. 내 집처럼 편안히 느껴지기 시작했다.

업무를 시작한 나는 이후 두 시간 동안 어마어마한 양의 일을 해냈다. 기억이 미치는 한 동일한 시간 내에 그처럼 많은 일은 해본 적이 없었다. 내가 업무 내용을 이해하지 못했고 목적을 가늠할 능력이 안 된다는 건 아무 상관이 없었다. 일이라는 건 그냥 수행하고, 의문을 품지 않을 때 쉬워졌다. 나는 동료 직원들에게 미소를 보내고 농담에다 수다까지 곁들이면서 내 업무 목록의 항목들을 차례로 지워나갔다. 그 인턴의 존재는 태평하게 무시했다. 커피는 처리되기를 끈질기게 거부하며 내 소화기의 깊숙한 곳에서 요동쳤지만, 나는 이렇게 직장에 있고 런던에 살아서 좋다는 생각이 들었다. 내가 늘 소망했던 바로 그 기분을 마침내 느끼는 셈이었다.

*

　라테 한 잔이 또다른 라테로, 그리고 결국 카푸치노로 이어졌고 나는 그러기를 계속하다 드디어 플랫화이트에 입문했다. 카푸치노의 세련된 사촌 격의 커피였다. 다른 커피보다 강력하고, 거품을 낸 우유나 초콜릿 스프링클처럼 단순하고 유치한 수를 덜 쓴다는 점이 마음에 들었다.

　얼마 지나지 않아 나는 회사에서 보는 눈이 없는 때를 틈타 커피를 마셨다. 가령 주말마다 뜨뜻한 일회용 컵을 손에 들고 활력의 커피를 홀짝이며 런던 거리를 행진했다. 그렇게 하면 기적처럼 기분이 좋아지고 웬일인지 내 기본적인 목적의식도 고양된다는 사실을 발견했다. 커피는 내 내부의 메트로놈과 런던의 리듬을 일치시켰고, 매일 첫 모금의 커피로 내 머릿속 스위치를 찾아 젖히는 듯한 기분이었다. 그때부터는 보통사람 대부분이 하루 온종일 해야 할 일을 한 시간 내에 끝마칠 수 있었다.

　나는 동료 커피 섭취자들에게 호기심이 생겼다. 저들도 이 맛난 액체를 삼키면 이처럼 이상한 능력을 갖게 되나? 주의깊게 관찰한 결과 그럴 리 없다는 결론에 도달했다. 그게 사실이기에는 커피를 둘러싼 우리 사회의 일반 담론이 여가라는 개념과 지나치게 밀접히 연관되어 있었다. 내가 경험중인 유형의 가속 인생은 일요일 아침 식탁 앞에 앉아 신문을 휘휘 넘기며 헤드라인은 죄다 무시한 채 생활면이나 설렁설렁 읽고 마는 것과는 천지 차이였다. 한 장소에 느긋이 앉은 자세를 몇 분 이상 유지하는 것조차 내게는 실소가 터질 정도로 터무니없는 일처럼 보이기 시작했다.

나는 사무실의 동료들을 지켜보며 깨달았다. 정전기 덩어리인 폴리에스테르 정장을 입은 이 연장자들이 내 눈에 더는 고매해 보이지 않았다. 하나같이 느려터진 인간들이었다. 동작과 사고 모두가 둔하고 어설펐다. 실수도 저질렀다. 이메일에 아포스트로피 기호를 잘못 쓰거나, 보관장에 문서를 넣으면서 아무렇지 않게 엉뚱한 서류철에 끼워놓는 등 수없이 많은 사소한 오류들. 당연한 얘기지만 나는 그 모두를 눈치채고 정정해뒀다. 어찌나 잽싸게 움직이는지 다른 누구도 그 사실을 몰랐으나 어차피 점수를 따거나 칭찬을 받으려고 하는 일이 아니었다. 나는 상관이 나를 마음에 들어하는지 여부를 더는 신경쓰지 않았다. 그 역시 폴리에스테르 정장 차림으로 하루를 꾸역꾸역 헤쳐나가는 또다른 달팽이일 뿐이었다. 나는 단지 그 실수들의 기저에 있는 품격의 결여를 견딜 수 없었고, 그래서 바로잡아야 했을 뿐이다.

저런 품격의 결여가 나는 가장 짜증스러웠다. 내면세계의 가속은 이미 내가 행하는 모든 일의 간소화와 효율화로 이어진 터였다. 그건 윌리엄 모리스의 저 오랜 격언과도 상통했다. 유용할지 알 수 없거나 아름답다고 여기지 않는 건 아무것도 집에 두지 말라. 다른 점이 있다면 나는 그 조언을 단순히 집이 아니라 사고와 행위에도 적용했다는 것뿐. 런던을 바삐 쏘다니는 동안 나와 사상이 비슷한 주변인 몇몇이 눈에 띄기도 했지만 이렇듯 보다 효율적인 존재의 방식에 누구나 발맞출 수 있는 건 결코 아니라는 사실 또한 눈치채지 않을 수 없었다. 그래서 나는 이처럼 인생의 추월차선으로 갈아타는 일이 특별하고 부러움을 살 만한 능력이라는 생각을 굳히게 됐다. 말하자면 일종의 슈퍼파워였다.

*

나는 애널리스를 어느 이탈리안 식당에서 만났다(요리를 불필요한 시간 낭비로 규정하고 그만둔 지 오래였다). 형편없는 기억력의 소유자 애널리스. 그녀가 골칫덩이 혹은 그 비슷한 무언가임을 나는 그날 로마식 살팀보카* 요리에서 눈을 들기가 무섭게 알아보았다. 때마침 그녀는 구석에 마련된 임시 무대에서 노래

---

* 송아지고기에 프로슈토햄과 세이지허브를 넣고 말아 와인과 버터로 조리한 요리.

를 시작한 참이었고, 후추분쇄기와 생일파티 테이블과 오랜 연인의 테이블과 어색한 첫 데이트 테이블이 바다처럼 펼쳐진 실내를 가로질러 우리의 시선이 만났다. 영화에서 늘 벌어지는 일이지만 실제 삶에는 좀처럼 존재하지 않는 듯한 특별한 눈 맞춤, 딱 그것이었다. 거기 선 그녀의 입술에는 〈할렐루야〉의 가사들이 느긋하니 매달려 있었다. 그녀는 그 혼돈 속에서 홀로 정지한 점이었다.

애널리스의 노래를 처음 듣는 순간 내가 눈치챈 한 가지는 그녀 특유의 이 정적인 분위기가 여타의 굼뜬 행동과는 완전히 다르다는 점이었다. 그러니까 내 동료들 혹은 혼잡한 출퇴근 시간에 굳이 대중교통을 고집하는 관광객과 노인들의 답답해 죽을 것 같은 굼뜸과는 달랐다. 애널리스는 느릿느릿하지도 어설프지도 않았다. 그녀에게 비효율적인 구석은 전혀 없었다. 그저 지금 몸담고 있는 초와 분과 시 속에서 자신을 드러내고 타인과 교감하는 방식이 완벽히 느긋할 뿐이었다.

그 결과 그녀는 그때껏 내가 봐온 중 가장 아름다운 가수였다. 일단 그녀가 노래를 시작하자 〈할렐루야〉의 시작과 끝은 가령 그녀를 위한 우주의 시작과 끝이 되었고, 거기에는—노래의 마지막에 닿고자 서두르리라는 어떤 느낌도 없이 매 소절에 착실하고 균일하게 몸담는 그 모습에는—듣는 이에게 그녀를 완벽히 믿게 만드는 뭔가가 있었다. 단순히 믿게 되는 것 이상이었다. 가담하게 된다는 표현이 더 정확할 것이다. 어쨌든 무대의 그녀를 바라보던 당시의 나는 그렇게 느꼈다. 게다가 나는 〈할렐루야〉가 마음에 들지도 않았다. 실망스럽도록 뻔한 선곡이었지만 그래도 완전히 홀리고 말았다. 그 곡의 가사나 곡조가 아니라 그녀의 이 기이한 마력 때문이었다. 그녀는 노래하면서 시간의 흐름을 바라보는 내 인식을 흔들어놓았다. 그건 찰나의 모든 순간에서 지불한 만큼 대가를 뽑아낸다는 내 개인적 사명에 정면으로 반하는 힘이자 영향력이었다. 두말할 것 없이 나는 완전히 낚였다.

그녀는 노래를 마친 뒤 내 테이블로 왔다. 서두르는 기색은 전혀 없었다. 중간에 거듭 멈춰 서서 자신의 노래에 찬사와 감사를 보내는 모든 이와 대화하는 모양새로 봐서는. 사실 이쪽으로의 전진이 어찌나 더디게 진행되는지 나는 우리의 짜릿한 시선 교환의 순간이 완전히 내 착각일 뿐이며 그녀는 애초에 내게 오고 있는 게 아니라는 의심마저 들었다. 내가 할 수 있는 건 가만히 앉아 기다리는 것뿐이었다. 앉은자리에서 튀어올라 그녀에게 돌진하거나 아님 모든 가능성을 포기한 채 그저 떠나고 싶었다. 포크를, 촛대를, 커피잔을 만지작거렸다(그때쯤 나는 이미 에스프레소를 스트레이트로 마시는 단계로 옮겨가 있었다). 칠리오일이 든 병의 옆면을 손톱으로 두들겼다. 그러다 가방에 손을 넣어 노트북을 꺼내 열고 당시에 맡고 있던 프리랜서 일을 시작했다. 조금도 특별할 게 없는 원고 교정 작업으로, 직장 업무가 영 시시해서 마냥 따분한데다 매사를 무진장 빨리 해치우게 되면서 새롭게 남아도는 시간을 때워야겠기에 잡은 일일 뿐이었다. 작업이 여덟 장째에 접어들고도 한참이 지났을 때쯤 드디어 그녀가 내 앞에 나타났다.

"괜찮으세요?" 그녀가 말했다. "그저…… 내내 혼자 있는 걸 봐서요. 무척 피곤해 보이기도 하고."

나는 와인 한 병을 주문했다. 대개는 음주 문제에 더 신중한 편이지만 애널리스와 마주하는 동안은 알코올이 나름 도움이 되는 순간인 것 같았고 느닷없는 무모함에 사로잡힌 상태이기도 했다. 나는 그녀에게 자리에 앉으라고 말했다.

애널리스와 대화하면서 나는 그녀의 행동과 결정이 여느 평범한 사람보다도 느리다는 점에 주목했다. 그러니까 그녀는 대화나 어떤 생각의 한중간에도 가만히 정지해 와인을 홀짝이며 길고 천천히 숨을 들이마신 뒤 눈을 감고 와인의 풍미가 입술에서 사라지도록 기다리기 일쑤였다. 다만 다른 점은 이것이었다. 그녀는 풍미가 사라지도록 기다리는 게 아니었다. 그건 나 같은 사람이나 할 법한 일이었다. 머릿속으로는 이미 또다른 한 모금을 들이켤 순간으로 돌진하며 전 과정을 그런 식으로 서둘러 처리하는 건. 내가 보기에 애널리스는 진부하고 시간 낭비일 뿐인 라이프스타일 잡지들이 순간을 산다고 일컫는 것 그 자체였다. 그녀는 좀처럼 미래를 추측하지 않으며 과거는 아예 들먹이지 않는 듯했다. 그녀의 처참한 기억력에 대해 더 잘 알게 된 지금은 그게 그리 놀랍지도 않지만. 그때 그녀의 행동이 그처럼 완벽해 보였던 건 나만큼 훌륭히 시간을 아끼고 연비가 좋아서가 아니라 딱히 추구하는 바라고는 전혀 없이 몹시 자족적이어서였다. 그녀의 행동 뒤에는 아무 목표도 의제도 없었다. 그래서 완벽한 품격으로 시공간을 점유했다.

"당신처럼 아름다운 사람은 본 적이 없어요." 그녀를 처음 만난 저녁, 나는 와인 반병을 비우고 말했다.

"정말요?" 그녀가 되물었다. "사실 내가 생각하기로는…… 아니, 적어도 겉보기에는 그러니까 당신이 마치…… 모르겠어요. 당신이 내게 화가 났나, 뭐 그런 느낌이었거든요."

"내가 당신에게 화날 일은 절대로 없을걸요." 나는 그렇게 말하며 테이블보 건너편에 놓인 그녀의 손을 잡았다.

*

나는 애널리스가 나를 만나기 전부터 불렀던 수많은 노래들이 이미 권태로운데, 그녀는 무엇 하나 새로운 전략이나 노력을 동원해 배울 생각이 없었다. 아침에 내가 출근 준비를 마치고 그날의 첫 커피를 내릴 때면(나는 한참 전에 네스프레소 커피 머신을 구입했다) 그녀는 잠옷 차림으로 어기적거리며 침대에서 나와 무의식적인 자족감 속에서 기지개를 켰다. 그렇게 단순한 방법으로 제 몸의 구석구석을 깨운 다음 사뿐사뿐 거실로 가서 기타를 들었다(첫 만남 뒤 한 달도 되지 않아 애널리스와 기타는 내 집에서 지내게 됐다. 어정쩡한 상태로 데이트만 골백번 하는 게 내게는 무의미해서였다. 게다가 극도로 현재에 충실한 애널리스의 성향상 그녀는 따로 짬을 내어 거처를 마련하는 일이 좀처럼 없는 듯했고, 사실상 집 없이 지내는 경우가 대부분이라고 봐야 했다). 그리고 하품을 하며 코드 몇 개를 퉁기고 나서야 뭔가 다른 것을 부르기 시작했다. 다만 끝장을 보지 않는다는 게 문제였다. 새로 익히는 어떤 노래도 결말부까지 연습하지 않았다. 노래가 복잡할 것 없는 기쁨을 더는 선사하지 못하는 순간 배우기를 그만두기 때문이었다. 그 정도로 단순했다. 나는 그래서 그녀를 사랑했고 동시에 그녀가 끔찍했다. 절대로 끝맺지 못할 연습이라면 애초에 왜 시작을 한단 말인가? 어쨌거나 명백한 시간 낭비인지 오히려 굉장하다는 생각을 떨칠 수 없었다.

어쩌면 우리의 가치와 속도가 그처럼 뚜렷이 대비되면서 내

가속 인생의 본질이 더욱 두드러진 건지도 모른다. 애널리스와 동거 기간이 길어질수록 내가 내 능력을 제대로 이해하기 시작했다는 느낌이 들었으니까. 나는 오후 시간이 되기까지 더블 에스프레소를 여섯 잔에서 여덟 잔쯤 마셔치우는 패턴으로 접어든 상태였지만 한편으로는 그런 의문이 들기도 했다. 우주가 각각의 하루로 할당해둔 몇 시간 동안 속도를 높이는 이 능력이 오롯이 카페인 덕분이기만 할까. 지금껏 내 머릿속 스위치를 최초로 '켜는' 존재가 그래, 커피였다는 사실은 인정하지만 이제 그 스위치의 위치를 찾아내는 일쯤은 나도 쉽게 해낼 수 있을 듯 보였다. 만약 내가 원하기만 하면 약간의 연습을 더하는 것으로 커피를 완전히 끊고, 내 내부의 시간관을 자체적으로 가속하는 방법을 진정으로 이해하게 되리라는 생각이 자꾸만 들었다.

가끔이나마 애널리스와 침대에 누워 시간을 보낼 때면 나는 정말 궁금했다. 이런 식의 가속을 통해 나는 내 인생으로 할당된 시간 속에 더 많은 삶의 경험을 욱여넣고 있는 걸까? 혹은 아무것도 모르는 채 천진하게 날뛰면서 실은 나라는 사람의 연대기가 종말을 맞이할 순간을 앞당기는 것뿐일까? 빠르게 사는 대신 일찍 죽어야 하는 건가? 그건 터무니없는 등식처럼 보였다. 실제 인생은 그런 신新파우스트적 협정이 결실을 맺을 영역처럼 느껴지지 않으니까. 하지만 그 협정의 거래 조건이 무엇일지는 여전히 궁금했다. 더 빨리 살아가는 것만으로 더 많은 삶을 얻을 수 있다는 건 너무 좋아서 되레 의심스러웠다. 게다가 내가 도박을 경계한다는 말을 당신도 기억할 것이다. 나는 언제나 하우스가 이긴다는 사실을 결코 잊지 않는다. 한편으로는 애널리스의 생각을 알고 싶었다. 이 주제에 대해 정기적으로 궁금증을 표하며 그녀에게 어떤 답이라도 해보라고 애원했다. 애널리스가 그처럼 형편없는 기억력의 소유자라 다행이었다. 그렇지 않았다면 그녀는 분명 내게 싫증을 느꼈을 것이다.

참으로 이상했다. 애널리스의 그 유명한 기억력 말이다. 그 덕분에 그녀 자신은 과거의 망령에서 자유로울 수 있었는지 몰라도, 우리가 함께하는 시간이 이어지면서 나는 기억의 망령이 아니라 어떤 불확실성의 망령에 사로잡히는 듯한 기분이 들었다. 나는 매번 내 어깨 너머를 돌아보며 방금 일어났다고 생각한 일들이 정말 실제로 벌어진 게 맞는지 확인했다. 애널리스는 자기의 노래가사는 절대로 잊지 않았지만 우리의 대화는 항상 잊었다. 안면이 있는 이들을 잊었고, 내게 유의미한 순간으로 자리잡은 사건들의 순서를 잊었다. 나중에는 그 사건들 또한 잊었다. 우리가 어디서 어떻게 만났는지 잊었다. 첫키스 장소를 잊었다. 하지만 극심한 건망증의 소유자치고 그녀의 감정은 놀라울 정도로 꾸준했다. 그녀는 내게 사랑한다고 말했고 나는 매번 그 말을 믿었다. 아마 그녀는 우리가 누적한 공유 기억으로 사랑의 확신을 뒷받침할 필요가 없었을 것이다. 그저 현재의 충동이면 충분했겠지. 나는 앞으로도 계속 그러하기를 기도하며 우리의 기억들을 홀로 주워 모았다. 그녀의 머릿속을 그리도 쉽게 빠져나가고 마는 것들을 우리 두 사람을 위해 비축해뒀다.

*

우리의 생활방식은 날로 양립이 불가능해졌다. 애널리스는 개별 노래와 시구 같은 가사들의 정지된 순간 속에서 살았고, 나는 이제 너무 빨리 움직이느라 산문으로 늘여 생각하는 것조차 불편한데다 더 빨리 움직이는 새로운 수단에 빙의라도 해야 할 판이었다. 우리는 주말여행을 떠나 관계의 문제를 풀어보기로 했다.

## 1. 야외, 서머싯의 숲 — 4:36 P.M.

눈부시게 아름다운 오후다. 알록달록한 햇빛…… 그 밖의 모든 것들도. 에브게니(이게 '나'다)와 애널리스(당연히 애널리스 '자신'이다)가 야외를 걷는다.

에브게니

우리가 이렇게 걸을 때 자기는 무슨 생각해? 머릿속에 뭐가 떠올라?

애널리스

나는…… 모르겠어, 정말. 그냥…… 그러니까 뭐냐면, 정말 웃기는 소리인 거 아는데, 나는 그 냄새 생각을 하는 것 같아.

에브게니

냄새?

애널리스

응. 그렇다고 해야겠어. 나는 이것 때문에 살거든, 그거 알아? 그저 냄새가 무척…… 이런 흙냄새며 신선한 향이며…… 도시에 있을 때랑은 달라. 여기 밖에서는 공기도 다르지. 그러니까 여기서는…… 여기서는 진정으로 자유로울 수 있어.

에브게니

우리는 도시에서도 자유로워. 어디서든 자유롭다고.

애널리스

하지만 여기 밖에서는 자유를 진정으로 느낄 수 있지.


애널리스는 '말을 멈추고' 잠시 생각에 잠긴다. 나, 그러니까 에브게니인 그는 애널리스의 팽창하는 생각이 언어로 표현되는 소리를 듣고 싶어 안달인 게 눈에 보인다. 그는 걸음을 내디디는 사이에 곁눈질로 계속 흘끔거리며 그녀의 얼굴을 살핀다.


애널리스

그리고 나는 그게 진짜인지도 모르겠어. 우리가 도시에서 정말 자유롭다는 얘기 말이야. 그러니까, 자기는 늘 일하잖아, 아냐? 실은 그게 전혀…… 글쎄. 정작 자기의 시간은 자기 것이 아닌 듯해서.


에브게니

나는 일할 때가 좋아 애널리스. 머릿속이 조용해지거든.


멈춤. 둘은 걷는다.

애널리스

지금은 조용하지 않아?


에브게니

뭐가?


애널리스

자기 머릿속.


에브게니

미안. 정신이 딴 세상에 가 있었어.


**멈춤**.


애널리스

그럼…… 그러는 자기는 무슨 생각을 하는데, 에브게니? 우리가 이렇게 함께 걸을 때?


에브게니

나는…… 글쎄. 계획을 세워. 하고 싶은 걸 몽땅 떠올리고 다음주에 우선적으로 처리할 일과 집중할 문제를 정해. 그리고선 내가 어떻게 해볼 시간대가 남아 있나 생각해. 거기다 할일들을 배정하지. 그런 궁리들을 해…… 그리고 걱정도.

애널리스
무슨 걱정?

에브게니
모르겠어. 중동의 상황. 테러리즘. 누가 세운 어떤 계획이든 무용한 것이 되고 말 눈곱만큼의 가능성, 가령 다음주에 모두가 죽어버린다거나 해서. 그런 생각은 안 하려고 해. 걱정은 라디오의 배경에 깔리는 잡음 같은 존재일 뿐이야. 내 주의를 그리 많이 끌지는 못해.

애널리스가 내―에브게니의―손을 잡는다.

애널리스
그런 문제들을 왜 걱정하고 그래. 미치고 말 거야.

에브게니

나도 알아. 당연히 알지. 걱정은 시간 낭비라는 걸.


**2. 실내, 호텔 객실 ─ 11:42 P.M.**


뻔하고 기본적인 이케아 세간과 가구. 에브게니와 애널리스는 어둠 속에 나란히 누워 있다.


에브게니

애널리스?


애널리스

음?


에브게니

스스로가 두 사람인 듯 느껴질 때가 있어? 자기가 동시에 두 사람인 거야. 그 둘 중 하나에 몸담고 있으면서 다른 자아가 저 기서 뭘 하는지 무심한 시선으로 관찰하는 듯한. 그러다 갑자기 다른 자아가 되어선 고작 몇 초 전까지만 해도 몸담고 있다고 확신했던 그 자아를 무심한 눈으로 멀리서 내다보는 거야. 그런 다음 불쑥 둘 중 누가 자기인지 종잡을 수 없게 돼. 그리고 의심하기 시작해. 자기는 사실 그 둘 중 누구도 아니고, 그 두 자아로부터 멀찍이 떨어져 앉은 제3의 자아가 존재해서 두 자아에 대해 자기가 하는 생각들을 평가하고 있다고. 그럼 또 궁금해지기 시작해. 그 제3의 자아야말로 진짜 자기가 아닌지, 아님 자기는 그 제3의 자아마저 멀리서 지켜보고 있을 뿐인 건지. 자기의 자아들을 따져보는 그 자아를 따져보면서.

오랜 멈춤. 애널리스는 침대에서 몸을 돌려 에브게니를 본다.

애널리스
미안, 에브게니. 솔직히 말하면 나는 그런 기분을 느껴본 적 없어.

에브게니
아. 그렇군. 괜찮아.

애널리스
가끔…… 가끔은 궁금해. 자기가 애초에 여기, 내 곁에 있기는 한 건지. 자기 머릿속 어딘가에 틀어박혀 있는 건 아닌지. 계획을 세우거나 퍼즐을 풀거나 아님…… 모르겠어. 자기의 과반수가 무슨 생각을 하는지, 대부분의 시간 동안.

에브게니
그러니까 자기는 내 말뜻을 이해한다는 거네.

멈춤. 그동안 그는 그녀를 초조하게 응시한다. 냉큼 답하지 않고 뭐 하느냐는 분위기로.

애널리스
응, 그런 것도 같아. 나는 나 자신에 대해 그리 느껴본 적이 없어, 그게 다야.

에브게니
알았어.

멈춤.

**에브게니(계속)**

나는 그런 생각을 하고 있었어. 아까. 숲에서. 방해받지 않는 시간을 좀 확보해둬야 할지도 모르겠다고. 하다못해 매주 조금이라도 틈을 내서 그 사이에는 당장 눈앞에서 펼쳐지는 현실에만 집중하려 노력해야겠다고. 풍경과 소리와 냄새들에…… 바로 그때 자기가 냄새 얘기를 해서 나는……

**애널리스**

냄새?

**에브게니**

응. 그때 자기가 냄새 얘기를 시작했고, 자기의 대답은 내게 생경하기만 해서 나는……

**애널리스**

무슨 냄새?

**에브게니**

자기는 그걸…… 당연하지. 자기는 당연히 기억을 못하지.

멈춤.

애널리스
미안.

에브게니
괜찮아.

기나긴 멈춤.

애널리스
사랑해.

에브게니
나도 사랑해.

적막.

### 3. 야외, 강기슭 ― 10:23 A.M.

애널리스

(애널리스는 화가 났다. 흔치 않은 일이다.)

……자기의 머리 밖을 봐, 단 한 순간이라도, 에브게니. 자기를 둘러싼 것들을 봐. 눈을 들어. 자기 자신의 눈으로 내다봐. 저 새들을 봐. 아니, 모르겠다. 저 초목을, 아니…… 아니 나를. 나를 봐, 에브게니. 제대로. 제발.

그러나 에브게니―그러니까 나―는 정면만 응시한다. 자리에 이미 멈춰 섰고 그녀도 그렇게 했지만 나는 길에서 시선을 떼지 않으며 다음 대사를 말한다.

에브게니

왜? 왜 내가 자기를 봐야 하지, 애널리스? 내가 자기를 보았는지 아닌지 저녁쯤엔 어차피 기억도 못할 텐데 내가 왜 그래야 해?

이제 나는 그녀에게로 시선을 돌린다. 아니, 그녀에게 덤빈다고도 할 수 있다.

에브게니(계속)

자기의 기억력은 왜 그리 엉망인데? 무슨 짓을 했기에 기억력
이 그리도 완벽히 말라붙었어? 대마를 너무 많이 피운 탓에 그냥
사라져버린 건가? 아님 마약? 케타민, 코카인, 아님 술을 너무
많이 마셨나? 아니 그런 것과는 아무 관계 없이 자기가 마냥 무
관심해서는 아니고?

우리는 동반자 관계라는 세계 속의 각자가 애초에 생각했던
것보다 더 고독하다는 사실만 확인한 채 그 주말을 마무리했다.
나는 차를 운전해 런던으로 돌아갔다. 애널리스는 기차를 탔다.

                    *

나는 외로움과 회한을 느끼는 중이었고, 그 주말여행에서 내
가 애널리스의 옆에 누워 있었다는 사실을 나중에야 깨닫고는
살짝 불안해지기도 했다. 이제 대개의 경우 내 정신은 한꺼번에
무진장 많은 일들을 처리하고 있어서 내가 최소 다섯 명은 되는
듯 느껴졌다. 그중 누가 원래의 나, 긴장을 풀고 존재의 확신을
느끼며 내가 몸담을 수 있는 자아인지 알 수 없었다. 가령 어느
나는 애널리스 때문에 억장이 무너져 있는 동안 나머지 나는 그

감정에 시큰둥했다. 각각의 걱정이나 고민은 서로 다른 자아에 위탁해 효율성을 극대화했다. 그래서 에스프레소를 줄이면서 매주 금요일 저녁, 직장 업무가 끝나고 프리랜서 일을 시작하기 전 시간에 요가 수업을 등록했다. 우짜이 호흡과 디카페인 라테의 혼합에 힘입어 산문의 형태로 되돌아갈 방도를 생각할 수 있게 됐다.

두 주 동안 말을 섞지 않은 애널리스와 나는 템스강변을 걸으며 우리의 문제를 의논했다. 알고 보니 그녀는 우리가 다툰 이유를 기억하지 못했다. 문제의 발단이 된 얘기를 머릿속에서 재창조하고 대수롭지 않은 일로 깎아내렸다. 그녀에게는 그래 보였을 것이다. 그럴 수밖에 없도록 거짓 기억을 지어냈으니까. 당연히 그녀는 어째서 우리가 간단히 화해하고 말 수 없는지 이해하지 못했다. 나는 그걸 설명하려다 막다른 길에 도달했다. 이 아름다운 연인에게 그리 말하는 내가 미친 것 같았다. 우리는 함께 할 수 없다고, 과거가 무슨 미끄덩거리는 존재라도 되는 양 자꾸만 놓치고 마는 자기 때문에 이제는 내가 과거의 사건과 내 기억의 정확성을 의심하기 시작한다고.

그날 저녁 나는 애널리스한테서 도망쳤다. 사우스뱅크 끝까지 내려가 BFI 바에 들어가서 더블샷 에스프레소를 주문했다. 더는 커피를 줄이든 말든 누가 무슨 상관이겠냐는 심정이었으니까.

와이파이에 접속해 수요일 저녁 런던에서 진행되는 일들을 검색했다. 수요일 저녁, 예로부터 애널리스를 위해 비워두던 시간. 수요일 밤 태권도 교실에 등록하고 결제하면서 즉각적인 승리감에 도취됐다가 아까 주문한 커피를 단숨에 들이켜는 것으로 내 내면세계가 덜컹덜컹 가동하기 시작하며 나는 어차피 복잡할 것도 없는 산문의 영역을 등졌다. 그때부터 어찌나 빨리 속도를 올리는지 당김음조 리듬과 영화의 점프컷 따윈 저리 가라였다. 나는 선형성을 제쳐두고 논리를 제쳐뒀다. 출근하고 지하철을 갈아타고 핸드폰으로 이메일 회신을 하고 BBC 뉴스를 확인하고 알자지라 뉴스를 확인하고 〈뉴욕 타임스〉를 확인하고, 왓츠앱에 페이스북에 메신저에 인스타그램에 트위터를 본 뒤 이메일을 다시 확인하고 BBC 뉴스를 다시 보고, 일하러 가서 이메일과 전화 업무를 더 처리하고 곁가지로 부업하고 데이터를 입력하고 문안을 작성하고 거래내역서를 승인하고 송장을 기록하고 동료에게 인사하고 커피, 커피, 커피를 마시며 런던을 맹렬히 쏘다니는 동안 내 자아는 필요할 때마다 핸드폰의 노트 앱에 작성하는 단편적이고 분절된 목록과 생각들 속에서만 아주 간헐적으로 합체하는 듯 느껴졌다. 이 메모들은 내 느낌을 기록하려는 본능적 노력의 일환이었다. 이 일에서 저 일로 꽁지가 빠지게 바삐 옮겨 다니는 사이 여기저기에 흩어져 있는 내 자아의 행방을 이렇게라도 놓치지 않기 위해.

커피
치약
쓰레기봉지
우유

기차에 책 판매 카트가 돌아다닐 터.
맞춤형 추천도 있을 것.

귀리 비스킷
커피
페어리인지 뭔지 주방세제
고무장갑
핸드크림
이부프로펜

태권도가 재미있는지 모르겠다.
내 결정이 의심스러워지기 시작한다.

머릿속에 잡음이 가득해서
못 살겠다 싶은 정도.

마음이 엉망이다. 망가졌다.
허접한 BBC TV 드라마 속 괴한 같은 경찰 일당이 급습한 아
파트처럼.
사방에 나뒹굴며 본래의 맥락에서 유리된 물건처럼.

사랑의 불확실성에 가슴이 미어지는 데 넌더리가 난다.
그때는 모든 세계가 끝나는 듯해.

키친타월
빵
마가린
비누
샤워용품
시리얼바
달걀
커피

여기 이 기차에서 보니 참으로 아름다운 날이다.

내 생각에 애널리스 자기에게 아름다운 날은 그저 아름다운 날일 뿐이겠지.

세상이 자기 파괴를 꾀하고 있지 않다는 증거가 아니라.

그런데 왜 아직도 기차에 책 카트가 돌아다니지 않는 것?

너희 나머지들은 다들 뭘 하고 있나?

조금이라도 새로운 발상이라는 걸 하는 존재가 이 땅에 나 하나뿐이야?


*


이것저것 짜깁기된 저 유물들이 노트 앱 저장 목록에 더해지고 나는 마침내 런던의 소용돌이에서 나를 끄집어내 기차에 올랐다. 아니, 아무튼 어느 나는 그렇게 했다. 그를 제외한 나머지가 이제 최소 여섯은 되는 게 틀림없었다. 아까 남긴 메모들이 꼭 서로 다른 사람들이…… 어딘가 다른 장소에서 써놓은 것처럼 보인다는 사실로 미루어보면. 엄밀히는 그들 모두가 내 일부였지만 그럼에도 나는 그들이 현재 무엇을 하는지 몰랐다. 그들이 공중부양을 한다 한들 내 알 바 아니었고, 나는 그들의 행방을 모른다는 사실에 개의치 않았다.

나는 이것이 그 파우스트식 협정의 거래 조건임에 틀림없다고 생각했다. 더 빨리 살아간다고 반드시 일찍 죽는 건 아니다. 자신을 조각과 조각과 조각들로 나누는 것일 뿐. 그러고는 그들 대부분의 행방이 묘연해진다. 저 조각들은 자전 속도가 지독히도 빠른 나머지 제 궤도를 멋대로 벗어나 종적을 감추고 관념적인 생산성이라는 불특정 창공에서 다시는 되돌아오지 않는 존재가 되고 마는 것이다. 어쩌면 그 자아 중 하나가 지금 애널리스와 함께일지도 모르고…… 오 하지만 나는 분할주의력*의 살아 있는 화신이었고, 기차에 탄 저 자아는 이제 애널리스 생각이 귀찮았다. 창밖의 구름과 양떼와 넓게 펼쳐지는 초록 들판을 내다보는 게 마냥 행복할 뿐이었다. 그리고 그, 즉 나인 에브게니가 기차에서 커피를 채워주는 간식 카트 담당자에게 명랑하게 감사하는 동안 다른 나는 음울하게 사색했다. 이런 자아의 분산이 한정적으로 할당받은 시간에 더 많은 삶을 욱여넣을 때의 필연적 결과라면 결국 하우스가 정말로 언제나 이기는 셈인데, 이 결론이 또다른 나의 집중력을 방해했다. 가스요금을 지불하느라 이용한 자동음성서비스의 평가 문항에 답하던 그는 자신이 도박의 기본

---

* 둘 이상의 대상에 동시에 집중하는 능력을 일컫는 실험심리학 용어.

법칙에 대해 늘 옳았다는 사실에 견딜 수 없이 우쭐해지기 시작했다. 나는 당장은 그 자아에게 내 기분을 맞춰보려 최선을 다했다. 어쨌든 그가 하고 있는 일이 그나마 가장 유쾌해 보였으니까. 그리고 창밖을 내다보며 웃음을 터트렸다.

나는 배스 스파에서 하차했다. 애널리스와 내가 낭만의 주말 여행을 꾀했던 장소에 가장 가까운 역이었다. 나는 단호히 숲으로 들어가 애널리스가 맑은 공기의 냄새에 마음을 빼앗겼던 장소로 곧장 향했다. 일단 그곳에 도착해서는 가만히 서서 콧구멍으로 숨을 들이마시고 또 들이마셨는데, 내가 약간의 통제력이나마 발휘할 수 있는 자아들은 여전히 하나같이 아무것도 느끼지 못했다. 그리고 우리가 걷는 동안 인터넷 화면을 훑으며 스크롤을 움직이는 모양인 어느 자아는 이상적 관계를 다룬 〈뉴요커〉의 기사와 내가 처한 실제 상황 간의 역설적이고 어마어마한 격차가 재미있는 듯하고, 내가 수목 사이로 왔던 길을 되짚어 가자 나머지 자아는 숲속 풍경에 싫증을 내기 시작했다. 뭔가 더 나은 게 있을까 싶어 방향을 틀고 길에서 벗어난 다음 숲 밖으로 발을 내디디자 언덕의 높다란 한쪽 면에 자리잡은 들판이 펼쳐졌다.

*

그, 즉 나인 에브게니가 이 언덕을 내려가 단호히 역으로 향하던 때였다. 전원지대에 가장 조예가 깊은 자아가 판단하기에 최단 경로와 볼거리가 많아 재미있는 경로 사이에서 최상의 균형을 이룬 길을 따라가는데 뭔가가 휘몰아치듯 시야로 들어오며 내 관심을 요구했다. 어떤 패턴이었다. 허공에 떠서 요동하며 완벽히 맞춰진 퍼즐이었다. 수백 개의 날개가 동시에 오가며 움직이는 모습이 꼭 자석 앞에 배치된 쇳가루, 아님 물고기떼, 아님 어느 벤치에 떨어져 앞뒤로 살랑거리는 수은방울 같았다. 지적으로는 당혹스럽지만 마음과 직감으로는 여전히 완벽하게 말이 되는 무언가. 이제는 나도 정체를 아는 그것은 보통 찌르레기떼의 군무라 불린다. 아직 본 적이 없다면 지금 유튜브에서 검색하라. 여기서 마법은 그것, 아니 그것들이 움직이는, 아니 함께 움직이는 방식에 있다. 보다시피 나는 문법적으로 단수와 복수 중어느 구조가 더 적합한지 아직도 확신하지 못한다. 그리고 이것이야말로 눈앞에서 찌르레기떼가 일렁일렁 하늘로 올라가는 모습을 내가 그토록 아름답게 느낀 이유인 듯하다. 아니, 다시 말하겠는데 유튜브는 검색하지 말라. 시간을 낼 수 있다면 기차를 잡아타고 몸소 찾아보라. 내 덕분에 어떤 가르침을 얻을 수도 있지 않겠는가? 아무튼 이 찌르레기들은 전체를 구성하는 수많은 개체 사이에서 암암리에 공유되는 어떤 앎이 있는 듯 움직였다.

그리고 오후의 태양이 각 날개의 밑면에 차례로 걸릴 때, 살랑살랑 유동하는 전체 형상을 빛이 천천히 훑고 지나는 동안 찌르레기들이 연쇄적으로 각도와 관계를 바꾸며 완벽한 품격 속에 방향을 틀 때, 뭔가가—그저 하나의 느낌이—내 위장 깊은 곳에서 시작되고 솟구쳐오르면서 가슴이 흐뭇한 고통으로 옥죄었다. 나는 걸음을 멈추고 새들을 물끄러미 바라보았다.

그때 그런 느낌이 들었다. 내가 런던에 온통 분산해둔, 즉 서로 다른 업무와 사람에 붙여두고 갖가지 뉴스 채널과 생중계 피드 주변에 흩어놓은 자아들과 전 세계에 뿌려놓은 자아들, 더 나아가 내가 어딘가에 유의미함이라 기록해놓은 모든 과거사의 자아들, 내가 알고 있는 것보다 많은 내 일부들이 강박적으로 계획중일 게 뻔한 모든 미래의 자아들, 이렇듯 흩어져 있는 조각들이 그 들판에서 다 함께 터치다운을 하는 것만 같았다. 그 순간만큼은 내 자아 모두가 똑같은 하나의 눈—내 눈—을 통해 세상을 보고 있다고, 드디어 확신에 차 말할 수 있게 된 기분이었다. 나는 뭐라 표현할 수 없을 정도로 감사했고 그저…… 안도했다. 그리고 완전히 지쳤다.

우리는 가만히 서서 지켜보았다, 내 자아의 많은 단편들과 나는. 우리는 현실에 도저히 있음직하지 않은 힘, 내가 내 영혼을 다스리는 일에조차 동원하지 못했던 그 자력磁力으로 이 새들이

한데 뭉치는 모습을 지켜보았다. 그것은 창공에서 시연되는 일종의 마스터 코드였다. 각각의 개체가 몹시도 아름다운 맥락에 맞춰 반짝이면서도 너무도 완전하고 명백하고 거리낌 없이 자유로웠다.

나는 감정이 가라앉도록 자리에 서서 지켜보았다. 그러기까지 실제로는 겨우 몇 분이 걸렸을 뿐이지만 그 계시의 순간을 인위적으로 유예하려 애쓰며 머물렀던 것 같다. 마침내 쌀쌀해질 때까지.

언덕을 내려오는 길에 핸드폰을 꺼내 애널리스에게 전화했다. 그녀는 내 깨달음을 환영하겠지, 나는 생각했다. 신호음을 듣고 있는데 문득 궁금해졌다. 내가 경험한 게 정확히 뭐지? 어떻게 설명해야 그녀가 이해할까? 창공에서 새들이 만드는 아름다운 대형을 보았고, 우주의 조화로움을 이해했다고 해야 하나? 안 된다. 진부한데다 실제를 지나치게 단순화하는 거니까. 그럼 뭐라 말한다?

신호음이 멈추고 음성사서함으로 넘어갔다. 애널리스는 전화도 안 받고 뭘 하지? 그녀가 내 전화를 받지 않은 적은 지금껏 없었다. 나는 다시 걸었다. 신호음이 계속됐다.

그 새들은 그저 단순한 새들일 수 없었다. 그렇지 않고서야 내가 어찌 그들로 인해 이렇게까지…… 감동했다는 말인가? 녀석들은 보다 거대하고 보다 보편적인 뭔가를 상징하는 것이어야 했다. 그러나 나는 그때의 느낌을 되살릴 수 없었다. 필요한 만큼 강력히 떠올릴 수 없어서 설명도 합리화도 불가능했다. 나 자신에게조차. 범상치 않은 뭔가를 막 목격한 것일지도 모르는데 이제 나는 전화기를 든 채 체온을 올리려, 어둠이 내리기 전에 기차역에 도착하려 언덕길을 서둘러 내려가는 남자일 뿐이었다.

귀에 댄 전화기에서는 여전히 신호음이 울리고 있었다. 나는 그녀에게 할말을 결정하기까지 몇 초 남짓 남았다고 판단했다. 그렇다면 그녀에게 이렇게 말하리라…… 나는 서머싯의 언덕에 서 있었고, 계시가 실재함을 알았다고. 삶에는 실망과 공포가 가득할지라도 청아한 순간들에 찰나적으로 모습을 드러내는 조화로움은 몹시 통렬해서 그들을 낚아채기만 한다면 각각이 어떤 구원과도 같은 시간을 가져온다고. 그래, 그리 말하면 애널리스도 반길 것이다. 그런데 그녀는 왜 여태껏 전화를 받지 않지? 나는 통화 모드를 스피커폰으로 바꾸고 응답을 기다리며 인터넷 신문의 헤드라인을 다시 확인했다. 다음 페이지로 넘어가며 귀를 기울이는 사이 전화기의 신호음은 계속됐다.

납작지붕

애니가 새로 얻은 집은 지붕이 납작했다. 그녀는 위층 층계참의 창문으로 기어나가 자신이 집이라 부르는 콘크리트 덩어리의 꼭대기에 앉아 세상을 흘려보냈다. 어쩌면 도시의 맞은편에서 시작됐을 아련한 시계 울리는 소리가 지붕 위 자신에게 와닿는 느낌이 마음에 들었다. 그리고 이따금 이웃의 다툼소리, 저 아래 뜰에서 서로에게 고함치는 소리도 들을 수 있었다.

그녀는 지붕 위에서 노래를 부르거나, 톰의 기타로 코드를 퉁기며 그가 즐기던 노래의 곡조를 흥얼거렸다. 글을 써보려고도 했다. 신중히 단어를 골라가며 이렇게 그를 잃은 심정이 어떤지 담아내려 애썼다. 아님 부모님에게 보낼 편지를 끄적거렸다. 사과를 전하며 그간의 일을 설명하고, 그녀를 혹 언제라도 다시 볼 마음이 있는지 물었다. 이제 톰은 가고 없다면서. 그녀는 그중 어느 것도 부치지 않았다, 그 편지들 말이다. 그저 종이비행기로 접어 지붕에서 하늘로 날려 보냈다. 편지비행기들이 바람을 타고 나뭇잎처럼 퍼덕거리거나 그녀를 맴도는 새들처럼 솟구치는 동안 그녀는 도시의 지붕들을 가만히 보았다.

갈매기들이 공중을 선회하고 깩깩거리며 앉을 자리와 먹이를 놓고 싸웠다. 고개를 까닥이고 날개를 파닥이는 비둘기들이 무척 시달리고 남루해 보였다. 여기, 이 도시에서는 그랬다, 고향에서의 모습과 비교하면. 까마귀들이 힘차게 오르내리면서 냉혹한 발톱과 부리로 콘크리트를 두들겼다. 애니가 맘 편히 받아들이기에는 너무 사납고 인색해 보였다. 지붕 끝자락을 사방으로 두른 낮은 난간을 조그만 몸집으로 파닥파닥 오가는 명금―대륙검은지빠귀, 찌르레기, 되새, 참새―들은 애니가 그들의 날개를 보며 나지막이 속삭이듯 부르는 노랫소리에 제 목소리를 얹었다. 그녀는 자기 목소리 너머의 그 환청 같은 소리를 들으려 열심히 귀기울이다 노래의 익숙한 선율로 어느새 빠져들었다.

애니가 납작지붕에서 지나치게 오랜 시간을 보내는 것일 수도 있었다. 하지만 요즘, 톰이 곁에 없고 이 도시에 얻은 직장도 아직 없는데다 하나쯤 찾아보기까지 시간이 좀더 필요하다는 느낌이 그 어느 때보다 강한 요즘, 지붕 말고 그녀가 따로 가 있어야 할 곳이란 정말로 없었다. 고요히 앉아 시간을 흘려보내고 세상을 다시 마주할 준비가 되었다고 느낄 때까지 기다리기에 지붕은 더없이 좋은 장소처럼 보였다.

그녀는 2월이 다 가도록 기다렸다. 바들바들 떨면서 톰의 코트와 스카프 여러 장으로 몸을 감싸고. 3월 내내 기다리는 동안 새롭게 모습을 드러낸 이파리들이 도시의 지붕들 너머로 차양처럼 우거진 나무들을 촘촘히 채웠다. 4월로 접어들었을 때는 그해 첫 제비가 도착하기 시작하며 물에 다이빙하고 날개를 적셨다.

어깨에 두른 코트는 여전하지만 이제 스카프를 몇 장쯤 덜어낸 그녀는 지붕 위에서 겪는 고달픔이 꽤 줄어간다고 느꼈다. 훨씬 따뜻해졌다. 문자 그대로도 그렇고 분위기상으로도 그랬다. 그녀가 어떤 변화를 눈치채기 시작한 게 딱 이맘때였기 때문이다. 그녀는 확신했다. 새들의 행동이 달라졌다고. 처음 이사와서 지붕에 앉아 있을 때만 해도 녀석들은 좀처럼 바닥에 내려앉지 않았고, 제 영역을 침범당해 분하다는 듯 꽥꽥거리고 헐떡거리며 주변을 선회했다. 하지만 이제는 그녀에게 익숙해진 모양으로, 마음 내키는 곳 어디서든 부리질을 하고 날개를 퍼덕거렸다. 초반의 하루이틀 정도 애니는 새들한테 이렇게 무시를 당해야 한다는 게 부당하다고 여겼다. 녀석들만큼이나 그녀에게도 지붕 위 삶의 일원이 될 권리가 있었으니까. 그러나 이윽고 깨달았다.

녀석들이 그녀를 딱히 본체만체하는 게 아니었다. 그보다는 그
녀가 지붕에 나타나고 수일, 수주가 흐르면서 그녀에게 점점 익
숙해졌고, 그래서 이제 그녀를 자신들의 일부로 여기는 것에 더
가까웠다.

일단 이 사실을 의식하자 의자에 앉은 그녀 주변에서 소통하
고 싸우고 희롱하고 가로채는 녀석들을 관찰하는 게 꽤 재미있
어졌다. 더 나아가 그녀는 톰의 옛 노래를 부르는 것에서 벗어나
그녀만의 간단한 곡조들을 만들기 시작했다. 이처럼 새들의 틈
바구니에 있다는 게, 창공에 야생의 길을 내는 제비와 칼새의 움
직임을 지켜본다는 게 어떤 느낌인지 담을 수 있기를 소망했다.
그녀는 발치에 퀴퀴한 빵부스러기를 흩뿌려뒀다. 한 움큼 가득
손에 쥐고 팔을 위로 쳐들어 녹초가 된 짠한 비둘기들을 따로 챙
기기도 했다. 그럼 녀석들은 그녀의 손과 팔과 어깨에 내려앉으
며 그녀가 베풀 수 있는 이 조그만 것에서 마침내 먹이와 안식을
찾았다.

4월이 깊어지고 5월이 되었다. 머리 위에서 태양이 뜨겁게 불
탔다. 살갗이 그을리는 걸 막으려면 이제 자외선차단제가 필요
했지만 그녀는 여태껏 톰의 외투를 입고 있었다. 어쨌든 아직 본
격적인 여름은 아니었고 저녁이면 이따금 꽤 쌀쌀해질 수도 있
었다. 게다가 당연한 얘기지만 외투라는 보호막이 없다면 그녀

의 몸에 내려앉는 녀석들의 발톱이 몹시 따갑게 느껴질 터였다. 그리고 또…… 글쎄. 톰이 마지막으로 그 외투를 입은 지도 수개월이 지났지만 그녀는 확신했다. 외투에서 여전히 그의 냄새가 난다고, 약간은.

새들 가운데서 살아가는 인생은 알면 알수록 상당히 흥미진진했다. 가령 6월의 어느 이른 오후, 갈매기 한 마리가 닭다리를 물고 내려앉으면서 적수들을 줄줄이 달고 온 적이 있었다. 녀석들은 지붕 위에서 한바탕 싸움을 벌였다. 깩깩거리고 빙글빙글 돌며 다리뼈에 붙은 살점을 채가고, 혹 경쟁자가 너무 가까워진다 싶으면 서로를 할퀴었다. 다음으로 조그만 비둘기 무리도 내려와 구경꾼 노릇을 해줬다. 의자에 앉은 애니의 발치에 모여들어 그 토실토실 작은 고개를 신나게 끄덕이며 서로 견해를 나누고, 닭다리가 깨끗이 발라지기 전에 갈매기들이 싫증이라도 내서 찌꺼기나마 취할 수 있기를 아마 바라고 있었다. 애니는 자신의 얼굴에 함박웃음이 머금어지는 걸 느꼈다. 수주일, 아니 수개월, 거의 반년 만에 처음으로. 잠시 자신을 잊고 그저 싸움의 또다른 구경꾼으로 가세해 가장 마음에 드는 갈매기에게 응원과 경고의 환호를 보냈다. 상황이 너무 격해질 때면 양손을 휘저었다.

다만 이따금, 예전과 달리 기분이 상할 때가 있었다. 외투 속에 둥지를 틀고 앉아 행복한 기분으로 새로운 친구들에게 둘러싸여 있는 중에 녀석들이 느닷없이 한꺼번에, 모두가 한마음인 양 일제히 날아오르는 순간이 그랬다. 그녀는 이 대규모 퇴각을 촉발하는 신호를 하나도 감지할 수 없었다. 설령 감지했다 한들 그에 대해 뭘 할 수 있었을지도 의문이었다. 이러나저러나 그녀가 거기 함께할 일은 좀처럼 없을 테니까. 아무리 그렇대도 작은 경고라도 하나 해주면 좋을 텐데. 그녀가 너무 무안하지라도 않게. 아니, 다 떠나서 그녀의 얘기가 한창인 와중에 그러지만 않아도 좋을 듯했다. 하지만 그녀는 생각했다. 이건 그저 이 도시에서 매사가 처리되는 방식일 뿐이라고. 사람들이 그녀에게 했던 경고도 결국 같았다. 그들은 말했다. 거기는 누구든 그냥 사라져버릴 수 있는 그런 곳이라고.

새들이 이런 식으로 떠나버릴 때면 그녀는 앉아 있던 의자에서 벌떡 일어나(다른 녀석들보다 살짝 느리다. 그녀의 유치하고 불안정한 마음 한편으로는 녀석들이 이 사실을 눈치채지 못하기를 바랐다) 지붕 끝자락까지 그들과 함께 달렸다. 그곳 난간에 손을 올리고 서서 창공으로 진입하는 새들의 무리를 눈으로 좇으며 최대한 앞으로 몸을 숙였다. 햇빛에 눈이 부셨다. 녀석들은 새잖아, 그녀는 홀로 되새겨야 했다. 때로 멀리 날아가야 하는 건 녀석들의 본성이었다. 그녀가 한 사람의 여자고, 땅에 발붙인 채 머무는 게 그녀의 본성인 것과 마찬가지로. 비록 그 땅이 도시에서 20미터는 떠 있는 곳, 허공 속 콘크리트 단상일지라도. 그래서 녀석들이 날아갈 때도 그녀는 정말이지 자신이 홀로 남겨진다는 기분을 느끼지 않았다. 설령 느낀다 해도 그리 오래가지 않았다. 어쨌든 녀석들은 늘 돌아왔으니까.

그날이 되기 전까지는. 그날 녀석들은 돌아오지 않았다. 어느 목요일의 일이었다. 애니가 창문을 나서 지붕으로 올라간 아침, 이상하리만치 새들이 없었다. 초창기에 그랬던 것과는 또 달랐다. 그녀가 처음 이사왔을 때는 녀석들 모두가 그녀를 가늠하면서 신뢰할 만한 존재인지 파악하느라 지붕 끝자락에서 빙글빙글 맴돌았다. 그런데 그날은 새들이 전혀 없었다. 아니 아예 없는 건 아니었다. 저멀리서 실타래처럼 엉켜 솟아오르며 화창한 하늘을 배경으로 윤곽을 드러내는 새들이야 물론 있었다. 하지만 애니가 녀석들의 얼굴을, 눈을, 날개의 깃털 각각을 볼 수 있을 만큼 가까이에는 없었다.

그녀는 아침 내내 친구들이 돌아오기를 기다렸다. 그래도 녀석들이 나타나지 않자 창문으로 다시 기어들어가 부엌으로 가서 치즈 샌드위치를 만들었다. 선걸음으로 얼른 먹어치운 다음 다시 창문을 기어오르고 지붕으로 갔다. 몸에 두른 외투를 더 바짝 여미고, 의자의 위치를 약간 바꿔 오후 태양의 열기를 피했다.

그녀는 지붕 위 새들이 없어 어찌할 바 모르는 자신을 발견했

다. 그녀가 일상에서 가장 좋아하는 일들은 녀석들을 중심으로
빚어져 있었다. 그들이 곁에 없이는 노래를 불러줄 수도 새로운
노래를 만들 수도 없었다. 어차피 최근에는 그나마도 많이 하지
않았지만. 거기에 약간의 죄책감을 느끼는 것도 사실이었으나
지난 몇 주간 톰의 낡은 기타는 대부분의 시간을 창문 근처 위성
방송 수신용 안테나 옆 벽에 기대선 채 보냈다. 그리고 그녀는
그 시간의 대부분을 새들과 얘기하고 그들 중 몇과 더 친해지는
데 썼다. 녀석들의 목소리에 섞인 이상한 소리와 음조를 듣는 게
좋았다. 부리를 딱딱거리는 모양새, 말하는 중간에 목을 독특하
게 씰룩이는 몸짓이 좋았다.

　그녀는 새로 사귄 이 친구들에게 모든 걸 털어놓았다. 정말이
지 근사했다. 부모님 앞으로 부치지도 못할 편지나 쓰고 또 쓰는
대신 드디어 입 밖으로 죄다 내뱉을 때의 그 안도감이란. 게다가
얼마나 멋진 일인가. 다정한데다 그녀를 아끼기까지 하고, 톰을
모르는 이들에게 그 얘기를 한다는 건. 그에 대해 그녀가 말하는
모든 것을 온전히 받아들이고도 전과 다름없이 다정하고 이해해
주고 따뜻한 이들에게. 그녀의 얘기가 톰에게만—혹은 이름도
붙이지 못한 채 그들이 잃어버린 아기에게만—국한된 건 아니
었다. 보다 행복하고 고요했던 나날들의 기억도 있었다. 그녀의
고향인 서쪽 동네 얘기. 거기서는 모든 걸 골드스톤으로 지었는

데, 그 벽돌은 해가 나기만 하면 제 몸속 깊은 곳 어딘가에 불이라도 붙은 것처럼 반짝거렸다. 그녀는 어린 시절에 키웠던 기니피그와, 기차역이 내다보이는 고향집 근처의 산비탈 얘기도 했다. 매해 여름이면 엄마랑 아빠가 그녀를 데리고 그 산비탈로 소풍을 갔었다고. 녀석들에게 이런 말도 했다. 여기 이 도시에서 그녀를 위한 공간을, 그처럼 멋진 친구들과 함께하는 새 삶을 찾을 수 있어서 얼마나 감사하고 다행인지 모른다고. 불과 몇 달 전까지만 해도 그런 건 불가능하다고, 상상조차 못할 일이라고 생각했는데. 이 지붕에서처럼, 특히 여름 저녁의 사그라지는 빛 속에서 깃털 달린 다정한 얼굴들에 둘러싸여 있을 때처럼 안전하고 보살핌을 받는 느낌은 생전 처음이라고. 그 말에 녀석들은 고개를 끄덕이고, 수많은 눈에 웃음과 감사가 깃들었다.

이제 갑자기 그녀는 혼자였다. 걱정하는 게 어리석은 일이라는 건 알았다. 녀석들이 당장 내일이라도 돌아올 수 있다는 것도. 모험의 사연들을 가득 품고. 그러리라고 미리 알려주기만 했다면 얼마나 좋았을까 싶을 뿐이었다. 그랬다면 오늘 이렇게 홀로 앉아 있는 것도 근사한 일이 되었을 텐데. 녀석들이 지금 가 닿고 있을 아득히 먼 곳의 뭔가를 생각하면서. 하지만 그녀는 개의치 않았다. 이따금 멀리 날아가야 하는 건 녀석들의 본성일 뿐이라고 다시 되새겼다. 땅에 머무는 게 그녀의 본성이듯. 그래도 같이 사진이라도 몇 장 찍어뒀으면 좋았을 텐데 싶었다. 만약을 대비해서.

그녀는 밤이 내리도록 거기 의자에 앉아 기다렸다. 주름진 외투 속에 더 깊숙이 둥지를 틀었다. 기온이 떨어졌을 때도 따뜻한 음료나 담요를 챙기러 지붕을 비우지 않았다. 녀석들 누구든 그녀가 자기를 잊었다고 생각하는 게 싫었다. 녀석들이 정말 돌아오기나 한다면.

내내 잠잠하다가 마침내 일이 벌어진 건 밤 열한시 삼십분경이었다. 도시는 변함없이 컴컴했고 별들이 모습을 드러내며 별자리 모양으로 반짝였다. 저 먼 곳에서 마구 교차하는 비행기 불빛들이 여느 때처럼 별들을 덮었다.

그 일은 그녀가 지평선의 어떤 착란을 눈치채는 것으로 시작됐다. 그녀 주변에서 빛을 발하는 광활한 영역보다 저기 지평선 위 하늘의 한 부분이 유독 어두웠다. 빛의 부재. 별들의 결여. 그게 점점 커지는 게 눈에 보였다. 커지고 또 커졌다.

마침내 거대해진 그것이 휘몰아치듯 그녀를 향해 다가왔다. 쏜살같고 부드럽게 사각거리는 구름처럼. 그건 창공을 반쯤 채울 정도로 차원이 다른 규모의 새 한 마리, 한 쌍의 날개가 달린 짐승이었다. 애니가 생전 처음 보는 거대한 타래가 도시 상공으로 솟구치더니 곧장 그녀의 지붕으로 향했다.

드디어 깃털과 눈과 얼굴을 구분할 수 있을 만큼 그것이 가까워졌다…… 그녀는 돌연 기쁨의 탄성을 내질렀다. 하늘을 장악한 그 함대의 선두에서 그녀가 가장 사랑했던 친구들을, 여기 이 도시에서 그들과 함께 꾸리는 새 인생이 얼마나 행복한지 말할 때면 더없이 진중하게 고개를 끄덕인다고 믿었던 녀석들을 발견해서였다. 그런데 다음 순간 그녀의 눈이 휘둥그레졌다. 이 익숙하고 소중하고 끔찍이도 그리웠던 친구들 뒤로 수없이 많은 얼굴과 눈과 깃털이 보여서였다. 그녀는 모르는 녀석들이었다. 사실 이 도시 자체에 알려진 바가 없는 녀석들이었다. 그녀 또한 예전에 말로만 들어봤던 종류의 새들. 날개가 더 널찍하고 깃털 색이 더 밝고 발톱이 더 날카롭고 울음소리는 새롭고 낯설었다.

　이미 한참 전에 의자를 박차고 일어난 애니는 이제 새들이 홀연히 떠날 때면 늘 그랬듯 양손을 난간에 얹고 앞을 내다보고 있었다. 녀석들이 오늘 얼마나 먼 길을 비행했을지 궁금했다. 그녀가 치즈 샌드위치를 만들고 의자에 앉아 있는 동안 저들은 얼마나 먼 길을 오고 어떤 땅 위로 날아올랐을까.

　그 생각과 동시에 격렬한 슬픔이 애니를 관통했지만 그걸 제대로 느낄 겨를은 없었다. 이 거대한 밤의 새가 지붕에 내려앉더니 백 개는 되는 조그만 발톱들이 그녀를 매섭게 긁어댔기 때문이다. 발톱들은 그녀의 손가락을 움켜쥐고 머리칼을 그러잡고 톰의 외투천을 쑤셔서 뚫었다. 그것도 모자라 그녀의 손목과 팔과 발목을 갈고리처럼 휘감았다.

그녀는 번쩍이는 공포를 느꼈다. 지금 이게 다 무슨 일인지 몰라도 일단 저항하고 맞서야 하지 않을까, 안전한 실내로 도망쳐야 하지 않을까 마음 한편으로 고민했다. 한순간 그녀가 익사를 겁내는 여자, 숨을 뱉지도, 사방에서 들이치는 물을 받아들이지도 않으려는 여자가 된 듯했다.

광란한 눈으로 탈출로를 찾아 열린 창문으로 옮겨간 그녀의 시선이 톰의 기타를 포착했다. 벽에 여전히 기댄 채였고, 그렇게 그녀의 망설임이 일시에 사라졌다. 봇물 터지듯 쏟아져 그녀를 휩쓰는 희망과 비탄의 조류에 씻겨내려갔다. 그녀는 새들을 향해 양팔을 활짝 펼쳤다. 더 많은 녀석들이 퍼덕이며 내려와 그녀의 살갗과 톰의 낡은 외투 구석구석을 겹겹의 깃털들로 뒤덮도록 가만히 있었다.

이윽고 녀석들이 동시에 날갯짓했다. 애니의 가슴이 또다시 미어지기 시작할 만큼 조심조심 그녀를 들어올렸다. 발꿈치가 먼저 들리더니 나중에는 그녀가 둥실 떠올랐다. 날고 있었다. 바닥에서 손가락 몇 마디쯤 떠 있었다.

그녀는 외마디 소리를 질렀다. 어쩌나 날것인데다 새다운지, 그처럼 압도되어 아무것도 듣지 못할 상태가 아니었다면 그녀 자신도 분명 놀랐을 소리였다. 그리고 그녀의 친구들이 그에 답했다. 수많은 얼굴과 목소리에서 나오는 하나된 울음소리가 메아리쳐 그녀에게 돌아왔다. 애니는 자신이 미쳐가는 걸까 궁금했다. 아님 견갑골에서 돋아나는 이상한 근육과 새 깃털들을 정말 느낄 수 있는 걸까.

그녀는 난간을 붙든 다음 몸을 끌어올려 그 위에 섰다. 아슬아슬하게 균형을 잡았다. 새들이 여전히 붙들어주고 있었다. 그리고 지붕 너머로 발을 내디디면서, 휑하니 트인 공간으로 떨어지면서 양팔을 날개처럼 펴고 손가락을 뻗었다.

마법사들

앨피가 브라이턴 해변의 자갈 둔덕들을 넘어 아이스크림 가판대로 가던 때였다. 프리스비 원반을 든 붉은 머리 남자애가 돌진해 와 둘이 한꺼번에 나동그라졌다. 앨피는 비명이 나오려는 걸 아슬아슬하게 참고 온 힘을 다해 웃어 보였다. 이 남자애는 앨피가 전에 눈여겨본 그애들 무리였기 때문이다. 파도치는 물가에서 꼭 멍멍이들처럼 함께 첨벙거리던 아이들. 얼굴에 받아라! 그리고 방가랑! 같은 이상하고 정체 모를 소리를 서로에게 외치며 웃어댔다. 아무리 봐도 웃을 이유가 전혀 없는데.

"안녕." 앨피가 프리스비 원반을 든 아이에게 말했다.

"안녕." 아이가 대답했다. 그새 용케 일어나 달려 돌아갈 준비까지 마친 아이의 눈은 물가에서 와글와글 기다리며 손 흔드는 친구들을 향해 있었다. 아이는 그들 쪽으로 원반을 휙 던지고—푸르디푸른 하늘을 배경으로 주황색 조각 하나가 반짝—마침내 앨피에게 눈을 돌렸다.

"너는 왜 그리 옷을 다 입고 있어?" 아이는 그렇게 물을 뿐이었다. "너 정말 이상해 보여."

다음 순간 아이는 한달음에 친구들에게 돌아갔다. 뒤에 남겨진 앨피는 우둘투둘한 자갈밭에서 몸을 일으키고 바지와 줄무늬 셔츠를 털었다. 휴가를 오는 기념으로 엄마가 특별히 사준 옷이었다.

그렇대도 상관없어, 앨피는 중얼거렸다. 어차피 저애들도 그리 대단히 재미있어 보이는 건 아니었다. 일단 앨피보다 다들 어린 듯했고, 저런 소란과 미소도 막상 옆을 지나며 보면 꽤 따분한 것일 때가 많으니까. 소란을 떠는 애들이란 게 워낙 그랬다. 그리고 앨피가 아이스크림 사 오기 미션을 냅다 포기하고 저애들과 놀아버렸으면 엄마가 뭐라고 했겠나? 앨피가 깡충깡충 물가로 달려가 저 모든 법석과, 꺅꺅거리는 웃음소리와, 발길질에 튀어오르는 자잘한 조약돌의 난장판에 뛰어들었다면. 돌이 눈에 들어갈 거야, 엄마는 말했겠지. 더 최악은 그 돌이 남의 눈에 들어가는 거고. 앨피가 아이들의 춤추는 손끝에서 허공으로 흩어지는 반짝반짝 물방울로 돌진해 때 이르게 찬란한 이 4월 어느 날의 빛을 쬐기로 했다면. 자외선차단제가 씻겨 내려갈 거야, 엄마는 말했겠지. 그게 무슨 의미인지 알고는 있을까? 피부암이 생긴다는 얘기야, 앨피, 내 새끼, 그렇게 되면 누가 비웃을까?

누가 비웃는다는 건지 전혀 모르겠다는 게 문제라면 문제였다. 어쩌면 저애들일까. 녀석들이 여전히 브라이턴 해변의 물가에서 멍멍이 무리처럼 첨벙거릴 때 앨피는 물방울무늬 환자복 차림으로 병원 침대에 누워 온갖 튜브가 꽂힌 어마어마한 기계 같은 데 연결되어 있으리라는 걸까. 영화랑 TV 프로그램에 나오는 아픈 사람들이 그러는 것처럼. 그리고 〈코믹 릴리프〉와 〈칠드런 인 니드〉*의 소아암 환자가 다 그렇듯 앨피도 대머리일 거다. 앨피도 소아암 환자일 테니까, 엄마 말대로. 저애들은 여전히 놀고 있을 그때.

그런데 지금 이러고 있을 일이 아니다. 엄마랑 월리스 아저씨가 앨피는 어디 있나 궁금해하고 있을 테다. 정신이 번쩍 든 앨피는 아이스크림 가판대로 향하던 걸음을 다시 재촉해 해변을 가로지르기 시작했다. 하지만 바닥에 수북한 조약돌 사이로 발이 푹푹 빠져 걷기가 보기보다 힘들었다. 게다가 사방에 널린 사람들이랑 돗자리, 해변에 흔히 있는 뭐 그런 것들도 문제였다.

_____

* 둘 다 영국의 유명한 자선모금 방송.

만약 진짜로 그렇게 된다면, 앨피는 걸으며 곰곰이 생각해봤다. 앨피가 정말 소아암 환자가 된다면 열한 살에 자신의 마법 능력이 발동될 때까지만 확실히 살아남으면 된다. 그러고 나면 마법 수업을 받고 스스로를 치유할 방법을 알아낼 수 있을 테다. 미래의 앨피와 같은 마법사(다른 아이들, 웃고 있는 멍멍이 꼬마들도 마법사일지는 의문이었다)들에게는 암이 생기지 않고, 혹 그런대도 그 상태가 그리 오래가지 않는 법이니까. 그들에게는 자기 치유라는 기적적인 능력이 있기 때문이다. 앨피는 깨닫는다. 그러니까 정말이지, 자기 안에 잠재된 이 마법성 덕택에 자외선차단제니 물가 접근 금지니 하는 것들은 아무 의미 없으며, 그렇기에 엄마는 틀렸다. 완전히 틀렸다.

다만 그리 말했다가는 보나마나 월리스 아저씨가 벌겋게 열받은 얼굴로 엄마 편을 들 거고, 아이가 제멋대로라는 둥 반항적이라는 둥 키우기 힘들다는 둥 떠드는 그 둘을 붙들고 뭘 설명하거나 논쟁하는 것도 무척 힘든 일이 될 터라 앨피는 공연히 문제를 키울 마음이 없었다. 솔직히 털어놓자면 앨피 또한 자신이 열한 살이 되도록 기다렸다 자외선차단제와 확실히 이별하는 게 더 나을지도 모르겠다는 생각인데, 아직 마법 치유력을 갖지 못한 상태에서 소아암 환자가 되고 싶진 않아서다. 때를 기다릴 거다. 그 정도 슬기로움은 있다. 앨피는 나이에 비해 슬기로운 아이라고, 학교의 레녹스 선생님은 말하곤 했다. 앨피는 레녹스 선생님이 좋았다. 치아가 이상하게 생겼고 '스' 발음을 제대로 못해 '뜨'처럼 말하기는 하지만. 불쌍한 레녹스 선생님. 앨피가 마법사가 되어 열 달 내로 선생님을 떠나는 건 슬픈 일일 것이다. 하지만 소아암 환자가 되어 선생님을 떠나는 건 더 최악일 테니 당장은 자외선차단제 규칙에 따라야겠지. 바다도 안 되고. 첨벙도 안 되고. 물가에서 춤추고 소리치는 것도 안 되고. 앨피는 기다릴 수 있었다.

앨피는 다른 아이들에게서 눈길을 거두고 해변 끝자락을 터덜터덜 올라갔다. 정신을 차려보니 어느새 눈을 깜빡이며 아이스크림 아저씨를 올려다보고 있었다. 피부가 우둘투둘하고 한쪽 귓불에 못처럼 뾰족한 걸 꽂은 남자였다.

"99콘 두 개 주세요." 앨피가 말했다. "레몬 셔벗도 하나요."

*

점쟁이 루치아노, 일명 피터—또한 브라이턴 해변의 약쟁이들 사이에서 친구 혹은 우리 패거리로 불리는 남자. 그건 이 스물여덟 살짜리 레게머리 백인 청년이 사시사철 플립플롭 슬리퍼만 고집해서였다—는 점술 부스의 어둠 속에 서서 열쇠와 지갑과 선글라스와 반다나를 챙기는 중이었다. 오늘은 가게문을 일찍 닫고 제대로 즐기는 시간을 마련해볼 요량이었다. 해가 넘어가고 밤이 내리기 전에 햇볕에 살갗도 좀 태우고 잠시 느긋하니 있으면서 우주의 아름다움에 동화될 시간을. 아무리 남쪽 해안이라지만, 그것도 미기후*로 유명한 브라이턴이라지만, 이제 겨우 4월인데 마법처럼 따뜻했고 그걸 만끽하지 않는 건 거의 범죄나 다름없었다. 아, 브라이턴의 미기후. 그게 사람들의 입에 오르내리고 무슨 대단한 일이라도 되는 양 고집스레 추켜세워질 때면 점쟁이 루치아노/피터 역시 도시의 다른 이들과 함께 점잖게 고개를 끄덕이지만 정말로, 솔직히 말한다면? 그의 눈에 브라이턴은 영국의 여타 지역과 다를 바 없이 우중충해 보였다.

그는 순간 집중력을 잃고 〈더 그레이트 기그 인 더 스카이〉**의 아무 부분이나 소리 내어 흥얼거리며 거대한 머리칼에 두른 반다나를 밀어올렸다(맙소사, 짜증스럽게도 그의 아빠 음성을 쏙 빼닮은 머릿속 작은 목소리가 말했다. 너도 딱히 프랭크 시나트라는 아니다, 그치?)…… 아, 그런데 그전에 무슨 생각을 하던 중이었더라? 핑크 플로이드와 아빠와 자신의 형편없는 노랫소리 전

---

* 주변 환경과 다른 특정 지역의 미시적 기후.
** 영국 밴드 핑크 플로이드의 노래.

252

에? 브라이턴의 미기후, 때 이른 날씨…… 그리고 우주! 그거였다. 우주. 이런 날에 걱정은 어울리지 않았다. 만물을 아우르는 우주, 그러니까 모두에게 자비로운 어머니를 섬기는 게 얼마나 큰 행운이고 축복인지 감사할 날이었다. 그 역시 다른 이들과 똑같이 우주의 자식이라는 사실, 다른 건 몰라도 그것만큼은 그가 만끽할 수 있는 행운이었다. 그 사실을 받아들일 용의가 없다면 아무리 아빠라도 지옥에나 가라지. 그는 가닥가닥 꼰 머리 뭉치와 반다나 위 어딘가에 선글라스를 꽂은 다음 슬리퍼에 밀어넣은 발을 점술 부스 밖 아스팔트 바닥으로 내디뎠다. 그리고 아무렴 무조건 아멘, 그는 생각했다. 무엇이 무조건 아멘인지는 모를 일이었다. 햇빛과 살갗에 와닿는 느닷없는 온기에 정신이 몹시 혼란했다.

기나긴 겨울이었다. 1996년 이래 최악이라고 다들 입을 모았다. 마지막으로 목성이 2월의 삼 주 동안이나 토성을 비켜나 있었고 수성은 역행했다. 아니, 실은 금성이었나. 토성을 비켜나 있던 게? 당장은 잘 기억나지 않지만 아마 맞을 것이다. 그게, 아님 모든 게 그저 관점의 문제일 뿐, 실은 토성이 금성을 비켜선 것이고 수성은 그저 제 갈 길이나 간 것인지도. 이따가 밤에 꼭 한번 찾아봐야 할 테지만…… 그렇지만 이처럼 어렵고 학술적이다시피 한 생각들로 머릿속을 어지럽히는 게 몹시 글러먹은 일처럼 느껴졌으니, 보라! 여기는 브라이턴, 그 한창때의 불을 밝힌 곳. 전설적 도시. 오토바이 위에서 위용을 뽐내며 서로 옥신각신하는 모드와 로커*의 만남의 장소(아무리 그렇대도, 그놈의 매연은 어머니 대지에 해롭다네, 친구들, 그는 박람회마다 오토바이를 끌고 와 줄지어 선 그들을 지나칠 때면 자신의 스케이트보드 위에서 소리치곤 했다). 그 유명한 궁전 로열 파빌리온(기이하고 식민지풍에다 약간 천박한)의 고장. 각지에 흩어져 사는 친구와 친지에게 보내라며 해안 가판대에서 판매하는 수십 년 치 사진엽서의 원천(그 꼬질꼬질한 엽서에 적힌 문구는 늘, 솔직히 말하면, 좀 낯부끄러웠다). 그래도 대체로는 꽤나 끝내주는 곳이란 말이지, 그는 부스의 철제 셔터를 내리며 생각했다. 브라이턴, 이 도시, 그의 제2의 고향. 서둘러 뛰어드는 게 좋을 거다. 어둠이 시작되기까지 겨우 다섯 시간 남짓 남았다.

"저기요." 그가 열쇠를 돌리는 순간 뒤쪽 어딘가에 자리잡은 여자의 목소리가 들렸다. "점심이나 커피 같은 걸 사러 가느라 잠시 문을 닫는 건가요, 아님 그런 이유로 나는 오늘 내 운명을 점칠 기회를 보기 좋게 날려버리고 만 건가요?"

여자는 미국인이었고 예뻤다. 매력적인 미소였다. 치아에 상당

---

* 오토바이를 모는 영국 청년 집단의 서로 다른 분파.

한 공을 들였고, 어쩌면 얼굴에도 약간. 무슨 뜻인고 하니, 그 여자는 딱히 젊지 않았다. 늙은 것도 아니었다. 전혀 아니었다. 그래도 루치아노/피터보다 몇 살은 족히 더 많았다. 그건 분명했다. 그런데 그녀에게는 특별한 한 가지가 있었다. 점술 부스가 드리우는 그림자 속에서 그를 마주보며 눈을 깜빡이는 여자의 한 가지가 진심으로 그를 뒤흔들었다. 그녀는 정확히 딱 맞는 키였다.

이쯤에서 분명히 해두자면 루치아노/피터가 특별히 작은 건 아니었다. 실은 영국에 사는 이들의 키가 기형적일 정도로 큰 탓에 아주 드문 몇몇 경우 그가 작아 보이는 것뿐이다. 가령 일본에서는, 그가 늘 세상 속 진정한 영적 고향으로 여겨온 그곳에서는 루치아노/피터가 딱 편안한 정도의 평균 신장에 해당할 터였다. 물론 서구에서처럼 일본인도 성장호르몬을 잔뜩 채워넣은 끔찍한 자본주의 정크푸드를 일제히 섭취하기 시작한 게 아니라는 전제하에. 실제로 그는 일본에 가본 적이 없었기에 거기 사람들이 진짜로 뭘 먹고 사는지나, 그 결과로 키가 얼마나 큰지는 몰랐다. 하지만 아주 명백하고 몹시 분명하고 질문의 여지 없이 확신하는 한 가지는, 지금 눈을 깜빡이며 그를 올려다보는 이 어여쁜 미국 여자의 키가 그야말로 적당해서 만약에, 정말 만약에 그가 그녀를 소중히 감싸안으면(설레발치지 마라 녀석아, 아빠를 닮은 머릿속 목소리가 다시 말했다. 저 여자는 뒤도 안 돌아볼 거다. 너라는 사람에 대해 조금이라도 알게 된다면) 아름답게 헝클어진 그녀의 머리칼 사이 정수리에 자신의 턱을 꽤 편히 올려둘 수 있으리라는 점이었다. 캘리포니아 출신일 수도 있겠네, 그는 생각했다. 비치 보이스와 오닐*과 66번 국도**의 종착지처럼. 그들은 서로 통하는 영혼이었다, 분명했다.

"아." 루치아노/피터가 말했다. "다른 사람도 있어요, 산책로 아래에요. 사파이어 블루. 그 남자도 점을 봐요."

그래, 어쩌면 두 사람이 서로 통하는 영혼일 수 있겠지. 그래도 신경이 곤두서기는 마찬가지란 말이다, 오케이? 우주가 내게 딱 맞는 키의 아름다운 여자를 내주는 일이, 이유야 어떻든 나랑 대화까지 원하는 여자가 내 일터 바깥에 짠 하고 나타나는 일이 늘 있는 건 아니잖나.

"정말 아쉬운데요." 여자가 엄지손톱을 물어뜯으며 말했다. "친구가 가서 만나보라고 한 건 당신이거든요. 브라이턴에서 최고라던데."

그는 햇볕에 데워진 조약돌과 모래의 광활한 비탈을, 그 자유로움 속에서 벌써 볕쬐기에 돌입한 휴가 인파를, 눈앞에 펼쳐진

---

* 캘리포니아 기반의 서핑 용품 제조사.
** 시카고와 로스앤젤레스를 잇는 미대륙 횡단 국도.

광경이 주는 희열에 이미 빠져든 그들 모두를 내다보았다. 그리고 다시 여자를 보았다. 이제 그녀는 주근깨투성이 데콜타주*에 자리한 목걸이 펜던트—자수정, 접수 완료—를 만지작거리고 있었다.

"탄생석인가요?" 그가 물었다.

여자가 고개를 끄덕였다. "물병자리예요. 상승하는 행성은 금성이고요."

루치아노/피터는 천칭자리였다. 완벽했다.

그는 정성을 다해 더할 나위 없이 충만한 미소를 내비치며 한 손을 슬쩍 여자의 팔에 가져다 댔다. 그녀의 피부는 따뜻하고 탱탱하고 살짝 촉촉했다. 그 손을 그대로 들어 손가락을 핥으면 소금 맛이 날 것 같았다. (역겨워라, 그의 아빠 목소리가 꽥꽥거렸다, 또.) 하지만 이렇게 해야만 한다, 안 그런가? 우주가 이처럼 명백하고 딱 맞는 뭔가를 한꺼번에 내려주는 이런 드문 순간에는.

"정 그렇다면." 그는 셔터 자물쇠에 열쇠를 꽂고 다시 부스를 열며—드림캐처, 성도, 다채로운 색상의 인도산 실크. 부디 그녀에게 좋은 인상을 남겼기를!—말했다. "예외를 만들어볼 수 있겠죠."

---

* 상의의 네크라인을 따라 노출된 여성의 목, 어깨, 가슴 부근을 가리키는 말.

*

    엄마랑 윌리스 아저씨가 있는 돗자리로 돌아온 앨피는 더할
나위 없이 완벽한 성공을 축하하는 시간을 잠시(남몰래, 신바람
을 시끄럽게 혹은 함부로 드러내지 않고) 가졌다. 오는 길에 아
이스크림을 한 방울도 흘리지 않아 제멋대로라느니 반항적이라느
니 키우기 힘들다느니 하는 꼬리표를 붙일 이유가 없으니까! 이
영광은 귀에 못을 꽂은 아이스크림 아저씨와 콘 여러 개를 단번
에 편히 나르게 해준 기발한 골판지 도구에 돌려야 했다. 아저씨
덕분에 앨피는 미션을 완수했다. 게다가 빛깔을 펄럭이며* 해냈
다고, 레녹스 선생님은 말하겠지. 선생님은 앨피에게 종종 그런
말들을 했다. 앨피가 뜻을 완전히 이해하진 못하지만 아무튼 가
장 아름답다고 생각하는 말들. 조금 아름답다고 생각할 때도 있
긴 했다, 그 뜻을 아예 이해 못할 경우에는.

    펄럭이는 빛깔. 해변 저 아래서 초록색과 자주색으로 치장한 연
하나가 퍼덕이며 파란 하늘로 떠올라 은빛으로 반짝이는 꼬리를
길게 늘어트렸다. 뚫어져라 쳐다본 끝에 앨피는 연줄―있는지
없는지 모르게 유령처럼 허공을 관통하는 가느다란 줄 하나―

---

  * 선박들이 색색의 깃발을 꽂아 승전 여부를 알리던 역사에서 유래한 표현.

을 찾아냈고, 그걸 쭉 따라 내려가 군중의 틈바구니를 통과한 앨피의 시선이 노란색 원피스를 입은 여자애에게 가닿았다. 이 연과 여자애를 발견하다니 얼마나 놀라운 일인가. 하필 그 말―펄럭이는 빛깔―에 정신을 집중하던 순간에! 앨피가 마법으로 소환하기라도 한 것처럼. 그러니까 정확히 의도한 건 아니지만. 여자애는 앨피보다 몇 살은 더 많았다. 그래 보였다. 앨피보다 키는 훨씬 컸다. 어쨌든. 앨피는 그애 쪽을 바라보며 눈의 초점을 흐렸다. 점점 뿌예지던 여자애가 단순한 노란색 얼룩이 되더니 사물이 원근을 잃으면서 수선화 한 송이로 피어났다. 앨피는 아이스크림 먹기에 돌입했다.

펄럭이는 빛깔. 소독약 냄새를 풍기는 수학 교실의 책상 사이로 다니며 채점한 시험지를 나눠주던 날―언제나처럼 또각또각 소리를 내던 선생님의 구두도 칙칙한 초록색 바닥 타일 위에서 숨죽였다.―레녹스 선생님이 앨피의 책상 옆에 잠시 멈췄다. 그리고 앨피 앞에 내려놓은 것은 완벽 그 자체였다. 시험지에 차분하고 단정히 적힌 풀이 과정과 답은 앨피가 〈007 썬더볼 작전〉의 블로펠드처럼 차분한 자신감으로 문제를 해결해나갔다고 말해주는 듯했다. (하지만 실은 앨피도 신경이 곤두섰었다. 레녹스 선생님과 관련된 일이면 왠지 늘 그랬다. 두말할 것 없이 선생님을 사랑하는데도.) 앨피의 단정한 답과 풀이 과정을 따라 세로로 쭉 늘어선 빨간색 V자 표시들이 하나같이 일정한 모양을 유지했다. 앨피가 써낸 답의 야무진 정확성을 거울처럼 반영하며 서로의 위로 차곡차곡 쌓인 모습이 꼭 아파트 한 동처럼 단정했다. 선생님은 말했다. 펄럭이는 빛깔. 그날 밤 앨피가 자기 방에서 얼마나 신나게 춤췄던지! 승리감에 차 빙그르르 돌고 다이빙하듯 몸을 던져 침대보 위에 팔다리를 활짝 펴고 누웠다. 마치 태양의 눈부심을 피하듯 회반죽이 벗어지는 단조로운 천장을 피해 눈을 감으니 눈꺼풀 너머에서 파란색과 분홍색과 연보라색과 금색이 보였다. 그 색들이 사방을 마구 날아다녔다. 살아 움직이는 색색의 페인트 자국처럼, 앵무새 날개처럼, 친구 이모젠의 생일파티에서 고양이와 쥐 게임을 하며 썼던 낙하산처럼. 그때로 되돌아간다면, 레녹스 선생님의 빨간색 V자 표시들과 펄럭이는 빛깔이라는 경이로운 사건 뒤에 열린 이모젠의 생일파티로 돌아간다면, 앨피도 낙하산 아래서 다른 아이들 못지않게 열심히 돌아다니며 소리 지를 텐데. 양말 때문에 미끄러지면 어쩌나 따윈 결코 걱정하지 않을 텐데. 넘어지는 바람에 바지 무르팍이 해지고 피부가 멍들거나 까지거나, 아님 셔츠에 구멍이라도 나서 몹시 지치고 실망하는 엄마의 모습을 보게 되면 어쩌나, 그런 걱정은 아예 안 하고 술래한테 잡혀 게임에 질 때면 누구보다 큰 소리로 웃어넘길 텐데. 누구보다 크게 더 크게 웃어서 다른 아이들 소리를 깡그리 지워버릴 텐데. 레녹스 선생님과 펄럭이는 빛깔 생각이 저쪽 파도치는 물가에서 아직도 똘똘 뭉쳐 노는 아이들의 외침과 웃음을 지워버리는 것처럼. 이것도 마법이라면 마법이지, 앨피는 생각했다. 이렇게 할 수 있는 능력, 이렇게 지우고 떨치는 것도.

"앨피, 애야. 지금 셔츠를 더럽히고 있잖니." 늘 깐깐히 구는 월리스 아저씨가 지적했다. 이번만큼은 아저씨 말이 맞았다. 좋은 추억과 지난 영광의 기억에 어찌나 정신이 팔렸는지 앨피는 오른손에 든 99콘이 녹아 새 셔츠 소매에 뚝뚝 떨어지는 것도 몰랐다. 해변의 다른 아이들은 당연히 아무도 셔츠를 입지 않았고, 그러니 아이스크림을 흘린대도 문제없겠지. 다들 하나같이 수영복을 입고 사지를 훤히 드러낸 모양새가 꼭 나무 같았다. 그냥 하는 말이 아니라, 혹 알고 있었나? 영어의 사지limb가 나무에서 온 단어라는 걸. 옛날 사람들이 나뭇가지를 일컬을 때 쓰는 말이었고, 그러니까 사람이랑 나무가 어떤 면에서 마법처럼 연결되어 있다는 뜻이라는 걸. 앨피도 전혀 몰랐다. 레녹스 선생님의 얘기를 듣고서야 알았고, 끝내주게 멋지다고 생각했다. 아마 그런 게 진정한 마법이겠지. 때가 되어 앨피가 정식으로 배울 마법은 호커스 포커스나 아브라카다브라처럼 멍청하고 유치한 게 아니다. 한낱 평범한 인간이 파티에서 보여주는 엉터리 공연 같은 것도 아니다. 앨피의 마법은 사물 사이에서 뜻밖의 관련성을 감지할 줄 아는 예리한 통찰력에서 비롯될 것이다. 이 문제에 대해서는 내년에, 앨피가 자신의 능력을 사용하는 법을 정식으로 배워야 할 때가 오면 레녹스 선생님이 더 많은 가르침을 줄 거다. 앨피는 부디 그리되기를 소원했다. 그럼 선생님을 떠나지 않아도 괜찮을지 모른다. 레녹스 선생님이 빠진 인생이 과연 인생이겠는가? 선생님이 곁에 없을 때면 펄럭이는 빛깔과 그 말이 암시하는 모든 것들, 뜻하는 모든 것들이 퇴색하는 듯해 끔찍했다. 휴가를 와 있는 동안에마저.

"앨피." 엄마가 말했다. "딴생각 그만하렴."

앨피는 햇볕에 녹은 아이스크림의 겉을 핥으며 엄마에게 웃어 보이려 했다. 엄마는 그런 앨피를 그저 빤히 쳐다보면서 한 스푼 떠낸 레몬 셔벗을 덥석 물었다. 어째선지 그 색깔이 요란한 동시에 창백한 레몬 셔벗은 몹시 차가워 보였는데 엄마가 어찌 그리도 빨리, 치통도 복통도 없이, 그녀의 끝없는 두통을 악화시키는 일 따윈 없이 먹어치울 수 있는지 이해되지 않았다. 게다가 저렇게 먹는 데 무슨 재미가 있을까? 앨피는 엄마에게 그만 먹으라고 말한 다음 레녹스 선생님과 나뭇가지와 사람의 사지 얘기를 해주고 싶었지만 문득 너무 벅차다는 생각이 들었다. 그 모든 걸 한꺼번에 말한다는 게, 단어들로 정리하고 짜증스럽지 않게 설명한다는 게. 그래서 그저 미소만 짓고 또 지었다. 그러자 엄마는 얼음덩어리 셔벗을 계속 베어 물며 그 시린 기운 틈으로 말했다. "너 이에 초콜릿 묻었다."

\*

"당신은 참 어진 기운을 갖고 있어요." 미국 여자가 점쟁이 루치아노에게 말했다. 둘은 점술 부스의 갑갑하고 반짝이는 어둠 속에 앉아 있었다. "전에도 그런 얘기를 들어봤나요?"

루치아노/피터는 살면서 알아온 모든 이들을 따져봤다. 아름다운 영혼이 무척 많았다, 생각해보니 그랬다. 정말 많았다, 비교적 짧은 세월에. 그게 대수롭지 않은 일일 수 있는가? 축복받은 건 아니고? 어쩌면 그처럼 좋은 이들로 자기 세계를 채우는 그 나름의 수완 덕분이었다 말한대도 아예 헛소리는 아닐 테다. 어쨌든 다들 그리 말하니까. 사람은 우주에 내놓는 만큼 얻는 법이고, 자신이 세상에서 보고자 하는 디테일을 보게 되며, 요컨대 인생은 개척하기 나름이라고. 그리고 그가 아는 한 자신이 내놓을 수 있는 건 사랑, 순수하고 무조건적인 사랑밖에 없었다. 예수가 그랬듯. 점쟁이 루치아노는 물론 크리스천이 아니지만—어림없다, 조직화된 종교는 명백히 유해한 헛소리일 뿐—그래도 예수는 예수지, 그렇잖나? 한 인간으로서 그는 몹시 영적인 사람이었다. 간디 혹은 달라이 라마처럼. 밥 겔도프*쯤도 가능하지 않을까. 예수의 가르침을 가지고 사람들이 하는 짓을 생각하면 억장이 무너졌다. 거기에 예수 또한 슬픔을 느끼리라는 데 의심의 여지가 없었다. 아무튼 루치아노/피터가 살면서 알아온 다수의 선량한 영혼 얘기로 돌아오면, 그는 그게 단순한 운 때문은 아닐 수 있다는 말이 하고 싶은 거다. 어쩌면 약간은 자랑스러워할 문제일지 모른다. 그는 깨달았다. 그러니까 그건 곧 그가 인간 내면의 선량함과 아름다움을 볼 줄 안다는 뜻이고, 자신을 부풀리려거나 그런 건 아니지만, 그 같은 눈을 누구나 가진 건 아닐지도 모른다는 사실을. 그 능력 덕분에 반짝이로 장식된 오두막에서 수상쩍은 것이나 팔아먹는 또 한 명의 낙오자 신세를 조금은 면할 수 있는 것인지도. 인간 내면의 경이로움을 감지하는 이 능력 덕분에. 그 힌디어 인사말이 뭐였더라? 나마스테. 내 안의 경이가 당신 안의 경이에 절합니다. 그러니 맞다, 그는 전부 누릴 자격이 충분했다. 인생에 등장했던 이 모든 아름다운 영혼들을. 그걸 두고 아빠가 할말이 있든 말든 누가 들어주기라도 한대?

"루시?" 아직 그의 앞에 앉아 있는 아름다운 여자가 말했다.

---

* 아일랜드 출신의 가수 겸 영화배우.

그러니까 여자는 이제 그를 루시라고 부르는 모양이었다. "루시? 자기, 괜찮은 거예요? 내가 말실수라도 했나요?"

"아." 그가 대답했다. "아뇨, 실례했습니다. 문득 저편의 기운이 느껴지는 듯해서요. 그 기운으로 충만해지는 중이었다고 하면, 아시려나요?"

"맙소사, 당연히 알죠." 여자가 말했다. "나는 문자 그대로 늘 겪는 일인걸요. 매번 애를 먹으며 설명해봐야 그저 미친 소리처럼 들릴 뿐이지만요, 그렇죠?"

이런 맙소사, 여자는 완벽했다. 정확히 딱 맞는 키인 것도 모자라 세상만사를 이해하고 있었다. 그런데 정신을 차려보니 여자가 손바닥을 위로 해서 테이블에 올려놓은 손을 이제 그에게 내밀고 있는 게 아닌가. 그 아름다운 손바닥을 마치 제물처럼. 기억이 루치아노/피터의 뇌리를 스쳤다. 타로점과 별자리운세 다음에 손금도 봐줄 수 있다고 말해둔 터였다. 점이랑 운세는 이미 확인했으니까…… 아니 잠깐만, 그러고 보니 좁디좁은 부스 안에 이렇게 둘이서 엄청 오래, 적어도 한 시간은 들어앉아 있었던 게 틀림없는데 여자는 아직 그에게 질리지도, 그를 경멸하게 되지도 않았다. 햇빛 찬란한 아름다운 날에 향냄새로 텁텁한 비좁은 부스에 욱여넣어진 대신 파도치는 물가를 거니는 게 더 낫겠다고 마음먹지도 않았다. 사실 이제 와 드는 생각인데 둘은 대체 왜 부스에 틀어박혀 있는 거지? 오후의 태양이 투척하는 빛 속에서 웃는 눈으로 서로를 좇으며 바깥세상을 즐길 수 있을 이 때에?

루치아노/피터의 손바닥이 애그니스—그가 알게 된 바에 따르면 여자의 이름은 애그니스였고, 그녀는 오하이오 출신이었다. 캘리포니아가 아니라—가 내민 손바닥 위를 빙글빙글 돌았다. 둘 사이에 흐르는 기운을 잠시 느낀 뒤 그는 여자의 손에 자신의 손을 얹었다. 이 얼마나 중하고, 정말이지 이 얼마나 마법 같은 일인가. 완전한 타인과 이런 식으로 연결될 수 있다는 게. 완전히 다른 인간이되 그와 똑같은 내면세계를 가진 이와 손을 맞대는 단순한 몸짓만으로 교감할 수 있다는 게.

"밖으로 나가죠." 그가 말했다. "바다까지 함께 걸어요. 손금은 거기서 봐줄게요. 그곳의 빛 속에서는 가는 주름 하나까지 읽을 수 있을 거예요. 당신의 살갗이 속삭이는 모든 의미들을요."

"그렇게 말해주길 무척 바라는 중이었어요." 애그니스가 대답했다. 이 얼마나 완벽한가! 엉겁결에 시적으로 변해가는 그의 말투조차 여자는 참아주고 있었다.

둘은 점술 부스를 나섰다. 루치아노/피터는 행복감에 들뜬 나머지 부스의 셔터도 내리지 않았다. 비가 오는 일은 없을 테고, 게다가 대체 누가 그의 가게를 털 생각을 하겠는가? 제아무리 지나가는 바보라도 그가 내세울 게 전혀, 정말이지 아무것도 없다는 걸 한눈에 알 텐데. (물질적으로 그렇다는 얘기예요, 아빠. 루치아노/피터는 머릿속에서 역습을 감행했다. 오늘은 의심 많은 자가 끼어들 자리 따위 없으니까.)

"당신 말이 정말 맞았네요, 루시." 밖으로 나온 애그니스가 팔과 손과 그 길고 감동적인 손가락을 허공으로 뻗으며 말했다. "그냥 못 본 척하기에 여기 바깥은 너무 멋져요."

못 본 척하기에 너무 멋진 건 당신이죠, 그는 이렇게 대답할 뻔했다. 그 대신 그녀에게 말했다. "피터라고 부르세요. 내 진짜 이름이에요."

둘은 길게 펼쳐진 해안 뒤쪽에서 솟았다 꺼지기를 반복하는 둔덕들을 함께 걸었다. 그리고 여기 야외의 빛 속에서, 황금빛으로 낮게 드리우는 오후의 햇빛 속에서 그는 여자를 훨씬 선명히 볼 수 있음을 깨달았다. 둘이 얘기를 나눈 지 얼마나 되었더라? 하지만 그것과 별개로, 점술 부스의 그림자들 밖으로 나온 지금 그는 주목하지 않을 수 없었다. 그녀―캘리포니아가 아니라 오하이오 출신인 애그니스―는 그의 원래 추정보다 나이가 훨씬 많았다. 가게문을 닫던 그의 앞에 애그니스가 처음 나타났을 때, 그는 그런 아우라의 소유자면서 자신과의 대화를 반기는 여자가 있다는 사실에 마냥 놀랐다(그러니까 세상 어떤 여자가 굳이, 솔직한 말로, 이런 헤어스타일과 차림새로 이런 일이나 하는 주제에 아주 그냥 작정하고 달려드는 분위기가 역력한 이 밑바닥 낙오자에게 신경이나 쓸까, 하는 생각에). 그때 그는 햇빛에 다소 눈멀고 정신이 팔린 나머지—정확히 무엇에 정신이 팔렸는지 이제는 기억나지 않지만—세세한 부분에 주목하는 대신 아름다움이라는 단순한 사실만을 보고 감지했을 것이다. 그러나 곁에 선 애그니스의 존재에 보다 익숙해진 지금은 그녀 눈가의 주름과 살짝 탄력을 잃은 쇄골 부근의 피부와 팔뚝의 주근깨가 눈에 들어왔다. 마흔 살은 홀쩍 넘어 보였다. 마흔다섯, 아니 마흔일곱 살도 가능했다. 그게 문제인가? 이상한가? 그의 완벽한 오후에 제동을 걸 이유가 되는가? (저 여자는 너를 갖고 노는 것뿐이다, 아들아. 무슨 말인고 하니, 저 여자는 세상을 볼 만큼 봤고 다닐 만큼 다녔고 네가 어떤 인간인지 안다. 네게 마음이 있는 거라고 착각하지 마라.) 아니, 피터는 생각을 굳혔다. 문제되지 않을 테다. 애그니스가 쉰 살이든 쉰아홉 살이든 일흔 살이든. 오케이, 일흔 살은 좀 그렇겠다. 그녀가 일흔 살이라면 상황이 아주 다르게 전개되리라는 점에서. 아무튼 핵심은 그 사실이, 그녀가 지금껏 살면서 세상의 뭔가를 보았고 별의별 감정을 느꼈다는 사실이 그녀를 더욱 아름답게 만든다는 것이었다. 그건 사람의 아름다움을 앗아가기는커녕 오히려 더할 뿐이니까. 그리고 그의 아빠는 이러나저러나 까칠한 한낱 멍청이에 지나지 않았다. 피터는 애그니스의 잔주름이 마음에 들었다. 언젠가 자기 자신의 잔주름을 마음에 들어하게 될 것처럼. (어디 그렇게 계속 위안을 삼아봐라, 아들아.)

그 말에 대한 반항심으로 그는 애그니스의 손을 잡았다. 그녀가 그를 쳐다보았다. 놀라기는 했지만 뿌리치지 않았다. 그는 그녀를 이끌고 자갈 둔덕들을 내려가 파도에 평평히 눌린 모래사장으로 들어섰다. 썰물, 새살을 드러낸 채 하늘을 거울처럼 비추며 반짝이는 해변, 그리고 무진장 광활한 공간! 이쪽에는 강아지와 아이들, 연인들, 줄무늬 바람막이 점퍼를 입은 가족들이 있었다. 그리고 저쪽에는 아이스크림 행상인, 귀걸이를 한 그 친구가. 이쯤에서 피터는 무슨 이유에선지 애그니스가 아이스크림을 사줬으면 하는 마음이 들기도 했는데, 웃기지 않나? 하지만 둘은 그 풍경의 일부였다. 그는 그 풍경의 일부였다. 점술 부스에서 밖을 구경하는 괴짜 레게머리 점쟁이가 아니라 슬리퍼를 벗어던진 채 오후 내내 맨발로 뛰는 피터였다. 진짜 미소를 머금고 한 팔에는 소녀—아니, 여성—를 안은 그였다. 그가 늘 되고 싶어 했던 부류의 남자처럼. 그렇게 되는 건 쉬웠다, 정말로. 왜 진작 그러지 못했을까 이해가 안 될 정도였……

그런데 잠깐만, 꼬마 하나가 그를 향해 걸어온다. 녀석의 눈에 어떤 목적이 담겨 있다. 피터가 아는 꼬마인가? 아니, 그런 것 같지 않다. 그런데도 꼬마는 계속 다가온다. 보아하니 그에게 이렇게 돌진해보겠다고 제 엄마조차 버리고 온 모양이었다. 지금 뒤에서 아이를 부르는 여자, 쪼글쪼글 늙은데다 잿빛 머리칼을 마구 헝클어트린 채 저기 파도치는 물가에서 슬픈 표정을 짓고 있는 여자가 틀림없이 꼬마의 엄마일 테니까. 그녀는 데톡스 클렌저와 오븐용 장갑을, 전기담요와 어릴 적 피터가 민망하게도 수영장에서 늘 차야 했던 완장형 튜브인지 뭔지를 떠올리게 했다…… 그는 아이의 엄마에게 문득 깊은 공감을 느꼈지만 동시에 겁을 먹기도 했다. 죽었다 깨어나도 저 여자, 저런 유의 인간이 되고 싶지 않았다. 부디 제가 저 여자 꼴이 나게 절대로 놔두지 마옵소서. 아, 하지만 그런 걱정을 하다니 어리석다. 당연하다. 애그니스가 그를 구원할 것이므로.

"앨피!" 물가의 여자가 외쳤다. 그 목소리가 그녀의 얼굴살만큼이나 지친 듯했다.

그리고 여기 꼬마가 있었다. 앨피가 있었다. 이제 그의 바로 앞에.

"엄마, 와서 봐요." 앨피가 어깨 너머로 엄마를 외쳐 불렀다. "찾았어요! 그 마법사를 찾은 것 같아요." 그러더니 말을 뚝 끊고 피터를 보았다. 피터가 그 나이였을 때 어른을 그런 식으로 쳐다본다는 건 감히 엄두도 못 냈을 정도로 당돌한 눈빛이었다.

"그 마법사는 아니더라도 어쨌든 마법사 맞죠, 그죠?" 꼬마가 말했다. "아저씨는 그냥 딱 봐도 마법사잖아요. 그런 망토랑 뭐랑 다 해서."

갈매기들이 머리 위 하늘을 빙글빙글 돌았고, 어딘가에서 아기가 비명을 질렀다. 피터는 애그니스의 손을 놓고 청실과 은실로 짠 자신의 카프탄*을, 목에 건 부적을, 팔목에 두른 가죽끈을, 열 손가락에 낀 색색의 반지를 내려다보았다. 과하다, 그는 생각했다. 우스꽝스럽다. 어처구니가 없기까지 하다. 한두 번 있는 일이 아니었으니까. 구체적인 상황이야 물론 다르지만 그저…… 남들은 다들 아는데, 세상이 자신에게 무엇을 원하는지 별 노력 없이 이해하는데, 무엇이 적절하고 무엇이 일정 정도의 존중을 이끌어낼지 이해하는데 오로지 그만, 피터만 확신 없이 뒤처져 있었다. 가당찮다, 꼬마는 그에게 그렇게 말하고 있었다. 몰골이 가당치도 않다. 그렇대도 이건 옳지 못하다! 전혀 옳지 못하다. 그는 가당찮은 인간일 수 없으니까, 완전히 그렇다고는 할 수 없으니까. 그가 손을 잡았을 때도 애그니스는 핏기가 싹 가신 얼굴로 편두통 혹은 선약이 있다고 통사정하지 않았거든, 그렇잖아? 오히려 손을 더 꼭 쥐어줬단 말이다. 이 꼬마는 틀렸다. 그런데 녀

* 아랍풍의 품이 넉넉하고 긴 옷.

석은 왜 이리 뚫어져라 보는 것인가? 내면의 뭔가가 보이기라도 하나? 녀석은 볼 권리가 없는 뭔가가?

"아니, 나 망할 마법사 아니거든." 피터의 목소리가 말했다. 그의 의지와 상관없이 저절로 나오는 듯했다. 귓속에서 메아리 치는 소리가 들렸다. "뭐야 너, 다섯 살이야?"

어쩌면 악의적이었을 것이다. 피터는 악의적으로 구는 일이 많지 않았다. 최소한 고의로 그러는 일은 적었다. 그래서 그 느낌에 그리 익숙하지 않았지만 그래, 아마 악의적이었을 테다. 왜냐면 봐라, 앨피의 얼굴을 봐. 저기, 무너져내리는 얼굴을. 그에게서 도망치는 앨피를 봐. 힘껏 달려 해변으로, 뒤엉킨 군중 속으로 사라진다. 앨피의 슬프고 지친 엄마를 봐. 그녀는 저기 그대로 선 채 손을 뻗고 외친다. "앨피, 앨피." 이미 포기해버린 사람처럼.

*

다리들, 팔들, 앨피의 속도에 감탄하며 돌아가는 고개와 얼굴들 사이를 아이는 내달렸다. 소닉처럼, 로드 러너처럼, 그때 그 영화 속 남자처럼. 뭐였더라? 〈포레스트 검프〉. 뛰어, 포레스트, 뛰어! 신중히 길을 고르며 잡동사니를 피해 돌아 자갈을 넘어 발

딛는 일은 이제 없었다. 앨피는 돗자리와 책과 양동이와 병들 사이를 쏜살같이 달렸다.

이처럼 해변을 메운 다른 사람들! 다른 가족들, 무리와 일행들…… 앨피가 아슬아슬하게 뛰어넘은 고양이 모양 모래상과 그 옆에서 팔레트 나이프와 붓을 놀리는 여드름투성이 십대…… 엄마나 월리스 아저씨와는 매사를 무척 다르게 대하는 이 모든 사람들. 엄마랑 월리스 아저씨는 평소 엄청 긴 시간을 집에 그냥 앉아서 사람들한테 물건을 파는 TV 프로그램이나 물끄러미 쳐다보며 보냈다. 그사이 다른 이들은 아이를 더 낳고 유아차에 태워 공원으로 박물관으로 데리고 다닌다. 아이가 자라 까불고 장난치고 공항에서 공연한 소동을 일으킬 정도가 되면 다 함께 프랑스로 떠난다. 임대한 대형 빌라에 딸린 수영장에서 아이들은 하루종일 수영하고 거기서 자신도, 즉 앨피도 다른 꼬마들과 한데 어울려 수영할 테고, 그동안 엄마랑 월리스 아저씨는 뭘 하느냐면…… 그들이 뭘 할지는 앨피도 몰랐다.

앨피는 누군가 반쯤 먹다 남긴 핫도그를 지나 달렸다. 두 가족이 차지한 구역의 경계에 내동댕이쳐져 갈매기떼에 쪼아먹히는 중이었다. 앨피는 전에 연 날리는 모습을 보았던 노란색 원피스 소녀를 지나 달렸다. 그애는 이제 다른 여자애들과 앉아 얘기하며 사탕을 나눠 먹고 있었다. 다만 여기서 한 가지, 프랑스의 빌라와 관련한 문제 하나를 솔직히 털어놓자면 앨피는 절대로 수영을 하지 않는다. 할 줄 모르는 게 아니다. 어떻게 하는지는 안다, 당연히. 앨피가 몇 차례 강습을 받도록 엄마가 특별히 신경썼던 건 순전히 안전상의 목적이었다. 난데없고 나쁜 상황이 벌어질 때를 대비해서. 아마 〈타이타닉〉이나 〈제임스와 거대한 복숭아〉나 〈조스〉 같은 상황이. 하지만 일이 어떻게 되었느냐면, 하루는 병원에 갔다가 앨피의 고막에서 구멍이 발견됐고 그날로 수영 강습은 끝이었다…… 그렇긴 한데 가만히 생각해보니 지금은 그 구멍이 전혀 느껴지지 않았다. 앨피는 멀쩡했다. 만약 그 구멍이 정말 여태껏 거기 있다면 분명히 느껴지겠지? 느껴질 거야, 가령 지금처럼 달리고 있을 때 말이야. 공기와 바람이 구멍을 통과하며 내는 휘파람소리가 들릴 거야. 꽤나 시끄러운 소리를 낼 게 분명하잖아? 어쩌면 진짜 사람이 부는 휘파람처럼. 그만 멈추지 못해! 앨피가 휘파람 부는 걸 연습하려고만 하면 엄마는 늘 말했다. 엄마의 편두통 때문이었다. 그러고 나면 언제나 정신 바짝 차려라, 앨피 하고 윌리스 아저씨가 덧붙였다. 어머니 말씀 잘 들어, 어머니가 시키는 대로 하는 거다.

앨피는 엄마를 사랑했다. 자기가 이렇게 달려와버리는 바람에 엄마의 두통이 얼마나 심해졌을지 뻔히 알면서 엄마를 해변 저편에 남겨두고 싶지 않았다. 하지만 전에 엄마가 그랬다. 다음

학기에 전학할 거라고 학교에 일러뒀다고. 레녹스 선생님과 이제 안녕이야, 엄마는 말했다. 반 아이들은 더 많을 거야. 담보대출이랑 신용카드 문제도 있고, 윌리스 아저씨가 다시 직장을 잡을 때까지는 그렇게 지내야지. 전학할 학교는 집에서 그리 멀지 않을 거야. 그리고 누가 알겠니. 새 학교에서는 너도 친구들을 훨씬 수월하게 사귈지…… 따위의 너무 많은 말들. 그 말들의 너무 많은 부분이 앨피를 소리 지르고 싶게 만들었다(아니, 울고 싶게 만들었다. 진정한 남자도 때로 눈물을 흘리니까. 작년에 아저씨가 말했었다. 그때 앨피는 이층 수도꼭지가 고장나는 바람에 자정을 넘긴 시각에 부엌에 내려간 터였다). 엄마한테 소리를 지르는 것보다 이러는 편이 더 나았다, 아마도. 소리를 지르는 것보다 나았다. 이렇게 달려 사라지는 게.

앨피는 더 빨리 달렸다. 아래서 파도치는 물가는 평탄하고 모래밭인데다 길을 막는 사람도 없었다. 이제 해변의 모든 인파는 앨피의 한쪽 옆에 펼쳐진 경사로 끝에서 뒤엉킨 소리와 색채의 뒤죽박죽일 뿐이었다. 대체 뭘 어떻게 했어야 엄마를 이해시킬 수 있었을까? 앨피가 조금만 더 나이를 먹으면 모든 게 괜찮아지리라는 걸. 그럼 차마 짐작조차 못해본 일이 마른하늘의 날벼락처럼 그들을 덮치리라는 걸. 즉 새로운 세계들이나 해법을 가진 마법사가 그들의 삶에 등장할 거라고. 아님 아예 앨피 자신이 이

기나긴 세월 내내 자기 내면에 숨어 있던(근데 왜 그렇게까지 꽁꽁?) 마법 능력을 발견하게 될 거라고. 몇 년 전 같으면 엄마도 귀기울였을지 모른다. 다만 지금은 그들의 삶이 처한 상황 때문에 그런 얘기를 입 밖으로 꺼내봐야 어리석고 철딱서니 없는 소리로만 들렸다. 게다가 다른 것 다 떠나서, 그처럼 근본 모를 힘을 향한 앨피의 신념이 때로 윌리스 아저씨를, 그의 말을 그대로 빌리자면 열 뻗치게 만들었다. 그 어떤 종류의 마법도 믿지 않아서다. 하지만 아까 돗자리에서 아저씨는 문제가 아니었다. 앨피는 언제나 상황이 개선될 여지가 있다는 사실을 엄마에게 이해시킬 방법을 찾지 못해 오도 가도 못하는 지경에 빠져 있었는데, 바로 그때 그 마법사가 짠 하고 나타나 둔덕들을 달려내려온 것이다. 어떤 계시처럼, 엄마를 이해시킬 방법처럼, 앨피가 꿈꿔왔던 모든 일의 시작처럼…… 그러나 다음 순간, 이런, 다음 순간 모든 게 엉망이 되었다. 그랬다. 앨피는 거기 그대로 있을 수 없었다, 그럴 수 없었다. 소리를 지르거나 울거나 엄마를 슬프게 만들면 안 되니까. 엄마는 늘 두통을 달고 살고, 이제는 담보대출이랑 신용카드랑 아저씨의 직장 문제까지 있어서 그들이 앞으로 이렇게 휴가를 올 일이 다시는 없을 테니까.

앨피는 계속 달렸다. 해변의 이쪽 부근에서 인파가 점점 줄어가는 모습을 보며 궁금해졌다. 사람들은 왜 여기까지 내려오지 않는 걸까. 그리 먼 거리도 아닌데. 어쩌면 저들은 바글바글 한데 모여 있는 게 좋은 걸지도. 파도치는 물가에서 보았던 저 행복한 멍멍이 꼬마 같은 아이들이 서로 밀치고 낄낄대고 첨벙거릴 수 있게. 그뿐만 아니지, 앨피는 생각했다. 아이스크림 가판대까지 거리도 해변의 이쪽에서 내내 거슬러올라가는 것보다 사람들이 모여 있는 저쪽에서 갈 때 훨씬 가깝다. 여기 아래쪽에 돗자리를 펴고 앨피가 엄마랑 윌리스 아저씨한테 줄 아이스크림을 사러 갔다면, 둘이 주문한 콘은 녹아서 앨피의 소매로 뚝뚝 떨어졌을 테고, 돗자리로 돌아왔을 때쯤에는 셔츠 여기저기에 마구 묻었겠지. 맞다, 앨피는 날랜 아이였다. 그리고 맞다, 자발적인 아이이기도 했다(비록 가끔은 키우기 힘들다지만). 그렇대도 아이스크림 여러 개를 들고 뛰는 건 힘든 일이었을 거다. 귀에 못을 꽂은 아저씨네 골판지 도구가 아무리 유용하다 해도.

속도를 줄여 조깅하듯 뛰자 문득 세상이 사랑스러워 보였다. 사방이 완전히 탁 트여 있는 듯했다. 앨피 앞에 기다랗게 펼쳐진 모래사장, 잔잔한 물결과 그 너머로 막힘없이 계속되는 수평선, 등뒤에서 점차 희미해지는 다른 가족의 고함과 웃음소리. 배앓이가 거의 가라앉아 책을 읽을 정도가 되고, 한 번에 한 챕터씩 넘어갈 수 있을 만큼 통증을 잊는 것과 비슷한 기분이었다. 그리고 여기, 개를 데리고 산책을 나온 여자가 있었다. 안녕하세요!

앨피가 손을 흔들었다. 안녕! 여자도 손을 흔들어줬다. 앨피는 해변을 따라 조깅을 계속했다. 두 다리가 허락하는 한 최대로 보폭을 넓혔고, 그러면서 느끼는 강인함과 수채화 물감 위를 달리는 듯한 감각을 즐겼다. 발아래 평평하고 축축한 모래는 반사된 일몰의 색깔들로 온통 알록달록했다.

이곳 주위에는 남은 사람이 거의 없었다. 저기 저쪽의 텐트와 밖에 앉은 남자가 전부였다. 그는 노숙자처럼 보였다, 약간은.

"안녕하세요!" 앨피가 뜀걸음으로 지나가며 남자에게 외쳤다.

"오냐." 남자가 인사로 한 손을 들며 말했다.

사람들은 대부분 친절해, 앨피는 생각했다. 혹 친절하지 않다면, 그 마법사 아저씨가 그랬듯 화나 있다면, 그건 두통이나 담보대출 때문이겠지. 어쨌든 앨피의 열한 살 생일까지는 오롯이 열 달이 남은 상황이었다. 그 마법사는 미처 준비되지 않았던 것이다, 그뿐이다. 어쩌면 앨피를 일부러 밀어낸 건지도. 둘은 아직 만나서는 안 되니까, 그런 식으로는 안 되니까. 너무 일렀다. 마법이든 운명이든 아직 때가 아니었다.

이제 사람은 아무도 없고 그 대신 하얀 절벽들만 있었다. 조금만 더 가면 닿을 듯한 절벽들은 창백하게 분을 바른 듯한 모양새가 꼭 거대한 분필이 깨진 조각들 같았다. 그걸 제외하면 바다와 하늘과 갈매기뿐. 그리고 저 앞에, 앨피가 달려가는 방향에 콘크리트로 된 뭔가가 있는데…… 근데 저게 뭐지? 바다 쪽으로 쭉 뻗은 뭔가, 굽이진 잿빛 잔교처럼, 더는 갈 곳 없는 도로처럼, 담벼락처럼, 뭔가, 보호하기 위한 뭔가처럼…… 그건 방파제였다. 당연히 그거였다! 항만용 방파제. 지리학 시간에 배우는 것 같은. 『태풍의 까마귀』에 나오는 루카스가 '스캐로 포인트'에서 본 것 같은. 그리고 이 얼마나 마법 같은 일인가. 글로 읽은 세상이 실제임을 확인하는 이 느낌. 그저 믿음의 영역일 뿐이던 세상이 몹시도 엄연한 사실로 등장해 저 자신을 증명하고 우리 눈앞에서 진실로 확인되는 이 경험은.

*

　물가 근처의 서늘하고 축축한 자갈에 앉은 피터는 알아챘다. 밀물이 드는 때였고 곁에 앉은 애그니스는 떨고 있었다. 오후, 아님 그걸 훌쩍 넘긴 시각인데 그녀가 몸에 걸친 건 저 어깨끈 달린 상의와 얇은 치마가 전부였다. 그녀의 신체적 안위를 걱정하는 입장에서, 이 시나리오를 받아든 평범하고 번듯한 남자라면 누구나 그리할 것처럼, 피터 또한 그녀에게 한 꺼풀이나마 더 해주고자 자신의 카프탄을 기꺼이 벗었을 것이다. 카프탄 아래에 있는 게 희멀건 맨살과 십대 때 뚫은 젖꼭지 피어싱(이건 줄

곧 그의 자랑거리였다. 오늘이 오기 전까지는. 어찌된 일인지 그의 모든 게 변해버린 이날 그에게 젖꼭지를 뚫은 고리는 진부함과 허위, 아등바등한 몸부림의 상징이 되고 말았다)뿐이라 자신이 지나치게 스스럼없이 구는 듯 보일까 걱정스럽지만 않았다면. 그러니까 다소 과하지 않나, 진심으로. 자기 맨살에 내내 닿아 있던 셔츠를 벗고 반라의 몸으로 떡하니 버티면서 정말이지 물리적으로 따지면 만난 지 불과 몇 시간밖에 되지 않은 여자에게 그 셔츠를 건넨다는 게? 그 여자가 아무리 우리가 서로 수년은 알아온 기분이라며 우긴다 해도.

하지만 그들이 정말 통하는 건지도, 어쩌면 그녀가 옳은 건지도 모른다. 그뿐만 아니라, 가만히 생각해보면, 애그니스는 그보다 나이가 많은 만큼 소싯적에 남자 상반신깨나 접해봤을 테고, 개중에는 그의 몸보다 볼품없는 몸매도 있었을 게 분명했다. 아아, 그런데 그녀가 웃기라도 하면? 그를 곁눈질하고 웃음이 터지기라도 하면? 이제 진짜로 꽤 차가워진 바람을 맞아 안 그래도 창백하고 종잇장처럼 얇은 그의 살갗에 얼룩덜룩 마맛자국 같은 닭살이 돋고 젖꼭지가 발딱 서기라도 한다면. 그리고 제 눈에 콩깍지가 얼마나 지독하게 씌었기에 이 남자의 본모습을 곧바로 알아보지 못했나 생각한 애그니스가 더더욱 심하게 웃어젖히기라도 하면. 그의 본모습, 한낱 패배자에 낙오자일 뿐인 남자. 사실 점성술이라고는 쥐뿔도 이해하지 못해 안타까울 뿐인 인간. 왜냐면 그는 브라이턴에서 얼마 멀지 않은 헤이스팅스에서 자랐으니까. 똑같이 해안가 배경이라지만 그 동네는 일본이나 캘리포니아와 달라도 너무 달랐고, 우주의 영적 중심에 대해서는 그보다 더 무지하고 둔감할 수 없었기에 정말로, 진심으로 애쓴다면 무지와 둔감의 대명사 자리쯤 꿰찰 수 있을 터였다.

태양이 쏘는 최후의 광선들이 널따란 수평선 너머로 길게 뻗는 모습을 지켜보며 피터는 다층식 주차장을, 그가 살던 주택단지의 공용 정원에 야간을 틈타 묻히던 죽은 반려동물들을 생각했다. 멀티플렉스 극장 로비에서 치아가 얼얼해지도록 악을 쓰던 자신이 떠올랐다. 열 살도 안 된 아이가 터무니없이 비싼 팝콘 가격을 어찌 신경쓰겠는가? 그는 버나드 매슈스의 치킨 너겟과 유행성이하선염과 끈적한 리놀륨 바닥에 토했던 일과 베리맛 렘십*을 떠올렸다. 그리고 어째선지 아까 보았던 여자가 그의 머릿속으로 다시 떠밀려왔다. 그 슬픈 엄마, 저 건너 해안가의.

애그니스가 자리에서 일어나 시선을 들어 수평선을 바라보았다. "나는 늘 생각해요. 저들이 꼭 영혼 같다고." 그녀가 말했다. "다른 세계를 오가는 유령들이요."

---

* 영국의 감기약 제품명.

뭣이라? 피터는 소리 내어 말할 뻔했다. 그러나 곧장 그들 사이의 깊은 교감을 기억해내고 그걸 훼손하는 일이 없도록 내내 입을 다물었다. 둘이 침묵 속에 좀더 머무는 동안 파도가 슬금슬금 발가락 사이로 다가왔다. 피터는 한참 멀리 떨어진 점술 부스에 슬리퍼를 벗어던지고 온 걸 후회하기 시작했다.

"갈매기들 말이에요." 애그니스가 말했다. "그런 생각이 들지 않아요? 영혼들 같다고."

살찐 쓰레기통 털이범들, 피터는 생각했다. 속수무책으로 당할 뿐인 관광객들의 과자를 향해 폭격기처럼 급강하하는 파렴치한들. 아침이면 무수한 하피*떼처럼 끽끽대며 출근길의 사람들에게 똥이나 싸지르는 놈들.

"음." 그가 말했다. "영혼들 같죠."

애그니스는 여전히 오들거리며 맨살이 그대로 드러난 양팔을 손으로 문질렀다. 뭔가 조치를 취해야 한다. 피터도 모르지 않았다. 그는 자리에서 일어났다.

"집까지 바래다줄게요. 얼어죽기 전에."

"집이요?" 그녀가 물었다. "벌써요?"

"아님 어디 다른 데라도?" 피터는 그럼 당신네 집으로 가자고

---

* 여자의 머리와 몸에 새의 날개와 발을 가진 신화 속 괴물.

애그니스가 되받는 일은 없기를 기도했다. 피자 박스와 썩어들 어가는 머그잔으로 뒤덮인 그의 집에 딱 하나 있는 안락의자는 TV 바로 앞까지 끌려가 있었다. 닌텐도 게임 컨트롤러에 달린 줄이 그 이상의 거리를 허락하지 않아서였다.

"아뇨." 그녀가 웃었다. "집으로 가는 게 좋겠네요. 내 경우에 는 호텔방이 되겠지만."

"어디에 묵어요?"

"해변 바로 위요."

"근사한 곳인가요?"

그녀는 어깨를 으쓱했다. 호텔방이 근사한지 아닌지 같은 물 질적 문제는 자신의 격에 한참 미달됨을 보여주려는 듯. "그렇다 고 해두죠."

"가요." 피터가 말했다. "바래다줄게요."

"굳이 그럴 필요 없어요."

"그러고 싶은데요, 실은."

"좋아요." 그녀가 말했다. 그리고 피터로서는 더할 나위 없이 충격적이게도, 그녀가 발뒤꿈치를 들고 그의 뺨에 입을 맞췄다.

*

앨피가 방파제를 따라 걷는 동안 주변 세상은 유령처럼 으스스해 보였다. 앞에 뻗은 바다만 으스스한 게 아니라 자신의 등뒤도 그랬다. 거기에는 사람도 가게도 도로도 집도 아무것도 없었다. 그저 반쯤 지은 새 빌라 같은 건물들과 똑같은 모양의 발코니들, 완공 뒤 모습을 담은 사진을 품고 드높이 걸린 거대한 광고판들이 보이는 전부였다.

앨피는 상상해봤다. 저런 집에 산다는 건, 이곳 브라이턴에 내내 머문다는 건 어떤 느낌일까. 앨피와 엄마가 함께, 그리고 윌리스 아저씨도. 어쩌면 아저씨가 여기서 새 직장을 찾고, 그들은 주말마다 해변에 앉아 휴가 온 기분을 낼 수 있을지도 모른다. 그쯤 되면 엄마도 더 규칙적으로 연습해서 휴가형 인간 되기에 능숙해지고 두통을 떨쳐버릴 테다. 아저씨도 다시 직장이 생긴다면 그처럼 슬프지 않을 거고, 어쩌면. 솔직히 앨피는 정확히 뭐가 아저씨를 그처럼 슬프게 만드는지 알지 못했다. 아저씨는 그냥 슬펐다. 그런 지도 이제 꽤나 오래였다. 엄마가 처음 집에 데려왔을 때는 지금보다 장발에다 근사한 파란색 재킷을 입었고, 엄마가 손을 잡자 진짜 제대로 된 미소를 지었는데. 앨피는 나중에 돗자리로 돌아가면 둘에게 이 얘기를 슬쩍 꺼내볼 생각이었다. 그런데 이미 앨피 때문에 기분이 상한 게 아닐까, 이렇게 달려와버려서? 엄청 열받은 건 아닐까? 아마, 아마 그렇겠지.

앨피는 방파제의 콘크리트 바닥에 앉아 바다를 물끄러미 내다보았다. 물보라 부스러기들. 공중에서 꽥꽥거리면서 부리와 퍼덕이는 날개와 발톱으로 난장을 치며 싸우는 갈매기 한 쌍, 그리고 그 녀석들 너머에서 최후의 붉은 광선을 발하는 저녁노을. 앨피는 이제 좀 쌀쌀하다는 느낌이 들었지만 오히려 상쾌했고, 땡볕 아래를 그토록 질주한 뒤 만나는 찬 공기는 자주 누리기 힘든 기쁨이었다.

앨피는 신발과 양말을 벗고 바지를 무릎까지 걷어올렸다. 종아리에 와닿는 차가움, 그리고 맨발에도! 앨피는 맨발로 다닌 적이 없었다. 엄마는 진드기와 붉은 개미와 풀밭의 날카로운 물건들 혹은 버스 좌석 주변에 도사린 것들을 심히 걱정스러워했다…… 아무리 그렇대도 아아, 이 얼마나 아름다운가. 몸 밑으로 들이치는 저 바다는. 그 일부를 이루는 인어와 해적, 난파선, 진주 채취 잠수부와 진주. 문어와 산호초. 그리고 어쩌면 아틀란티스처럼 숨겨진 도시들까지. 앨피는 깨달았다. 저 안은 다른 세계다, 신용카드와 두통을 대신할. 앨피는 당장 엄마랑 아저씨에게 돌아가 확인시켜주고 싶었다, 설명하고 싶었다. 어쩌면 그들도 이해하게 될지 몰랐다. 그럼 모든 게 괜찮아질 터였다.

어디 갔었어? 엄마는 이렇게 묻겠지. 앨피가 다가가며 보는 엄마의 표정은 매우 화나 있을 거다.

방파제까지 걸었어요. 앨피는 말할 테다. 그리고 인어를 봤어요.

그랬을 리 없잖아. 윌리스 아저씨가 끼어들 것이다. 불가능해. 인어는 허구야.

알아요. 앨피는 말할 거다. 사람들이 아저씨한테 그렇게 말한다는 거 알아요. 하지만 그들의 말을 전부 믿어선 안돼요. 내가 인어를 봤으니까요. 바로 여기서, 지금 막, 방파제 너머로요.

무슨 방파제를 말하는 거야? 엄마는 묻겠지. 얼마나 멀리 있는 건데? 절대로 잊지 마라, 앨피, 내 새끼, 나는 다른 엄마들만큼 젊지 않아, 아마도. 그러니 네가 이 따위로 행동해선 안 돼. 이건 너무하는 거야.

잘못했어요, 엄마. 앨피는 말할 거다. 하지만 엄마가 알아줘야 해요. 내가 인어를 봤다니까요. 축하할 일 아닌가요? 그리고 어쨌든, 엄마는 젊고 아름다워요. 검은 머리칼을 찰랑이는 공주처럼요.

앨피, 내 새끼, 엄마 머리칼은 하얗단다. 엄마는 말하겠지. 게다가 무척 슬퍼 보일 것이다. 아직 열한 살 근처에도 못 간 자신에게 이건 수습이 불가능한 상황임을 아는 앨피는 윌리스 아저씨를 쳐다볼 것이다. 엄마의 기운을 북돋울 만한 방법을 뭐든 좀 알려달라는 의미로. 그래봐야 결국 아저씨의 굳게 닫힌 입과 침묵만 마주할 뿐이겠지만.

문제는 상황이 그리 흘러가지 않으리라는 데 있었다. 앨피는 잘 알았다. 그들은 그보다 더 열받아 있을 테니까. 엄마는 이처

럼 날이 저물다시피 한 시각은 고사하고 그저 보통 때에도 아들
이 자신의 시야를 벗어나는 걸 싫어했다.

앨피는 앉은자리에서 뒤로 드러누워 등이 활모양이 되도록 가
슴을 펴고 하품했다. 손가락에 닿는 거칠거칠한 콘크리트와 팔
에 흐르는 저력을 음미했다. 가만히 기다리고 있을 뿐이다, 한껏
당겨진 고무줄처럼. 지금 당장이라도 뭐든 할 수 있었다. 혹 해
적선이 항구에 들어온다 해도 앨피는 즉석에서 현란한 검술을
뽐내며 해적들을 몽땅 도륙할 수 있었다. 앨피 한 명 대 적군 다
수로. 그런 다음 해적들의 보석과 황금을 죄다 끄집어내 자선단
체에 보낼 생각이었다. 휴가를 보다 자주 올 수 있게 자신과 엄
마와 윌리스 아저씨 몫으로 약간만 챙기고. 바람과 물보라가 선
사하는 상쾌함 속에서 앨피는 지금 막 깨달았으니까. 자신이 휴
가를 사랑한다는 걸. 다른 무엇보다 이런 곳에 이렇게 혼자 있는
것 말이다. 저 바다는 마법의 문 혹은 문턱이고, 그것을 통과하
기만 하면 펼쳐질 또다른 세계에는 두려워해야 할 존재가 더는
없다. 괴기한 존재들은 무기와 고함, 영웅적 결단들로 제압할 수
있다. 마법 생명체나 악마의 군대 같은 것들 말이다. 앨피에게는
그런 삶이 훨씬 어울릴 것이다, 그런 생각이 들었다. 지금껏 자
신에게 허락됐던 이곳의 삶보다는.

그리고 레녹스 선생님을 향한 아쉬움이 담긴 희미한 한 마디

중얼거림을 끝으로 앨피는 길게 늘였던 팔을 휘저어 한 마리 갈매기처럼 몸을 날렸다. 한 조각 연처럼, 물수제비를 뜨는 누군가가 던진 돌처럼, 방파제에서 바다로 뛰어들었다.

*

피터는 바다로 달려내려갔다. 저절로 터져나오는 삶의 환희를 불완전하게나마 실감해보려는 희망 섞인 시도였다. 둘은 해변을 따라 하얀 절벽 쪽으로, 보아하니 애그니스의 숙소를 향해 걷는 중이었고, 그러면서 나누던 대화의 언제쯤부터인지 모르겠지만 그는 애그니스를 쳐다보기가 왠지 힘들어지기 시작했다. 아까 저기서 그녀가 볼에 입을 맞추고부터일까. 그게 계기일 수 있었다. 오후 내내 둘 주변을 감돌던 편하고 충만한 기운이 점점 거칠고 차갑고, 어찌 보면 부담스러워지기 시작한 건. 하지만 그저 바다 탓일 수도 있다. 피터는 늘 바다의 기분과 성격의 변화에 무척 예민했다. 사람들이 그렇게 말하곤 했다. 헤이스팅스 시절에조차.

그는 물을 헤치며 무릎 깊이의 지점까지 나아갔다. 맹렬함 비슷한 기세로 파도를 걷어차보려 했지만 바닷물에 움직임이 둔화되고 물러질 뿐이어서 애초에 상상했던 격렬한 물보라를 일으키는 대신 헤엄치는 남자, 숨겨진 혹은 묻힌 보물을 수집하려고 수면 아래로 잠수하는 이처럼 철벅거렸다.

"보기보다 터프하군요." 그의 뒤로 조금 떨어진 자리에서 애그니스가 말했다.

그를 뒤따라 바다로 들어온 터였다. 어째선지는 모르겠지만.

"뭐라고요?" 피터가 물었다.

"정말 차갑네요." 그녀가 말했다.

피터는 물에 잠긴 두 발과 종아리를 내려다보았다. 불투명한 해수와 저녁 어스름으로 흐릿했다. 그는 다음으로 해변을 훑어보았다. 그들을 제외하고 물에 몸을 담근 이는 없었다. 아니 인간이 없다는 얘기일 뿐 개들은 몇 마리 있었다. 사람들 대부분은 짐을 챙겨 사라졌다. 한바탕 소요와 웃음과 쉬운 돈벌이와 아이스크림이 말끔히 정리되고 아주 극소수의 패잔병만 남았다. 대개가 지역 주민들, 하루 장사를 접고 가판대를 정리하는 먹거리 상인들이었다. 피터는 이쪽을 더 선호했다. 정말이었다. 저 행복한 관광객들이 사라진 이곳은 다시 그의 소유였다. 그는 애그니스에게 시선을 돌렸다. 그녀는 꿈꾸듯 저녁노을을 응시하는 장면을 연출하는 중이었지만 실은 바들바들 떨었고 약간 창백해 보였다.

"미안해요." 그가 말했다. "내가 한눈을 팔았네요. 집에 데려다줄게요."

"괜찮아요." 그녀가 활짝 웃으며 말했다. "나는 내 남자들이 약간 미쳤으면 하거든요."

그는 그녀의 손을 잡고 마른 모래가 있는 쪽으로 이끌었다. 꽁꽁 얼어 아리는 그의 발아래서 이제 모래가 따뜻하게 느껴질 지경이었다.

\*

앨피는 물속에 있었다. 바닷속에 있었다! 하지만 어쩌려고 그런 짓을 했을까? 어떻게 방파제에서 뛰어내릴 생각을 했을까? 엄마는 무진장 화를 내겠지, 월리스 아저씨도. 콧마루를 잡아쥐는 아저씨의 얼굴이 벌겋게 달아오를 거다. 일이 정말 잘못될 때면 늘 그러는 것처럼. 자기 머리가 폭발 직전의 주전자라도 되는 양, 그 폭발을 막는 유일한 방법이 콧마루 쥐기라도 되는 양. 그리고 하나부터 열까지 엄마 편을 들 거고 이번만큼은 아저씨 말이 맞겠지. 이번에는 심지어 앨피도 알겠으니까. 지금 이 상황이, 자신이 저지른 이 짓이 얼마나 나쁜지. 옷을 그대로 입은 채 뛰어들었다. 다른 것도 아니고 휴가용으로 특별히 새로 산 옷을. 앨피네가 감당할 형편이 안 되는 가격의 옷이라는 걸 자신도 뻔히 알았다. 저번에 앨피가 방에 있다고 착각한 엄마가 샌드라 아줌마한테 전화로 하는 얘기를 주워들었기 때문이다. 이제 봐라. 앨피는 제멋대로에 진짜 진짜로 반항적으로 굴다 셔츠도 바지도 망쳐버리고 말았다! 안타깝지만 사실이었다. 물을 잔뜩 먹은 옷가지가 차디찬 물속에서 사방으로 휩쓸리는 게 느껴지니까. 뭐랄까, 그것들이 사력을 다해 몸을 이리저리 잡아당기는 듯해 앨피는 콘크리트 방파제로 다시 떠밀려가지 않으려 진짜로 팔을 젓고 발을 차고 씨름해야 했다. 이쪽에서 보는 방파제는 그 위에 앉아 느끼던 것보다 어째선지 엄청 더 광활하고 견고해 보였다. 안 돼. 앨피는 엄마한테 입수 금지령을 당하기 전에 받았던 2.5번의 수영 강습을 떠올리며 몸부림쳤다. 안 돼. 바다에 마침내 뛰어들고 몇 초 되지도 않아 콘크리트 방파제에 처박히지는 않겠다.

앨피는 발을 차고 팔을 젓고 손안 가득 물을 쥐어 퍼냈다. 손가락은 수영 선생님—그의 이름은 제임스, 항상 초록색 수영복을 입던 대학생—한테 배운 대로 딱 붙였다. 제임스 선생님이 지시했던 걸 그대로 떠올렸다. 양손을 노처럼 써서 물을 뒤로 또 사방으로 밀어내는 거다. 앨피가 영화에서 보았던 그 보트의 노처럼—무슨 영화였더라? 나막신을 신은 사람들이랑 산에서 울던 여자애가 나오는…… 하지만 지금 앨피의 뇌는 작동하지 않을 거다. 기억해내지 못할 거다. 바다는 너무했다. 너무 강했다.

파도는 끔찍하리만치 예측이 어려웠다. 예상보다 훨씬 높게 덮쳐오기 일쑤여서 앨피는 물 밖으로 몸을 밀어올리고 목을 길게 빼 호흡하려 할 때마다 공기 대신 한입 가득 물을 먹었다. 아니, 한입의 반은 공기고 반은 바닷물이었다. 그래서 앨피는 순전히 바닷물만 머금었을 때처럼 입안의 것을 뱉어내는 대신 호흡하듯 들이마시고 캑캑거렸다. 대체 무엇에 홀려 뛰어들었나, 여기에, 이런 식으로. 누가 봐도 대책 없고 멍청한 짓이었지만 어쨌든 저질러버린 일이었다. 무턱대고 해변을 내달린 것처럼, 이모젠의 생일파티에서 소리를 지르며 울음을 터트린 것처럼, 엄마의 아침식사를 침대로 배달하려다 애꿎은 우유병이나 깨트리고 만 것처럼.

몸 아래서 물살이 바다 쪽으로 빨려나가는 순간을 이용해 앨피는 짭짤한 물보라 부스러기가 섞인 공기를 한입 크게 들이마셨다. 뒤이어 하나, 둘, 셋, 네 번의 파도가 덮쳐오는 동안 물밑에서 재빨리 움직이며 허둥지둥 단추를 풀고 지퍼를 내렸다. 셔츠와 바지를 마구 잡아뜯었지만 어째선지 질기고도 버겁게만 느껴졌다.

드디어 몸을 빼냈다. 옷은 물살이 잡아채 가도록 그냥 두었다. 다시 발차기를 하고 햇빛을 향해 위로 헤엄쳐보니 백만 배는 쉬웠다. 할렐루야! 새로운 차원의 무중력 상태와 이제 막 맨몸의 자유를 얻은 사지를 써서 앨피는 헤엄쳤다. 헤엄치고 또 헤엄쳐서 방파제를 멀리 등졌다. 열 살 육신의 힘을 총동원해 파도에 맞섰다. 강하다는 느낌은 얼마나 좋은가. 물살을 뚫어가며 자신의 길을 개척하고, 내뿜은 방울들에서 물속 공기가 거대하고 저돌적으로 터져나오고, 소금기로 따끔거리는 눈을 떠 그 장면을 지켜보는 느낌은. 얼마나 좋은가. 이 강력하고 어쩐지…… 어쩐지 하나된 듯한 느낌은. 마치 물고기떼처럼 유선형을 이룬 앨피의 전신은 혀를 날름거리는 물결 속에서 앞으로 전진이라는 이 단일한 목표를 위해 하나가 되었다. 저녁노을을 향해, 저 바다를 향해…… 그리고 앨피의 귀는 멀쩡했다. 앨피의 귀는 완벽했다. 앨피는 완벽했다! 아니, 그랬을 것이다. 이처럼 말도 안 되게 춥지만 않았다면.

앨피는 전진하기를 멈추고(방파제에서 멀어질수록 전진은 훨씬 쉽고 힘도 덜 들었다) 선헤엄을 치며 몸을 반대로 돌려 지금껏 얼마나 멀리 왔는지 확인했다. 저기에 그 하얀 절벽이, 똑같은 모양새로 반쯤 지어진 채 유령으로 들끓는 집들의 대열이 있었다. 그리고 방파제도. 앨피의 예상보다 멀리, 실은 훨씬 멀리에. 하지만 그렇게 헤엄을 멈추면 안 되는 것이었지 싶다. 움직이는 것 자체가 곧 고통일 정도로 냉기가 손가락과 발가락을 급습했기 때문이다. 게다가 전혀 좋을 리 없는 일이었다. 이제 너무나 멀리 와버렸으니까. 엄마와 해안으로부터, 도움을 받고 치유되고 온기를 되찾을 가능성으로부터 정말 너무나 멀리. 그리고 맙소사, 이건 또 뭐지? 쥐다, 왼발에! 저 깊은 곳에서 뻗어나온 바다 거인의 손이 온몸의 뼈를 움켜잡고 쥐어짜고 한데 비벼 가루로 빻는 듯한 느낌에 마침내 앨피는 스스로도 깜짝 놀랄 비명을 내지르기 시작했다.

*

다 잘될 수도 있었다. 피터는 하얀 절벽 근처의 해안선을 따라 번화가로 돌아가며 곰곰이 생각했다. 자신이 그토록 아무짝에도 쓸모없는 패배자가 아니었다면, 정말 황당하리만치 그를 갈구하는 미모의 여성을 어째야 할지 모르는 얼간이가 아니었다면. 아까 벌어진 일이 딱 그랬다. 애그니스의 숙소 입구에서 그는 그 따위 인간의 면모를 제대로 발휘하며 그녀를 밀어내고 모든 게 크나큰 실수라고 말해버렸다. 어쩌려고 그런 짓을 했을까? (너는 일을 알아서 말아먹는 재주가 있는 낙오자니까. 좋은 건 절대로 붙잡지 못하는 게 너다, 아들아. 그저 허무하게 놓치고 말지.) 그가 여자와 마지막으로 잠자리를 한 적이, 하다못해 키스라도 한 적이, 아니 손이라도 잡아본 적이 대체 언제인데 애그니스를 두고 그런 까탈을 부릴 수 있단 말인가?

계속 걷다보니 이쪽 절벽 옆에 번지르르하게 새로 건설중인 해안주택지가 나오기 시작했다. 눈앞에 펼쳐지는 번쩍번쩍한 외관을 보는 것만으로 왔던 길을 되돌아가고 싶을 만큼 혐오감이 일었다. 그는 걸음을 재촉했다. 발을 끌며 잠시 걷다 정신을 차리니 자신이 딱히 걷는다고 할 수도 없게 느릿느릿 움직이고 있었기에 자리에 그대로 멈춰 바다를 내다보았다.

포말. 그는 포말이 좋았다. 말하자면 거품을 낸 우유 같았다. 딱 그런 종류의 흥미, 딱 그런 종류의 건전한 재미가 있었다. 그는 하품을 하고 쪼그려앉아 아리고 꽁꽁 언 발을 문질러가며 약간이나마 온기를 다시 채웠다. 땅거미가 내려 모든 게 어둑했지만 그의 두 발은 절벽에서 나온 백악으로 새하얬다. 꼭 석고 인간의 발처럼. 엄마가 불러주던 노래가 뭐였더라? 아주 오랜 세월 전 저녁 시간이면 엄마가 머리칼을 말리며 부르던 노래. 소녀가 아카시아 정원을 지난다네, 눈처럼 새하얗고 조그만 발로. 그 노래 속 소녀 또한 피터의 머릿속에서는 늘 석고로 만들어진 존재, 바깥 정원에 내놓은 실내용 석고 조각상의 모습으로 그려졌다.

그녀라면, 그의 엄마라면 이해했을까? 그녀라면 이해했을까, 왜 그랬는지. 애그니스의 숙소에 도착해 알게 된 순간에, 그곳이 자신이 상상했던 캘리포니아 스타일 빌라가 아니라 시내에서 뚝

떨어진—사실 도시라기보다 자택 돌봄을 받는 노인들의 집단
거주지와 이동식 주택 캠프장에 더 가까운—동네의 후줄근하고
지저분한 조립식 건물인데다 기껏해야 방 두세 개가 전부인 우
중충하고 외딴 여관임을 안 순간에 그가 왜 그랬는지. 애그니스
가 탄력 없는 양팔을 그에게 두르며 들어오라고, 그 비참하고 눅
눅하고 싱크홀 같은 건물로 함께 들어가자고 청하던 그때, 기괴
하다 싶을 정도로 또렷이 상대를 비추는 그녀의 두 눈을 마주하
는 순간 그는 깨달았다. 자신은 거기 끼고 싶은 마음이 없다고,
그럴 생각이 추호도 없다고. 그래서 그는 제 목에 감긴 애그니스
의 팔을 풀고 그런 상황에서 누구나 떠올릴 법한 정중한 어조로
말했다. "당신한테는 내가 좀 어린 것 같지 않나요, 애그니스?"

하지만 아니다. 엄마는 당연히 저 마지막 부분을 끝내 이해하
지 못했을 테다. 그의 엄마는 친절한 사람이었다. 그라는 인간의
오늘 모습과는 완전히 딴판이었다. 그렇지만 엄마는 죽은 지 오
래였고 짐작은 무의미했다. 눈에 훤히 보이는 애그니스의 언짢
은 심경에 대해 그가 할 수 있는 건 정말이지 아무것도 없었다.
그길로 도망쳐서 모습을 감추는 것밖에는. 그의 한심한 면상을
그녀가 다시 보는 일 따윈 없게.

이제 재빠르게 어둠이 내리고 있었다. 피터는 추위를 느꼈고
슬리퍼가 있으면 좋겠다고 생각했다. 아니 아니다, 지금 슬리퍼

가 대수냐. 뭐든 제대로 된, 옷다운 옷이 간절했다. 그는 시선을 거두고 다시 걷기 시작해 해안주택지로 이어지는 길을 올랐다. 이 집들, 그는 속이 빈 채 늘어선 건물 사이를 걸으며 생각했다. 그리고 이 광고판들. 거기 섬뜩하게 과장되어 그려진 이미지 속에서는 가짜 가족이 소나무 원목 부엌에서 사과를 먹고, 서로 어울리는 뜨개옷 차림으로 요트를 타러 간다. 현실세계의 어느 누가 저처럼 행복하고 미소로 가득한 가족을 갖고 있단 말인가? 에어브러시로 보정한 저 아름다운 아내만 해도 그렇다. 켄 인형*을 쏙 빼닮은 남편이 아침상 너머에서 뭔가 심오하고도 재미까지 있는 말을 막 내뱉기라도 한 것처럼 생글거리잖아? 저게 얼마나 아둔해 보이는지 진정 모르나, 이 단지를 짓고 있는 이들은? 도덕성에 의문을 품진 않나? 이런 광고로 타인의 갈망을 자극해서라도 크게 한몫 챙기면 그만이라는 심보에 대해? 최소한 나는 이 광고판을 만든 천치들만큼 의뭉스럽거나 야비하지는 않다, 피터는 생각했다. (물론 그 천치들이 이 광고판으로 돈을 좀 만지긴 했지. 내 장담한다, 아들아. 그의 머릿속 아빠 목소리가 다시 말했다. 너는 평생 그나마도 해본 적이 없잖아.)

"아, 아빠." 피터가 물결에 대고 말했다. "그러느니 차라리 빈

---

* 바비의 남자친구 인형.

털터리이고 말겠어요."

　그런데 저건 뭐지, 저기, 바다에? 어둠이 제법 내린 탓에 잘 보이지 않지만 뭔가 이상한 것이었다. 분명했다. 잔잔한 저녁 풍경을 방해하는 그것은 어딘가 불안한 분위기를 풍겼다. 피터의 직감 깊숙한 곳에 위험으로 입력된 그런 분위기를. 바다표범인가? 정체 모를 새? 아니…… 헤엄치는 누군가. 헤엄치는 누군가였다. 어쩌면 헤엄치는 것조차 아닐지도, 엄밀히는. 이렇게나 멀고 황혼녘인데다 컴컴한 물살이 요동치다보니 잘 보이지 않았다. 하지만 기나긴 방파제를 따라 달리는 지금 피터는 여기가, 브라이턴의 이쪽 구역이 그처럼 인적 없는 곳이 아니라면 얼마나 좋았을까 생각했다. 아니, 더 나아가 자신이 그 장면을 보지 않았기를, 목격하지 않았기를 소원했다. 차라리 좀더 남자답게 굴어저 끔찍한 조립식 건물에 애그니스와 남았기를. 그래서 이것만은 피할 수 있었기를, 지금 그에게 벌어지는 이 일만은.

*

　다음으로 일어날 일은 알 수 없다. 앨피는 깨달았다. 절대로 알 수 없다. 일평생 앞으로 일어날 일을 훤히 꿰뚫고 있는 인생은 앨피에게 꽤나 자연스러워 보였다. 등교 버스에 앉아서는 그날 무슨 수업이 기다리고 있는지 알았고, 하교 버스에 앉아서는 저녁 메뉴가 무엇인지 알았으며, 더하게는 자신이 하는 말에 엄마가 어떻게 반응할지 정확히 예상했다. 이 일이 있기 전, 앨피의 인생을 통틀어 앞으로 닥쳐올 일을 몰랐던 때는 기억이 미치는 한 딱 한 번뿐이었다. 아빠가 떠나고 며칠 남짓…… 아아, 뭐가 어쨌든 그 시간을 다시는, 정말 다시는 떠올리고 싶지 않다. 특히 지금은 결코 아니다. 숨쉬는 것만으로도 가뜩이나 힘든 이때에.

발에 난 쥐는 마침내 덜해졌지만 에너지와 의지력을 속수무책으로 앗아가 그 경련에 맞서 싸울 수가, 물속에서 꽁꽁 얼어버린 가엾은 발을 도통 움직이거나 펼 수가 없었다. 여기서 또다른 문제는 오그라든 발로는 사실상 수영이 불가능하다는 점이었다. 반대쪽 발로 물장구를 치고 양손은 있는 대로 고생을 했지만 그럼에도 앨피는 방파제와 절벽과 해안으로부터 더 멀리 밀려나오고 말았다. 어째선지 여기서는 물살의 방향이 달랐고, 그건 앨피가 이해할 수 있는 게 아니었다. 아까 헤엄칠 때는 물살과 파도에 손 한번 제대로 못 써보고 방파제 쪽으로 밀려가는 상황을 위험으로 추정했었던 듯한데. 앨피는 자기처럼 작은 사람이 그토록 먼 거리를 갈 수 있다는 생각조차 해본 적이 없었다. 보통의 상황에서 그 정도 거리를 주파한다는 건 대개 노력의 결과였다,

우연이 아니라.

하지만 정말 그렇지 않나, 어쨌든 다리에 난 쥐가 완전히 사라진 지금, 실은 이상하다 싶게 아름답지 않은가? 이제 바닷물은 냉차처럼 어둑했고 머리 위 광활한 하늘과 별은 그때 맥스랑 샌드라와 함께 본 뮤지컬—마지막에 모두가 춤추던 발리우드 영화—에 나온 무엇 같았다. 앨피의 눈에 달이, 지리 시간에 배웠던 소망월*이 들어왔다. 정말 그랬다. 지금 이 각도에서 올려다보니 달은 구체球體가 맞았다. 당연한 얘기다, 앨피도 잘 알았다. 다만 전에는 이처럼 느껴본 적이 없다는 뜻이다. 달이 구체라는 사실을 앨피는 한번도 느껴본 적이 없었다.

앨피는 휘몰아치며 일렁이는 물결 속에서 사지를 길게 뻗고 힘을 뺐다. 인형처럼, 나뭇가지처럼, 물위를 떠가는 목재처럼 몸이 이리저리 휩쓸리게 두었다. 맨살 위에서 반짝이는 물이 아름답고 하늘이 아름다웠다. 달이 아름다웠다. 앨피는 그 모두의 일부였다. 어쩌면 그조차 일종의 마법인지도 모른다. 앨피가 지금 느끼는 이것. 이 압도적 아름다움. 사방의 모든 것에서 느끼는 이 일체감. 어쩌면 이게 그것, 앨피의 대모험일지도 모른다. 어쩌면 이게…… 그런데 저건 뭐지? 저멀리 보이는 형상. 방파제

---

* 만월 직전의 달.

끝에서 손을 흔드는 형상.

　호기심이 앨피의 사지를 다시 움직였다. 입에 가득한 바닷물을 뱉어내고 어렵사리 물속에 꼿꼿이 떠서 해안을 더 자세히 살폈다. 저건 누구지, 제방 위에? 손을 흔들흔들. 앨피도 수면 위로 힘껏 손을 뻗고 흔들어 보였다. 상황이 어떻든 안 그럼 무례한 일일 듯했다. 파티에서 어른과 악수하기를 거부하거나, 로빈네 집에 놀러가서 초대해주셔서 감사합니다 인사를 하지 않는 것처럼. 저건 대체 누구야? 저멀리 남자는 윤곽뿐인 작은 형상에 지나지 않았다. 이렇게 멀리서 보니 기껏해야 앨피가 지금 흔들고 있는 손의 엄지손가락 끝마디 정도만했다. 그런데 저 남자를 어디선가 본 적이 있다고, 앨피는 확신했다. 아아, 시야가 흐릿하지만 않아도, 짠물에 눈이 따갑지만 않아도 좋을 텐데. 파란색 옷, 기다란 머리칼, 창백한 피부…… 다음 순간 앨피는 이해했다. 그리고 깨달았다. 이 같은 상황을 늘 소망해왔지만 무엇을 기대했든 부족했을 뿐이라는 걸. 이건 정말이지 무진장 경이롭고 비현실적인데다 기막히게 좋은 책에서 튀어나온 얘기인 것만 같아 도저히 앨피의 일상에서 벌어지는 일로는 볼 수 없었으니까. 그렇지만 저기 남자가 있었다. 그 마법사, 아까 해변에서 보았던. 때가 된 게 분명했다. 둘은 원래 이렇게 만나도록 예정된 운명임이 분명했다. 다 지나고 보니 이러는 편이 더 적절하게 느껴졌다. 반짝반짝 빛나는 하늘과 위협적인 바다를 배경으로, 끼어들어 방해할 그 누구도 없이, 그들 둘이서만 손짓하며 이 머나먼 거리 끝의 상대를 외쳐 부르는 것. 그렇다면 앨피의 인생에 다음으로 일어날 일은 이것이었는지도 모른다. 어쩌면 마법. 어쩌면 마법사들.

"도와줘요!" 앨피가 외쳤다. 바닷물에 질식하며 온 힘을 다해. "도와주세요!"

*

이제 방파제의 끝에 선 피터, 물에 뛰어들기 위해 기운을 끌어올리는 중이었다. 수영은 할 줄 안다지만, 솔직히? 바다에 들어가본 지도 이미 오래였다. 그가 바다 바로 옆에 산다는 사실을 감안하면 말이 안 되는 소리처럼 들리겠지. 하지만 다들 그러잖아, 제 집 문간에 있는 물건도 제대로 쓸 줄 모르는 게 인간이라고. 게다가 그가 늘 자부했던 바다와 자신의 친밀함은 수영보단 추상적이고 은유적인 얘기에 불과했다. 회의론자들에게 별자리 해석을 받아들이라고 설득할 때 쓰는 말과 마찬가지로. 그래서 지금 이 상황에 맞닥뜨린 그는 저 남자—아님 꼬마, 눈에 보이는 대로라면, 저 꼬마!—를 따라 물에 뛰어들었다가 둘 다 더한 위험에 빠지는 꼴이 되지 않을까 두려울 수밖에 없는 것이다.

저 꼬마…… 너무 멀어서 녀석의 어떤 것도 선명히 보이지 않지만, 그러니까 이렇게 생각하는 것도 일종의 편집증일 수 있겠지만, 어딘가 눈에 익지 않은가? 저 창백하기만 한 달빛 속에서 녀석이 소리치며 손을 흔드는 지금은 더더욱. 그 꼬마 아닌가, 아까 해변에서 보았던? 그의 카프탄을 갖고 무례하게 굴었던 녀석. 하지만 실은, 이제 와 생각해보면 딱히 무례한 건 아니었다, 안 그런가? 녀석은 피터에게 마법사냐고 물었고, 모든 상황을 종합해보면 무례한 것과는 무척 달랐다. 사실 꼬마들의 입장에서 마법사가 된다는 건 멋진 일, 위대한 일이었다. 그래서 천진하고 즐거운 흥분에 가득차 피터에게 다가온 것이다. 그리고 다음 순간, 펑! 피터는 녀석의 면전에 대고 불퉁거렸고 그것도 모자라 욕지거리까지 했다. 아아, 꼬마는 여전히 저 바다에서 몸부림친다. 그가 이미 한번 욕보이며 모질게 대한 그애가……

이윽고 그런 생각이 스쳤다. 강한 확신이 들었다. 자신이 해변에서 꼬마에게 욕한 이유. 입을 맞추려던 애그니스를 상당히 거칠게, 말 그대로 밀어내버린 이유. 더 나아가 지금껏 살면서 보다 특별한 무엇도 이루지 못하고 브라이턴 해변에서 작은 점집이나 운영하는 이유. 그 전부는 지금, 이 운명의 순간을 위한 것이었다. 행성들의 명령이었다. 그는 정확히 이 순간 해변의 바로 이 지점을 걷게 될 운명이었다. 저 꼬마, 그가 빚을 진 꼬마가 그 업보의 되갚음을 가장 절실히 필요로 하는 이때에. 완벽히 맞아 떨어졌다. 이건 그에게 내려진 기회였다. 느낄 수 있었다. 그의 잘못을 바로잡을 기회였다. 카프탄을 벗은 그는 주체할 수 없이 떨고 있는 자신을 발견했다. 아주 잠시 시간이 필요할 뿐이다, 그게 전부였다. 바다의 냉기에 스스로를 준비시킬 시간이.

*

마지막에는 모두가 춤췄다. 그 구절이 자전하며 앨피의 머릿속을 맴돌았다. 어둠 속 행성처럼, 엄마 컴퓨터의 화면보호기처럼. 방금 기억나서 하는 말인데, 앨피가 아주 어렸을 때 아기 침대 위에서 빙글빙글 돌던 토끼 모빌처럼.

마지막에는 모두가 춤췄다.

그 뮤지컬 영화는 제목도 기억이 안 났다. 그때 맥스랑 샌드라와 보았던 영화, 마지막에는 모두가 춤을 추던. 앨피는 그 춤조차 기억이 가물가물했다. 단지 그 사실뿐이었다. 마지막에 춤을 췄다는 사실만 기억에 남았다. 그리고 퍽 괜찮은 아이디어라는 생각이 들었다. 마지막에 춤을 추다니. 왜 사람들은 더 자주 그러지 않는 걸까? 왜 모든 마지막에 춤을 넣지 않는 걸까? 모든 결말을 기쁨의 하모니로 마무리하고, 모든 등장인물이 함께 손뼉치고 웃으면 좋을 텐데. 악당을 포함해 이야기 초반에 죽어버린 인물들까지도. 앨피는 다시 힘을 잃어가고 있었다. 바닷물에 뒤덮이지 않고 버티려 허우적대며 저항하는 사지가 점점 느려지는 걸 어쩔 수 없었다.

상황이 좋지 않았다, 앨피도 알았다. 자신은 너무 어렸고 지금은 죽을 때가 아니었다. 앨피가 소아암 환자가 된다는 만약의 시나리오에서도 그렇듯. 그때의 앨피도 마법 능력으로 목숨을 구할 나이가 될 때까지 살아남으려 싸워야 할 테니까. 여기서도, 지금도 마찬가지다. 물살에 정신없이 시달리는 동안 사방에서 달려드는 하늘이 사납게만 보이지만, 어디 마음대로 해보라지. 온몸이 부대끼고 꽁꽁 얼고 난타당하는 기분이지만, 어디 그래보라지. 앨피는 버텨야 했다. 계속 저항해야 했다. 저 마법사가 앨피를 구출하고 운명을 실현해줄 때까지. 앨피를 인생의 다음 단계로 데려가줄 때까지…… 아아, 하지만 가슴이 쑤신다, 말도 못하게 쑤신다, 그리고……

마지막에는 모두가 춤췄다.

……긴장을 조금은 풀어도 괜찮을 거야, 이제, 그렇지? 고통에 그처럼 격렬히 맞서는 것쯤 그만둬도. 얼마나 오래일까, 그러니까 얼마나 버텨야 방파제의 남자가 와서 구해줄까? 무감각한

사지에서 다시 힘이 빠져나가는 동안 물살―아직 열한 살도 안 된 남자애보다 훨씬 강한데 어쩌려고 그에 맞설 마음을 먹었던 걸까?―은 아이를 잔인하게 들어올리고 내던졌다. 앞으로 뒤로, 위로 밑으로. 모험에는 고난의 시간이 뒤따르기 마련이라지만, 앨피도 잘 알았지만, 이건 너무하다. 마법사는 어디에 있나? 더는 미룰 수 없지 않나? 안 그럼 곧 너무 늦어버리고 말 텐데.

남자가 얼마나 멀리 있는지, 대체 얼마나 더 기다려야 할지 확인하고 싶은 앨피는 절박한 심정으로 마지막 남은 힘을 탈탈 털어 얼어붙다시피 한 뼈마디에 몰아넣은 다음 수면 위로 고개를 밀어올렸다. 처음에는 어둠과 더 많은 물과 사방으로 끝도 없이 뻗은 듯한 하늘밖에 보이지 않아 약간 겁에 질렸다. 하지만 얼른 정신을 차리고 물살에 맞서며 수중에서 몸을 비틀자 마침내 하얀 절벽과 방파제가 눈에 들어왔다…… 그리고 거기 남자가 있었다. 앨피의 마법사. 아직도 거기에 있었다. 주문을 외우거나 소리를 지르지도 않고 전처럼 손을 흔들지도 않으며 콘크리트 방파제 가장자리에 무릎을 꿇고 있을 뿐이었다. 지금 그는 마법사 가운을 입지 않았다. 그래 보였다. 맨살을 드러낸 남자의 구부정한 등이 달빛 속에서 아주 몹시 창백했다. 그 순간 앨피는 단번에 깨달았다. 어둠 속에 오롯이 홀로 쪼그려앉아 양손에 고개를 묻고 어깨를 들썩거리는, 어쩌면 울고 있을 저 남자처럼 마법사답지 않은 사람도 본 적이 없다는 것을.

이제 할 수 있는 게 뭐가 남았나? 이처럼 상상도 못할 일이 벌어지는 지금 뭘 할 수 있나? 앨피가 바라마지 않던 구조자가 저리도 무력하게 보이는 지금? 다른 이들과 마찬가지로 특별할 것 없고, 늘 깐깐히 구는 월리스 아저씨보다도 특별할 것 없고, 어지간한 꼬마보다도 약하고 무능해 보이는 지금.

마지막에는 모두가 춤췄다.

별들도 춤췄다. 파도에 흔들리고 휩쓸리는 당장의 시점에서는 그래 보이기도 했다. 아니, 나 망할 마법사 아니거든, 남자는 말했었다. 그러니까 속임수도 농담도 아니었다. 남자는 진실을 말하고 있었다. 그리고 아까 해변에서 앨피는 바로 그 진실로부터 도망친 건지도 모른다. 엄마로부터가 아니라. 불쌍한 엄마. 엄마는 뭐라고 할까? 정말 실망했다고. 몹시 슬프다고. 정말 아주, 아주 슬프다고⋯⋯

⋯⋯모두가 춤췄다.

⋯⋯그리고 엄마가 있었다. 레몬 셔벗을 들고 돗자리에 앉아 앨피를 위해서라도 해변을 즐겨보려 안간힘을 쓰는 엄마. 물론 앨피는 알았다, 정말 잘 알았다. 엄마는 이 태양과 모래가 즐거운 휴가형 인간인 척 구는 대신, 집에서 TV를 켜두고 발을 올린 채 차를 한 잔 마시는 게 훨씬 행복한 사람임을. 엄마, 앨피가 변

명도 설명도 없이 떠나온 사람. 되돌아갈 기회가 있으리라 넘겨짚으면서. 그저 엄마. 그의 어머니.

자신의 사지에서 지금껏 존재조차 깨닫지 못했던 힘을 발견한 앨피는 발을 차고 팔을 허우적대며 헤엄쳤다. 다시 시작된 어둡고 먼 길의 끝에 위치한 방파제에는 그 창백한 형상이 여전히 남아 달빛 속에서 웅크린 채 흐느꼈다.

# 쥐잡이꾼

## III

## 새 국왕과 선왕

어머니는 내가 아주 어렸을 때 돌아가셨다. 내게 그분의 존재는 조각조각 기억하는 궁내의 온기와 광휘와 웃음소리, 잠들기 전 내게 불러주곤 했던 자장가의 소절들에 지나지 않는다.

겨우 얼마 전의 일이었다. 내가 동쪽 땅을 여행중이던 때 아버지의 부고가 전해졌다. 내 평생 처음으로 왕궁을 장기간 떠나 있는데 한 분 남은 부모를 이런 식으로 잃는다는 건 그분의 곁을 비웠기에 받는 호된 질책처럼 느껴졌다. 초자연에 가까운 뭔가가 작동해 내 부재를 이유로 나를 벌하는 것 같았다. 일이 맞아떨어지는 타이밍이 참, 나는 확신했다, 이게 그저 우연이라기에는 너무 절묘했다.

귀환하고부터 몇 주는 잘 기억나지 않는다. 모든 게 퍽 정신없이 돌아가는 듯했다. 다만 궁에 돌아온 당일 밤만은 아직 생생하다. 나는 정문을 통과해 안으로 들어갔다. 문을 두드리는 대신 내 열쇠를 썼다. 아무도 깨우지 않기를, 그래서 다만 몇 시간이라도 평화롭게 보낼 수 있기를 바라며. 양말 바람으로 살금살금 걸어 로비를 가로지르고 중앙 계단을 올라 위층으로 갔다. 그리고 그곳 중앙 복도에서 갈라지는 작은 객실로 들어섰다.

짐가방을 막 내려놓았을 때 등뒤에서 끼이익 문이 열렸고, 나는 무슨 죄라도 진 사람처럼 흠칫 놀라 몸을 돌렸다. 그 살림 담당 노파를 보게 되리라 생각했다. 혹은 누나. 아니 누나의 그 가공할 설치류 친구 중 하나일 가능성이 더 높겠지. 이제 내가 돌아온 이상, 내 냄새를 맡아야 할 테니까. 그리 예상했던 나는 정말 이상한 일—거의 마법 같은 상황—을 목격하고 깜짝 놀랐다. 문간에 선 게 쥐 따위가 아니라 조그만 개였으니까. 녀석의 우습고 쪼글쪼글한 얼굴에 나는 어쩐지 웃고 싶어졌다. 그냥 벌어진 일이라고 하기에는 정말 의외의 상황이었다. 나를 거기서 찾게 되리라는 걸 이 조그만 생명체가 이미 알고 있었다는 양. 아니, 더 나아가 어떤 신비롭고 강력한 힘이 녀석을 보내기라도 했다는 양. 내 귀환을 반기고 있음을 보여주려고.

"안녕, 친구." 나는 인사를 건네며 쪼그려앉아 녀석의 복슬복슬한 털을 문질렀다. "누가 보내서 왔니? 나를 보살피라고 누군가 보낸 거야?"

냄새를 맡으라고 손을 내밀자 녀석이 거기에 코를 비볐다. 다정함과 따스함과 믿음이 넘쳤다.

"너를 루카스로 부르면 되겠다." 내가 말했다. 그리고 녀석이 난롯불 앞 양탄자에 웅크려 그 밤을 보내는 동안 나는 외투를 담요삼아 안락의자에 몸을 묻었다. 바람이 궁내의 다른 구역을 집어삼키는 사이 잠시 행복에 가까운 기분을 느꼈던 게 기억난다. 우리 둘을 거대한 유령선 위 밀항자들로 그리면서. 서로 바짝 붙어 온기를 유지하며 폭풍우를 피하는.

뒤이은 날들을 하루하루 짚어보면 내 기억은 다시 흐릿해진다. 그나마 명료하게 존재하는 유일한 일화는 루카스를 품에 안고 아버지의 처소로 통하는 계단을 올라가는 장면으로 시작한다. 복도와 방들을 거닐면서 인간은 전혀 보지 못했다. 오직 쥐들뿐이었다. 그걸 이상히 여겼던 기억이 난다. 내가 아주 어렸던 시절, 즉 어머니가 아직 생존해 있고 사람들이 늘 드나들던 시절 이래로 왕궁의 삶이 상당히 단출해진 건 분명하지만, 그 정도로 심각하게 인적이 없다니 옳지 않게 느껴졌다.

"너도 느끼니, 꼬맹이 루카스?" 그렇게 물었던 게 떠오른다. "어쩌다 이리 되었는지 모르겠구나."

나는 아버지의 집무실이 있던 곳 근처의 잠긴 문 몇 개를 열어

보려 했다. 결국 포기하고 난롯가의 온기를 찾아 자리를 뜨려던 찰나, 내가 문고리에 손을 얹고 있던 문이 딸깍 소리를 내며 열렸다. 거의 마법처럼. 스르르 열리는 모양새가 열림 장치에 방금 막 기름칠이라도 해둔 것 같았다.

안으로 들어간 우리, 꼬맹이 루카스와 나의 눈앞에 아버지가 눕혀져 있었다. 네 모서리에 기둥이 달린 웅장한 침대 위에 완벽히 보존된 상태로 국정연설 때나 입을 법한 의상을 걸치고. 루카스가 겁을 먹었는지 짖고 낑낑대기 시작했다. 아니, 어쩌면 그저 그 방에 짙게 밴 냄새 탓이었는지도. 어딘가 역한 악취를 강력히 혼합된 세정용 화학제 냄새가 뒤덮었고, 거기에 바닥을 빈틈없이 채운 채 타오르는 양초의 달달한 꽃향기가 가세했다. 내 아버지, 어찌된 영문인지 그는 내 예상보다 훨씬 늙어 보였다. 몹시 쇠약하고 야윈 듯했다. 그처럼 지독히 쪼그라들고 마는 것이다, 육신을 채울 영혼이 더는 남지 않았을 때는. 나는 방을 나가려고, 내 힘이 닿는 한 멀리 가버리려고 몸을 돌렸다. 그러나 거기, 문간에 웬 남자가 서 있었다. 그가 접근하는 기척을 나는 조금도 듣지 못한 터였다. 그가 손을 내밀어 악수를 청했다.

"쇼라고 합니다." 그가 말했다. "전하의 누님께 부름을 받았습니다. 선친의 유언장과 관련한 수속들의 감독을 맡았죠. 그게, 안타깝습니다만, 그리 명쾌하지 않은 부분들이 눈에 띕니다, 전하의 바람은 그게 아니겠지만."

"누나요?" 그에게 되물었던 게 기억난다. "누나에게는 아무 권리가 없어요. 아버지는 누나를 미워했어요." 그러나 남자는 나를 빤히 쳐다볼 뿐이었고, 루카스가 으르렁거리며 물어뜯기라도 할 기세로 그의 발치를 맴돌았다……

그리고 대관식이 열렸다. 환호하는 시민과 사방을 깡충거리며 다니는 쥐떼, 그리고 그 한가운데에 내가 있던 이상한 날. 나는 높다랗게 이어진 계단 꼭대기에 예복 차림으로 불편하게 서 있었다. 군중 속에서 누나가 보였다. 나를 보며 미소 지었지만 여전히 성난 듯했다. 그때 나는 소원했다. 진심으로 소원했다. 다들 이만 사라졌으면, 꼬맹이 루카스를 유일한 친구삼아 나 홀로 머물 수 있었으면. 아버지의 시신과 누나와 그녀의 설치류 친구들과 저 못된 법률가 쇼로부터 멀리 떨어진 어딘가에서.

그러고 보니 그 생각이 뇌리를 스쳤다. 숲에 오두막이 하나 있다, 그렇지 않나? 저 옛날 무슨 관리인이 살았던 집이? 나도 모르게 결심을 굳히고 있었다. 거기 서서 국민들에게 여전히 인사하고 손을 흔들며. 이 꼴사나운 대관식이 끝나는 대로 왕궁을 뜨겠다고. 루카스만 데리고 부엌에서 식량만 좀 챙겨 떠나겠다고. 나는 사라질 것이라고. 궁내의 그 악몽 같은 방들로 다시는 돌아오지 않으리라고.

*

그렇게 결심한 지 한 달도 채 되지 않았는데 나는 여기에 있
다. 아버지의 방으로 돌아와 침상 곁에 앉아 있다! 양초와 향이
변함없이 타오르고, 아버지의 소중하고 연로한 육신은 전과 똑
같은 모양으로 놓여 있다. 포름알데히드임이 분명한, 이제는 나
도 확실히 아는 악취를 내뿜으며. 하지만 나는 안간힘을 써가며
아버지의 저 고약하고 병원 같은 냄새를 무시하고 그 얼룩덜룩
한 손을 찾는다. 내가 여기 온 건, 알지 않는가, 불타는 남자의 그
림자 때문이고 그래서 조언이 간절하다.

나는 최대한 정신을 집중하고 최선을 다해 생각한다. 아버지
는 내게 뭐라고 말했을까. 그분이 아직 살아 있다면, 뭐랄까, 그
저 병을 앓는 것뿐이라면. 그리고 내가 효심 깊은 아들로서 병문
안을 온 것이라면. 그런다 한들 머릿속에 아무것도 떠오르지 않
고, 기억에서 불러낸 그분의 다정한 말 몇 마디로는 조금의 위안
도 얻지 못한다. 그 방의 고요가 그렇지 않아도 허약한 내 신경
을 짓뭉개기 시작해서 결국 내가 먼저 정적을 깬다.

"죄송해요, 아버지. 끔찍하다 할 만한 짓을 저질렀어요. 아버
지를 실망시켰을까 정말 두려워요."

아버지는 고집스레 꼼짝도 않으며 입을 다물고 있다.

"저는 이제 어떡해야 하죠?" 나는 아버지의 부러질 듯한 손을 너무 거칠게 쥐지 않으려 자제하며 묻는다. "말씀해주세요, 아버지, 제발. 누구를 해칠 생각은 전혀 없었어요, 정말이에요. 사고였어요, 대체로는요. 걷잡을 수 없던 순간의 결과일 뿐이죠."

나는 단어들을 기다린다. 아버지가 해줄지도 모를 몇 마디 조언 혹은 위안의 말이 그 고약한 아침에 숲에서 벌어진 일의 무시무시함을 덜어주기를. 내가 불타는 남자의 장치 꼭대기에 달린 막대기를 잡고—그때까지만 해도 불타는 남자가 아직 불타는 중이 아니었다고 생각하면 끔찍하다—그 끝을 불속으로 가져가던 순간의 무시무시함을 말이다. 나는 아버지의 곁에서 기다리고 기다린다. 그 방의 정적을 더는 견딜 수 없음을 알았을 때 왕궁을 도망쳐 나와 숲으로 들어간다. 차양처럼 하늘을 덮은 나무들 속 모든 퍼덕임이 천사의 날갯짓처럼 들린다. 심판의 결과를 내게 전하러 천국에서 내려온. 아아, 나는 괴물이다. 그것만은 매우 분명하다. 아버지가 나와의 대화를 거부하는 것도 당연하다.

*

이제 밤이고, 루카스가 나한테 토라졌을 게 분명하지만 그래도 나는 녀석을 확인하러 오두막으로 돌아간다. 반드시 해야 할 일이다, 알지 않는가. 나는 녀석을 세심히 살펴야 한다. 이제 녀석은 몹시 아프고 약하고 슬프니까.

우리가 늘 함께하던 구석자리의 담요 더미에 웅크린 채 조그만 턱을 앞발에 올리고 구슬픈 눈망울로 눈꺼풀 한번 깜빡이지 않고 응시하는 녀석을 보자 이런 생각이 스친다. 기분을 전환하거나 즐길 거리가 있다면 녀석도 반길 것이다. 다시 잠들고 꿈꾸게 되기까지 소일하며 어둠의 시간을 지날 수 있게. 그럼에도 지금 나는 평소의 내가 아니라서 녀석이 재미있어 할 어떤 게임도 떠올리지 못한다. 아직까지도 충격이 극심한 상태라 녀석을 품에 안고 달랠 생각을 하는 것조차 버겁다. 보다시피 우리 둘 다그 사건으로 상당히 변형되어버렸고 더는 예전의 우리가 아니다. 하지만 루카스는 내 방관을 불평하지 않는다. 녀석의 고요한 표정은 내 비겁함을 아주 부드럽게 나무라는 듯 보일 뿐이다. 나는 녀석의 맞은편 바닥에 앉는다.

"루카스." 내가 온기를 찾아 양손을 비비며 말한다. 녀석도 분명 추울 텐데 걱정이다. 요즘 나는 확실히 조심이 지나쳐 불을 피우지 못하고 있으니까. "너는 실제로 벌어진 일과 네 기억이 정말 일치하는지 궁금했던 적이 있어?"

나는 한 손을 들어 눈을 비빈다. 그 와중에 녀석이 내 쪽을 향해 귀를 씰룩이는 걸 얼핏 보았다. 분명하다.

318

"아, 루카스." 내가 말을 계속하며 녀석 가까이로 몸을 당겨 앉는다. "정말이지 나는 상당히 무서워. 내 기억의 신뢰성에 의심이 들기 시작하는 게. 최근에 험악하고 개연성 없는 일들이 너무 많이 벌어져서 내 딱하고 서글픈 머리가 어느 하나 제대로 이해하지 못하고 상상에서 실제를 가려내지도 못하는 것처럼. 나는 지금껏 노력했거든. 그러니까, 내가 왕궁에 돌아온 뒤에 무슨 일들이 있었는지 기억해내려고. 그럴 때마다 당시의 내 기억이, 그래봐야 고작 몇 주 전의 일일 뿐인데 지극히 혼란스럽고 불분명하다는 사실만 깨닫고 말아. 아버지 문제도 그래, 루카스. 그 또한 어찌된 일인지 잘 모르겠단 말이야. 내가 기억하기로 아버지는 그런 분이……" 루카스는 나를 빤히 바라본다. 기다리는 것이다. 분명하다. 냉담하게 거리를 두는 내 행동에 대해 만족할 만한 설명이라도 해주기를. 그 모습에 다시 내 눈시울이 뜨거워진다. 할 수 없이 잠시 말을 멈추고 소매로 눈가를 훔친다. "아무 가르침도 조언도 없이 나를 두고 가실 만큼 잔인한 분으로는 기억하지 않아." 다시 또박또박 말할 수 있게 된 뒤 나는 계속한다. "이 독사들의 왕국에 나만 덩그러니, 도움이 될 어떤 것도 없이 남겨둘 분이 아니었어."

그러나 꼬맹이 루카스는 이해의 몸짓도 용서의 몸짓도 해주지 않는다. 요즘 들어 몹시 자주 그렇듯 나는 홀로 절망하며 구역질이 나도록 흐느낄 준비를 한다. 그리고 거기서 현실보다 더 뒤숭숭한 꿈으로 들어갈 준비를…… 다만 오늘밤에는 느닷없이 문가에서 들려온 목소리에 정신이 산만해진다.

"실례하겠습니다, 전하." 목소리의 주인이 말한다. 거만한 말투로. 왜냐면 그는 쇼니까. 아니나 다를까, 거드름과 기만으로 똘똘 뭉친 그 생명체가 내 오두막 입구를 가득 채우고 서서 달빛을 가리고 있다. "전하가 부엌에서 빵과 물 챙기기를 등한시하시는 게 어쩔 수 없이 눈에 띄어서요."

맞는 말이다. 당연하다. 불타는 남자와의 아침 이후 나는 식욕이 없다. 다만 이것이 또다른 빌미가 되어 저자가 여기까지 찾아오고, 꼬맹이 루카스와 나를 고소히 여기고, 이런 가증을 떨게되리라고는 꿈에도 생각지 못했다.

"저를 용서하십시오. 외람되지만 전하를 위해 먹을거리를 조금 가져왔습니다. 저녁 산책을 나오는 길에요." 쇼가 냅킨을 걷자 그의 팔에 안긴 빵 한 덩이와 물 한 통이 보인다. 내가 매주 부엌에 들러 챙기는 게 습관이 되다시피 한 것들과 생김새가 똑같다. 그건 나 자신보다는 루카스의 생존을 위한 일이었다. 알겠는가. 나는 유아기 이래로 극소량의 음식만으로도 연명할 수 있는 듯하니까. 다음 순간 내 모든 본능이 말한다. 쇼의 이 제안을 거절하라고, 저자를 당장 내 집 문간에서 치워버리라고. 하지만 우리 꼬맹이 루카스가 지금 아주 굶주려 있을 것이다.

"고마워요, 쇼." 내가 말한다. "그건 그냥 두고 가면……" 나는 꾀죄죄하니 눈물에 얼룩진 손으로 내게서 가장 먼 구석을 가리킨다. "저기다가요. 그러면 되겠어요."

"물론입니다, 전하." 쇼가 빵과 물을 내려놓는다. 그러면서도 내게서 시선을 떼지 않는다. "송구합니다만, 전하." 그가 말을 잇는다. "그리고 이런 말씀을 드려도 괜찮……"

"그냥 말하세요, 쇼. 나는 시간이 많지 않아요."

"전하께서는 면도칼과 비누를 다 쓰신 겁니까? 혹 원하시면, 그리하기를 특별히 마음에 두신다는 전제하에, 제가 다음번 산책길에 몇 가지 챙겨 와 대령할까요?"

"친절한 제안이군요." 나는 단어 각각을 신중히 발음하며 말한다. 그리고 내 목소리가 별로 나답지 않다는 사실에 주목한다. 아니 어쩌면, 가까이서 듣는 누군가는 내 어조와 언사가 아버지와 사실상 흡사하다고까지 느낄 테다. "고마워요, 쇼. 하지만 나는 당신의 도움 없이도 여기서 완벽히 잘 지내고 있습니다……" 그러면서 내 눈은 다시 루카스를 곁눈질하고, 온몸에서 반항심이 쭉 빠져나가며 그저 피곤하다는 기분만 남는다. "아, 그런데 오늘밤 나는 당신이 생각하는 어떤 게임도 즐길 마음이 없어요, 쇼. 이제 그만 가주세요. 내 개의 상태가 좋지 않아요."

"그래 보입니다, 전하."

"오늘밤은 나 또한 몸이 좋지 않고요."

"그러시군요, 전하."

바람이 지붕을 덜컹이고 밖에서 새들이 꽥꽥거린다. 쇼는 아직 자리를 뜨지 않고 있다.

"현재 선왕의 매장을 준비하고 있습니다." 한동안 나를 빤히 바라만 보던 그가 마침내 입을 연다. "장례식 때는 보다 격에 맞는 몸가짐을 보여주시리라 믿습니다."

나는 별안간 메스꺼움을, 적지 않은 현기증을 느낀다. "매장이라고요, 쇼?" 나도 모르게 그에게 묻는다. "안치는 이미 끝난 게, 매장은 꼭 하지 않아도 되는 게 아닌가요?"

"통상적인 절차입니다, 전하."

"나도 알 만큼은 알아요. 하지만 아버지는."

"네, 전하?"

"당신이 지금 아버지를 가둬둔 그 역겨운 방이면 감옥으로 충분하지 않나요?"

"그렇다면 전하는 다시 선왕께 걸음하고 계시는군요."

"그래요."

"예전 모습이 아니라 알아보기 힘드실 텐데요."

"나는 내 아버지를 늘 알아봐요, 쇼."

그 말에 쇼는 어깨를 으쓱하더니 자기 소매에 붙은 먼지 한 점을 손가락으로 튕긴다.

"쇼?"

"네, 전하?"

"다시 말해봐요. 사인이 뭐였다고요, 내 아버지는?"

"노환입니다, 전하."

"노환이 전부인가요, 쇼?"

"그렇습니다, 전하."

"꽤 확신하는군요, 쇼. 아, 그보다는 이렇게 말해야 하려나? 당신은 꽤 자신하는군요. 아버지의 죽음에 보다 구체적인 이유는 전혀 없으리라고?"

"제가 아는 한은 없습니다, 전하. 사인이 매우 복잡하게 얽혀 특정하기 힘들 때가 왕왕 있지요. 고인이 선왕처럼 몹시 노쇠한 경우에는."

쇼의 입술이 서서히 말려올라가더니 긍정적인 미소를 머금는다. 그의 저 추한 얼굴에서 거의 본 적 없는 표정이다. 여기서 마주하기에 전혀 달갑지 않은 표정이기도 하고.

*

드디어 그가 떠나니 꼬맹이 루카스와 나는 할일이 전혀 없다. 우리 수중의 제일 좋은 담요를 몸에 두르고 앉아 거무죽죽하니 성에 뒤덮인 벽이나 멍하니 들여다보는 것 외에는. 우리가 숲속에 있음을, 수목과 하늘을 나는 새와 탁 트인 땅으로 둘러싸여 있음을 잘 알지만 마지막 방문자의 뭔가가 대기 중에서 생명력을 몽땅 앗아간 듯하다. 일 분 이 분이 지나고 한 시간 두 시간이 지나면서 나는 서서히 깨닫는다. 저리 딱한 지경에 처한 루카스를, 내가 버티고 있지 않으면 이 집안으로 들어오는 길을 찾아낼지도 모를 까마귀나 쥐떼한테 당하기 십상인 녀석을 두고 가는 게 정말 싫지만, 그럼에도 내게는 왕궁에서 완수해야 할 또다른 의무가 있다는 것을.

"잠시 자리를 비워야겠다." 내가 루카스에게 말한다. "아버지에게 가봐야 해. 저들이 아버지를 땅에 묻기 전에."

녀석이 나를 응시한다. 몹시 조그맣고 고귀하고 무력하다. 그럼에도 나는 녀석을 품에 안을 엄두를 여전히 내지 못한다.

"알아, 꼬맹이 루카스"가 끌어낼 수 있는 말의 전부다. "미안해. 나도 알아."

\*

"아버지." 다시 방에 들어온 나는 이제 그분의 손을 붙들고 늘어진다. "아버지, 저는 아버지가 묻히는 것도, 여러 겹 흙 아래 갇히는 것도 싫어요. 어떻게 생각하세요, 아버지는?"

나는 아버지의 손을 더 꽉 움켜쥐다가 가슴 철렁한 공포와 함께 깨닫는다. 내가 지금 그 손을 상하게 하고 있다. 아아, 자칫 잘못하면 그리되기 십상인 일이니까. 결국 가냘프고 늙고 부서지기 쉬운 손이고, 거기 걸린 피부에는 탄력이 없다, 전혀 없다. 지금 그 손 전체가 그야말로 내 손아귀 안에서 늘어나고 휘어지는 듯하다.

"아버지, 오, 죄송해요!" 나는 손을 놓아버렸다가 이내 그쪽으로 다시 손을 뻗어 심혈을 기울여 정돈한다. 아버지의 손이 몸통 옆에 적절히 놓일 수 있게. 그리고 애쓴다, 정말로, 안간힘을 쓴다. 손가락을 원래대로 되돌리려 비틀고 꺾으면서도 아버지를 다치지 않게 하려고. "피곤하시죠." 내가 말한다. "이런 부담을 드리면 안 되는 거였어요, 아버지. 애초에 이렇게 찾아와 귀찮게 하면 안 됐어요."

몸을 숙이고 아버지의 종잇장처럼 얇고 쭈글쭈글한 이마에 입을 맞추려던 그때, 머릿속에서 기막히게 좋은 생각이 번뜩인다.

위험할 것이다, 분명하다. 하지만 감수할 가치가 충분한 위험이다. 작은 난리가 한 차례쯤 일어날 수 있겠으나 도저히 감당

못할 정도는 아닐 것이다. 어쨌든 내가 아버지를 위해 할 수 있는 일이 세상에 이제 그리 많이 남지 않았으니까. 그런데 내가 이 일을 감당할 수 있는 게 확실하겠지? 아버지에게 마지막 자유의 밤을, 헌신적인 외아들을 동무삼아 세상을 거닐 기회를 드릴 수 있는 게 확실하겠지?

나는 곧장 마음을 정한다. 아버지를 모시고 모험에 나설 테다. 단둘이서만, 팔짱을 끼고 걷는 것이다. 서로의 보폭을 맞추면서 걸음이 불편한 아버지는 내게 몸을 기댄다. 자신의 눈에 흥미롭게 비치는 볼거리들을 손가락으로 가리켜 내게 보여주며 함께 궁을 헤치고 나아간다. 우리네 집의 싸늘한 방들에 생명력을 불어넣으며 홀과 홀을 통과한다. 아버지는 내게 이야기를 들려준다. 가령 태피스트리에 묘사된 장면과 벽난로의 디자인에 담긴 의미들을. 그런 다음 중앙 계단에 걸린 초상화의 주인공들에 대해 얘기하며 무도회장으로 들어가…… 아아, 우리는 탐험하고 탐험하며 왕궁 전체를 새로운 눈으로 본다. 그러다 마침내 걷기에 몹시 지치는 순간이 오면 그는, 내 아버지는 나를 보며 묻는다. 잠시 앉아 함께 대화나 나누면서 우리의 가엽고 욱신거리는 발을 쉬게 할 만한 곳이 있는지. 그럼 나는 당연히 아버지를 밖으로 모실 것이다. 밖으로! 공원으로 가서 잔디 위 나무 아래에 앉는다. 아버지가 상쾌한 공기를 마지막으로 맛본 지 얼마나 오래겠는가, 지금처럼 이 끔찍한 방에 갇혀 있느라. 그런 다음 우리 둘은 광활한 하늘 아래 나란히 있고, 나는 그분의 노쇠한 어깨에 한 팔을 두르고 별들을 보여주기 시작한다. 그 얼마나 완벽할까, 나는 아버지의 곁에 앉아 홀로 생각한다. 우리 둘 모두에게 참으로 특별한 선물이리라. 전에는 대체 왜 이런 생각을 한번도 해보지 못한 걸까?

나는 양손과 양팔로 더없이 조심스레 아버지의 상체를 감아 받친다. 그 장면을 지켜보는 누군가에게는 우리 두 사람이 한순간 서로를 얼싸안는 듯 보일지도 모른다. 그렇게 아버지를 조심조심 침상에서 움직이기 시작한다.

그런데 아버지가 무겁다. 훨씬, 훨씬 무겁다. 내가 예상할 수 있었던 것보다.

나는 그리 상상했던 듯하다. 아버지를 아이처럼 번쩍 들어 품에 안고 옮길 수 있을 거라고. 그러나 돌아가는 상황을 보니 아버지를 옮기는 내 기술은 그분의 체중을 반영해 점점 변하다 마침내, 고백하자면 안아 옮기는 게 아니라 부드럽게 질질 끄는 모양새에 가까워지고 만다. 침상에서 문을 향해 아주 조금씩 서서히 이동하며 내디디는 걸음마다 나는 아버지를 달래고 안심시키며 설명한다. 나를 믿어도 된다고, 내가 돌봐드리겠다고. 사실 난감한 일이기는 하다, 그분을 이런 식으로 옮긴다는 건. 아버지의 뻣뻣한 뼈대는 마음처럼 다뤄지지 않고, 거기 헐렁하니 걸쳐진 듯 보이는 살갗은 어쩐지 불안하다. 정작 아버지 자신은 이처럼 고된 작업을 홀로 감당하는 일 따윈 결코 하지 않았을 텐데, 그런 생각이 머릿속을 떠나지 않는다. 아버지는 사실상 행운아다. 이렇게 대담하고 헌신적인 아들을 두었으니.

방문에 도달하기까지 몇 시간은 걸린 것 같다. 나는 아버지를 모시고 중앙 계단으로 내려갈 계획이었다. 함께 넓은 홀들을 가로지르고 부엌 옆으로 난 출입문을 통과해 밖으로 나간 다음 거기서 별들을 구경할 참이었다. 하지만 겨우 이 정도 짧은 거리를 오는 동안 상당히 명백해졌다. 내 원래 계획을 보다 소박한 쪽으로 전면 수정해야 한다. 아버지를 지탱하며 그처럼 먼 거리를 이동할 힘과 능력이 내게 있느냐는 문제는 완전히 제쳐두더라도 이제 와 보니 아버지의 상태가 내 애초 생각보다 훨씬 쇠약하다. 도저히 장담할 수 없다는 말이다. 알겠는가. 아버지의 육신이 그처럼 힘겨운 여정을 견딜 수 있을지. 그래서 나는 왕궁의 본관으로 향하려던 발길을 돌려 흉벽 방향으로 움직인다.

"괜찮아요, 아버지. 저를 믿어도 돼요. 우리는 잠시 나들이를 가는 것뿐이에요. 최후의 짧은 소풍이요. 에설과 쇼가 뭐라고 하든 아직은 땅속에 들어가지 않아요!"

나는 그 말에 아버지가 고개를 끄덕이며 킬킬거리는, 뜻밖의 모험 얘기에 짓궂게도 얼굴이 환해지는 모습을 상상한다.

"그렇죠, 그거죠." 내가 아버지에게 속삭인다. "유종의 미. 우리 둘만의."

"우리 둘만의." 나는 대답삼아 홀로 반복한다. 아버지의 다정한 주름에 어울리는 온화하고 나이 지긋한 목소리를 내려 최선을 다하면서.

이동하는 동안 아버지의 발이 바닥에 요란스레 끌리고 어쩔수 없이 의심이 들기 시작한다. 지금 이게, 이런 이동 방식이 아버지에게는 분명 상당한 고통일 거라고. 그런데도 그분은 불평은커녕 내색조차 않으려 극기심을 발휘하고 있는 거라고. 혹 내 마음을 다치게 할지도 모른다는 두려움 때문에.

"아아, 아버지." 그 깨달음과 동시에 나는 나직이 중얼거린다. 무릎을 꿇고 위치를 조정해 아버지 곁에 쪼그린다. 한 손으로 그 뻣뻣한 다리를 들어올리고, 다른 손은 상체 밑으로 넣어 몸을 받친다. 그리고 알게 된다. 이렇게 하면, 내가 쪼그려앉은 상태로 바닥을 쓸며 모로 움직이면 아버지가 기나긴 복도를 꽤 근사하게 통과할 수 있다는 것을. 허공에서 헤엄치듯 허우적대는 남자 꼴이 되는 대신.

그래서 우리는, 내 아버지와 나는 나름대로 훌륭히 이동하고 있다. 그때 뒤에서 갑자기 직물의 바스락거림이 들린다. 나는 그

소리의 근원이 무엇인지 확인하려 고개를 비틀고—내가 두려운
건, 그게 냄새를 조사하러 온 왕궁 쥐들 중 하나인 상황이다—다
음 순간 알게 된다. 그게 어쩌면 쥐보다 최악인 뭔가라는 걸. 거
기 있는 게 내 누나니까. 내 등뒤 문간에 선 그녀의 표정은 일종
의 당황, 더 나아가 공포를 암시하도록 배열되어 있다. 우리의
시선이 만나고 나는 순전한 본능으로 몸을 숙여 아버지를 가리
는 자신을 발견한다. 준비하는 것이다, 실은. 여차하면 아버지를
보호하려고. 그런데 이번에는 에설도 해될 것이 거의 없어 보인
다. 선 자리에 붙박여 침묵할 뿐. 좋아, 겉보기에는 놀란 듯한 그
녀를 찬찬히 살피며 나는 생각한다. 아버지와 내가 이처럼 나란
히 있는 모습을 보았으니—이 같은 기회를, 즉 우리 부자의 유대
를 아주 가까이서 관찰할 기회를 가졌으니—그간 자신이 우리
를 취급한 방식에 대해 그녀 스스로 상당히 수치스러워지겠지.
나는 누나를 향해 눈을 가늘게 뜨고 천천히 바닥을 쓸며 전진하
기를 계속한다. 이제 그녀가 자리를 뜨고 우리를 가만히 내버려
두리라 생각하며. 하지만 누나는 계속 지켜본다, 옴짝달싹할 수
없다는 듯. 마침내 복도가 굽어지며 우리의 시야에서 그녀를 감
춘다.

"걱정 마세요, 아버지. 누나도 우리를 다시는 귀찮게 하지 않
을 거예요." 나는 아버지를 안심시키려 애쓰며 내 실제 기분보다

어쩌면 더 명랑한 듯한 목소리를 낸다. "누나는 별 볼 일 없는 사람이잖아요. 결국엔, 아무도 아니라고요. 누나는 아무 짓도 못해요."

아, 하지만 이 거짓 위안은 목구멍에 들러붙고, 나는 이렇게 되새겨야만 한다. 내가 말하는 이 허위는 선의의 거짓말이다. 계획에 없던 조우에도 불구하고 아버지가 아무 문제 없다고 믿고 좀더 편히 호흡하길 바라서 하는 말일 뿐이다. 중요한 건 이것이다, 나는 생각한다. 오늘밤 내내, 우리의 이 마지막 여정에서 아버지가 자신의 외아들을 믿어도 되겠다고 느끼는 것. 그 아들이 자신을 훌륭히 보살피리라 믿는 것.

드디어 우리는 내내 목표했던 작은 나무문에 도달한다. 바깥 흙벽으로 이어지는 나선형 계단으로 나가는 문이다. 나는 걸쇠를 열어보려면 하는 수 없이 아버지를 얼음장 같은 바닥에 잠시 뉘여야 한다는 사실을 알게 된다. 아아, 얼마나 죄송한지. 그렇지 않아도 그분의 살갗은 이미 끔찍하리만치 차가운데.

엎친 데 덮친 격으로, 일단 문을 열고 나자 아버지를 다시 들어올리는 게 엄청 힘든 일이 되고 만다. 괴롭도록 고된 노동을 마치고 얼마 되지도 않아 그처럼 무거운 짐을 다시 짊어지는 게 내 근육들은 마뜩잖은 모양이다. 그래도 어쩔 수 없다, 이렇게까지 멀리 와버린 이상. 나는 근육들에게 그리 말하고 양팔로 아버지를 감아 낑낑거리며 끌어올린다. 거칠게 밀치거나 몸이 엉망으로 꼬이는 상황만이라도 최소화할 수 있기를 바랄 뿐이다. 그런데 가만, 나는 궁금하다. 아버지를 모시고 계단을 오르기에 가장 좋은 방법이 뭘까? 몇몇 방법을 시도하지만 다들 하나같이 형편없고 실행 가능성도 낮다는 게 금방 드러나고 만다. 내 자세가 너무 불편해서 동작을 계속할 수 없거나, 아버지를 고통스럽게 할 공산이 너무 크거나 둘 중 하나다. 물론 아버지는 불평 한 마디 하지 않지만.

결국 내가 계단에 앉은 다음 아버지를 아래쪽에 두고 그분의 겨드랑이에 내 팔을 끼우면 된다는 사실을 발견한다. 뒤돌아 앉은 상태로 계단을 오르면서 아버지를 끌어당기는 것이다. 그리 이상적인 방법은 아니다. 굽어지는 돌층계에 아버지의 다리가 걸리고 덜컹거리는 소리가 메아리치며 울린다. 하지만 아버지는 강인한 분이다. 나는 안다. 가치 있는 모험치고 중간에 타박상 몇 군데쯤 입지 않는 일이 어디 있겠는가?

영원과도 같던 당기기와 퉁탕거림 끝에 우리는 계단 꼭대기에 도착한다. 나는 문을 밀어 열며 아버지를 끌어올린다. 그리고 둘이 함께 바깥 바닥에 나동그라진다. 서로의 사지가 얽힌 채 누워 가쁜 숨을 몰아쉰다. 아아, 얼마나 좋은가, 밤의 야외라니. 그것도 우리 둘이서만, 마침내 이토록 신선한 공기를 호흡하다니.

*

먼저 정신을 차리는 쪽은 나다, 더 젊은 덕분이다. 나는 재킷을 벗어 갠 뒤 아버지의 고단한 머리를 받친다. 편안해 보이는 자세가 나오도록 몸의 나머지 부분을 정성스레 매만지면서 그분을 문에서 좀더 떨어진 곳으로 끌고 간다. 그곳에서는 나란히 누워 둘이 함께 광활한 하늘을 볼 수 있다. 궁궐 담벼락의 그림자에 방해받는 일 없이.

"혹 아시나요, 아버지, 저 별자리들의 이름을?" 마침내 자리를 잡고 나서 내가 묻는다. "저기 저것부터 시작하면 좋아요." 나는 한 손으로 아버지의 팔을 잡아 하늘을 가리키도록 비스듬히 쳐든다. "북두칠성이에요." 내가 말한다. "아마 저들 중 가장 찾기 쉬운 별이겠지만 그렇다고 본래의 아름다움이 퇴색되는 건 아니라고 봐요." 나는 반짝거리는 빛들을 손가락으로 짚어가며 아버지에게 보여준다. 그분의 노쇠한 시력이 예전 같지 못할 경우에 대비해서. "그리고 저기 저건." 내가 말을 잇는다. "페가수스예요, 날개 달린 말이요. 그 옆은 안드로메다자리, 사슬에 묶인 공주죠. 처음에는 선명히 보이지 않지만 곧 능숙히 찾아낼 수 있을 거예요, 아버지, 제가 장담해요."

나는 어느새 하품을 하고 있고, 별을 가리키던 손이 아래로 툭

떨어진다. 갑자기 어마어마하게 피곤하다. 얼마나 길었는지조차
모를 정도로 오래 지고 있던 무거운 짐을 벗어버린 것처럼. 그래
서 아버지의 어깨에 고개를 기대고 스르르 감기는 눈꺼풀을 그
냥 둔다.

"일전에 끔찍한 일이 있었어요, 아버지." 내가 말한다. "치아
가 누렇고 말투가 무척 웃기는 남자가 성치도 않은 몸으로 제 오
두막을 찾아왔어요. 루카스랑 저는 그자를 놀림감으로 삼을 수
도 있겠다고 생각했지만 우리가 어리석었죠, 정말로요. 그를 그
저 내버려뒀어야 해요, 이제는 알아요. 그랬으면 아직까지도 모
든 게 괜찮았을지 모르죠."

아버지는 침묵한다, 여느 때처럼. 하지만 이번의 침묵에는 어
떤 의지가 깃들어 있다. 내게 유심히 귀기울이며 내 말의 앞뒤를
재듯.

드디어 아버지에게 솔직하고 편히 얘기를 털어놓는다는 사실
이 주는 안도감이 몹시도 큰 탓에 나는 계속 주절거리는 스스로
를 그저 내버려두고, 그사이 졸음이 그 똬리의 깊숙한 곳으로 나
를 밀어넣는다.

"전에는 결코 이런 말씀을 드리고 싶지 않았어요, 아버지." 나
는 말한다. "그런데 지금은 왜인지 모르겠어요, 정말로요, 하지
만 있죠…… 왕이 된다는 생각을 제가 좋아하는 건지 모르겠어

요, 아무리 봐도. 실은 제 경우만 두고 말하는 건 아니에요. 이런 궁금증을, 이런 느낌을 떨칠 수가 없어요…… 한 사람이 도맡기에는 너무 과중한 책임이 아닐까요?"

사방에서 보드랍게 부는 바람이 내 머리칼을 들어올리고 이마를 어루만진다. 닫힌 눈꺼풀 너머의 편안한 어둠으로부터 이 밤이 실을 잣듯 제 몸을 돌리고 엮어 마치 망토처럼 우리를 감싼다. 그리고 옛 자장가 하나가 내 마음속으로 어슬렁어슬렁 들어온다. 그 자장가를 아버지에게 불러주기 시작하면서 우리는 부유한다. 그러다……

"아들아." 아버지가 말한다. 내가 그분을 대신해 내는 온화하고 나이 지긋한 소리가 아니라 이제 와 다시 들으니 더없이 익숙한 그 앙칼진 음성으로. 그리고 대번에 나는 어느 기구한 아이, 아버지의 서재로 보내져서는 그분의 실망한 얼굴을 가늘게 뜬 눈으로 올려다보던 아이로 다시 한번 둔갑한다. "아들아." 아버지가 내게 말한다. "너는 길을 잃었다."

나는 광적으로 발버둥치며 물러나다 흉벽에 충돌한다. 담이 더 낮았다면 바깥의 저 밤으로 굴러떨어지고 말았을 것이다. 나는 필사적으로 아버지의 곁을 벗어난다. 별들 따윈 더는 눈에 뵈지 않는다. 어지럽게 깔린 어둑한 판석들만 두 눈에 가득한 채로 바닥을 기어 문으로 간다. 아버지에게서 멀리, 그분의 시야 밖으로 황급히 물러난다. 그런데도 여전히 쩌렁쩌렁 울리는 아버지의 목소리에 담긴 조롱이 집게발처럼 나를 붙든다.

"너 자신을 내 아들이라 칭했느냐?" 목소리가 말한다. "말해보거라. 우리처럼 숭고한 혈통이 어쩌다 그런 무용함, 그런 한심한 우유부단함으로 귀결될 수 있다는 말이냐? 네 사악한 누나도 국왕의 재목으로는 너보다 낫겠다."

나는 허둥지둥 몸을 일으키고 판석의 막바지를 달려 문을 통과한다. 다음 순간 나선형 계단에서 발을 헛디디고, 벽에 몸을 부딪히고, 버둥대는 뒤꿈치로 계단 전체를 단숨에 미끄러져 내려간다. 뼈마디마다 충돌의 충격을 느끼면서. 나는 날다시피 복도를 달리고 중앙 계단을 내려가 살림 담당 노파를 지나고—스쳐가는 나를 따라 노파의 고개가 근시안적으로 돌아간다—그린 베이즈 천으로 된 문을 통과해 부엌을 지나친다. 드디어 뒷문을 벌컥 열어젖히며 밖으로 나가 드넓게 펼쳐진 눈밭을 질주해 숲으로 들어간다. 오늘밤 숲은 검은 날개로 가득하다. 새들이 비명을 지르고 그림자들이 깜빡인다.

*

나무 꼭대기 위 하늘이 마침내 밝아오기 시작하며 간밤의 꿈찍한 공포가 약간은 사그라진다. 나는 눈밭에 앉아 쉬기로 하지만 그래봐야 지금 내가 있는 이곳이 숲의 어디쯤인지 확신하지 못한다는 사실만 발견할 뿐이다. 이 숲을 내 손금만큼이나 속속들이 안다고 생각했는데. 내 집으로 가는 길을 아직도 찾지 못했다는 게 대체 말이 되나? 그리고 어디가 왕궁이지? 그러니까 내 지금 위치를 기준으로? 왕궁 공원 내 어디서든 시야에서 궁궐을 놓치는 건 결과적으로 불가능한 일이다. 궁은 여기에 늘 존재하니까. 떨치려야 떨칠 수 없다.

주변을 보다 차분히 둘러보니 금방 눈에 들어온다. 새벽녘 최초의 빛 속에서 울창한 나무들 위로 솟아 반짝이는 왕궁의 정면이. 언제나처럼 그 상공을 까마귀들이 선회한다. 내 위치를 파악하고부터는 기분이 훨씬 나아진다. 거기에 약간의 햇빛이 주는 안도감까지 더해지면서 나는 잠시 내 처지를 잊고 집에 가는 문제를 고민한다. 불을 피우고 그 앞에 꼬맹이 루카스와 딱 붙어앉아 몸을 덥히며 낮 시간을 보내는 장면을 상상한다. 그러다 저녁이 되면 우리가 함께할 게임이 생길지도 모르지, 물론 너무 피곤하지 않다면. 혹 그렇다면 그저 쉬면서 직소퍼즐이나 계속할 것이다. 바로 그때다. 하늘로 솟구쳐올라 흉벽을 빙글빙글 도는 새떼에 시선을 고정한 그때에야 머릿속이 맑아지기 시작하며 나는 기억해낸다. 내가 돌아갈 따뜻하고 아늑한 집은 이제 없다.

불타는 남자가 모든 걸 파괴했으니까. 그리고 꼬맹이 루카스가 가고 없으니까.

그 깨달음이 뜨거운 눈물을 몰고 오고, 나는 단념할 준비를 한다. 단념하고 눈밭에 널브러져 흐느낄 참이다. 그때 뭔가 다른 게 떠오르기 시작한다. 내가 해야 할 또다른 일이 있지 않았나? 뭔가 시급하고 중요한 일이? 그러니까 뭐랄까, 아버지의 안녕과 관계된 일이? 그러다 내가 그분을 어떻게 버려두고 왔는지 기억나기 시작한다. 저 위 흉벽, 그 냉기 속에 홀로. 그처럼 약하고 노쇠한 분을, 보호막으로 삼을 담요 한 장 없이. 그리고 저기 저 검은 새들이 있다. 흉벽 위를 맴돈다.

나는 자리를 박차고 일어나 다시 한번 숲을 질주한다. 아버지 곁으로 돌아가는 경로를 최단으로 엮어가며 달린다. 길을 재촉하는 내 등에 아침해의 창백한 온기가 내려앉고 까마귀들이 곁에서 날며 서로를 외쳐 부른다. 내 귀환을 알리는 전령처럼. 마침내 나는 홀들을 통과하고 나선형 계단을 한번에 두 칸씩 올라 흉벽으로 간다.

"아버지, 아버지." 나는 달리며 외친다. "이제 다 괜찮아요, 아버지. 제가 아버지를 잊은 게 아니에요, 아버지!"

그러나 넘어지다시피 여명 속으로 달려든 나는 야만적인 공정이 이미 진행중임을 알게 된다. 까마귀들이 아니다. 불타는 남자

와 보낸 아침 뒤 쪼그라들고 만 가여운 루카스를 덮칠까봐 내가
몹시도 두려워했던 그 심판의 생명체들이 아니다. 완전히 다른
놈들이다. 이렇게 두 눈으로 보고 있자니 정말 끔찍하지만 거기
있을 법한 놈들. 그러니까 쥐다, 당연히. 아버지의 육신을 온통
점령하고 그 위를 기는 놈들의 크기는 정말이지 무시무시할 정도
여서 쥐떼가 창궐한 궁에 갇혀 수년을 보낸 나조차 정신이 아득
해진다. 놈들의 거대함에는 중요한 의미, 사실 거의 의도적인 측
면이 있는 듯하다. 누나만이 제공하는 공물에 의지해 배를 채우
던 그 오랜 세월 내내 번식하고 이빨을 갈고 몸을 단련하며 바로
이 순간을 준비해왔다는 양. 아버지의 몸에 올라갈 수 있는 개체
수에 한계가 있다는 사실을 감안해 자기들 사이에 어떤 체계까
지 마련해놓은 듯 보인다. 몸 위에서 공간과 발 디딜 곳을 확보
한 놈들은, 뭐랄까, 서로의 실팍하니 반짝거리는 등을 타넘어 아
버지의 살덩이를 찢어내기까지 필요한 시간만큼만 자리를 차지
하는 것 같다. 그런 다음 그 무리 전체가 보다 조용한 장소—아
마도 흉벽을 두른 높은 담 근처—로 이동한다. 거기서 궁둥이를
바닥에 대고 앉아 이빨을 덮는 주둥잇살을 들어올리며 걸신들린
듯 획득물을 먹어치우는 동안, 완전히 새롭게 등장한 쥐들의 파
도가 아버지에게 달려드는 것이다. 이 얼마나 효율적인가, 내가 생
각할 수 있는 건 그게 전부다. 얼마나, 얼마나 효율적인가.

나는 아버지를 향해 조심스레 몇 걸음을 내디딘다. 쥐들을 일부나마 쫓아보려 안간힘을 쓰지만 놈들은 내게 관심이 없다. 어느새 나는 무릎을 꿇고 앉아 양팔로 얼굴을 가리고 쥐떼 사이를 힘겹게 나아가고 있다. 엎드려 기면서 더듬더듬 전진한다. 놈들과 경쟁해가며 아버지 위에 손을 얹은 뒤 내 몫으로 간주될 뭔가를 지키려 한다. 그러자 이 생명체들이 내 위로도 기어오른다. 내 등과 다리와 팔과 두피에서 느껴지는 놈들의 덩어리가 뜨뜻하고 묵직하다. 디딜 곳을 찾아 버르적대는 놈들의 발이 날카롭다. 그러다 한 놈이 내 엄지 쪽 손바닥에 이빨을 꽂아넣는다. 내 아버지의 살덩이로 착각한 것일 테다. 나는 팔을 위로 하늘을 향해 한껏 치켜든다. 이 짐승을 흔들어 떨쳐버릴 요량으로. 하지만 놈은 어떻게든 버텨내고 한술 더 떠서 제 몸을 마구 비틀더니 이제는 발톱으로도 나를 붙든다. 아버지가 놈들을 더 일찍 손보셨다면, 그런 생각이 든다. 아버지가 누나를 달리 대했다면, 해로운 짐승보다 나을 바 없다는 양 누나를 기르는 대신 그녀에게 잘 맞는 친구를 구해주려 노력했다면. 아버지가 누나를 더 사랑해줬다면. 그조차 나는 개의치 않을 텐데. 조금도 개의치 않을 텐데, 이제는. 아버지가 나보다 누나를 더 사랑했다면, 이 괴물들을 살찌우지 못하게 누나를 막을 무엇이든, 어떤 것이든 했다면. 그랬다면 지금 내가 놈들을 어찌해볼 가능성이 조금은 있을지도 모르는데.

　이윽고 귀청을 찢을 듯한 휘파람소리가 공기를 가른다. 뜯고 씹는 몸뚱이들의 덩이에서 고개를 들자 가장 근처에 있는 탑의 어둠 속에서 나를 지켜보는 익숙한 눈 두 개가 보인다. 한밤의 석탄 조각들처럼 불타는 저 눈. 그럴 리 없어, 가 가장 먼저 떠오르는 생각이다. 내가 미쳐가는 게 틀림없다. 아님 이건 진짜로 어떤 망령, 내가 벌인 극악한 짓 때문에 내게 들러붙으러 찾아온 망령이다. 그렇지 않고서야 그가 어찌 지금껏 살아 있단 말인가, 내가 그런 짓을 했는데? 숲으로 달려나가던 그는 혜성처럼 속속들이 불타고 있지 않았던가?

　그럼에도 더없이 실제처럼 보이는 그는 탑에서 걸어나와 지붕의 새벽빛 속으로 들어간다. 그런 그에게서 나는 가슴 철렁한 장면을 본다. 외투 아래 그의 살갗은 부풀고 오그라들고 양파의 겉면처럼 껍질이 층층이 벗겨지고 군데군데 검게 그을리고 부글부글 거품이 일고 수포가 터진 상처들이 범벅된 괴상한 거죽덩어리다. 순간 내가 보고 있는 게 남자가 아니라 태양의 표면을 닮은 뭔가라는 생각을 떨치지 못한다.

　"전하." 그가 말한다. 그러더니 머리칼 한 올 남아 있지 않고 흉측하게 망가진 고개를 끄덕이며 나를, 그리고 쥐떼를 내려다본다. 도저히 종잡을 수 없는 표정이다.

다음 순간 쥐가 내 발목에 송곳니를 꽂아넣는다. 그 통증의 충격에 공포에서 깨어나며 내가 당장 해야 할 일을 떠올린다. 저 고약한 놈들을 아버지한테서 떼어놓는 것.

"전하." 쥐잡이꾼이 이번에는 더 큰 목소리로 반복한다. 하지만 나는 쥐들을 뜯어내는 일에 정신이 팔려 있다. 한때 내 아버지 복부의 살점이었을 것이 분명한 덩어리에서 한 놈을 비틀어 떼어내고, 내 손에 지독히도 집요하게 매달려 있던 놈을 마침내 흔들어 떨쳐버린다.

그의 휘파람소리가 다시 들린다. 처음에는 귀에 거슬리는 단일음이더니 점차 하나의 곡조로 발전해간다. 시작은 나직하지만 이내 울림을 더해가다 종래에는 내가 일평생 들어본 적 없는, 인간의 것이 아닌 휘파람소리와 흡사해진다. 거친 소리, 엄밀히는 아름답지 못한 소리지만 새벽 공기를 뚫고 전해지는 것이 꼭 어느 새의 울음소리 같다. 다음 순간은, 아아, 그다음은 어떤 유의 기적이다. 사방의 쥐떼가 뜯기와 긁기와 다툼을 멈춘다. 그리고 나는 놈들이 휘파람소리에 귀를 쫑긋 세우고, 공기를 쿵쿵거리고, 꼬리를 획획 움직이는 모습을 지켜본다. 놈들은 마침내 내 가엾고 소중한 아버지의 살점을 마지막으로 한입 가득 뜯어 물고 스르르 사라진다. 우리를 둘러싼 담과 돌의 틈과 구멍 속으로 되돌아간다.

나는 자리에서 일어나 앉아 잠시 호흡을 가다듬으며 환해진 하늘을 물끄러미 내다본다. 그런 다음 고개를 돌려 아버지의 얼굴을 내려다보지만 그분이 더는 거기 없다는 사실만 확인할 뿐이다. 아버지는 전혀 남지 않았다, 허연 뼈와 갈기갈기 찢긴 늙은 살점을 제외하면.

"아들의 도리를 하고 싶으시다면." 쥐잡이꾼이 말한다. 고개를 들자 손에 든 뭔가를 내게 내밀고 있는 그가 보인다. 처음에 나는 움찔하며 피한다. 틀림없이 무슨 무기나 위협쯤 되리라 확신하며. 그야말로 저자가 여기서 하려는 게 아니겠는가? 앙갚음. 내가 자신을 그처럼 형편없이 훼손했으니.

그러나 물집이 잡히고 녹아내린 쥐잡이꾼의 손바닥을 내려다보니 놀랍게도 성냥갑 하나만 덩그러니 놓여 있다. 그는 무슨 뜻으로 내게 저 물건을 보여주는 걸까? 궁금하다. 혹 내게도 불을 놓겠다는 의미일까, 내가 그에게 했던 것처럼.

"부친께 사용하시라는 말씀입니다, 전하." 그가 마침내 입을 연다. "가장 깔끔한 방법이죠. 저는 쥐떼를 그리 오래 잡아둘 수 없습니다."

마침내 나는 그가 내게 시키려는 일을 이해한다. 나는 그리할 수 없다고—쇼에게 다른 계획들이 있고, 그게 아니더라도 지금 내가 제정신이 아니라고—설명을 시작하다 말고 그를, 이 손상

된 생명체를 제대로 바라본다. 수일 전 숲을 헤치고 나를 찾아온 어둠 속 남자, 슬픔으로 가득한 이 세상에서 내가 가까스로 찾아낸 한 점의 밝은 빛 위안을 파괴하는 데 여념이 없던 그 남자의 형상은 거의 남아 있지 않다.

나는 성냥갑으로 손을 뻗는다. 내 손끝이 남자의 살갗을 스칠 때는 움찔거리지 않으려 애쓴다. 손을 형편없이 심하게 떨어 세 번에 한 번 꼴로나 불꽃이 튄다. 그러는 내내 쥐잡이꾼은 감독이라도 하듯, 일이 제대로 처리되는지 확인이라도 하듯 나를 끈기 있게 지켜본다. 마침내 불붙은 성냥을 나는 황급히 웅얼거리는 기도―신이시여 부디, 그분의 영혼을 보호하소서―와 함께 떨어트린다. 활활 타오르는 그것을 내 아버지의 시신 위로. 식식거리고 약해지는 불꽃은 금방이라도 꺼질 것처럼 보이다가 한때는 셔츠였음직한 너덜너덜한 직물 조각에 마침내 옮겨붙는다. 그때부터는 빠르게 번진다, 놀라울 정도로 그렇다. 쇼가 아버지의 시신을 처리하는 데 사용한 화학약품들이 무슨 원리에선가 그분의 체질을 바꿔놓은 게, 더 쉽게 연소되도록 만들어둔 게 분명하다. 나는 성냥갑을 쥐잡이꾼에게 돌려주려 하지만 그는 양손을 주머니에 넣고 고개를 가로젓는다.

그래서 나는 나름의 판단에 따라 또다른 성냥을 그어 불을 붙인 뒤 망가진 사체의 머리와 발끝 사이에서 이미 춤추고 있는 불꽃들의 대열 옆에 떨어트린다.

그때 내 뒤에서 황급히 다가오는 발소리가 들린다. 불꽃이 시신을 점령하는 장면을 지켜보다 모르는 새 최면과 흡사한 상태에 빠져든 나를 거친 외마디 비명이 불러 깨운다. 고개를 돌리니 흙벽 저편에서 우리 쪽으로 서둘러 다가오는 에설이, 뒤처져 따라오는 쇼가 보인다. 그러나 이번만큼은 누나와 그녀의 법률가가 한마음인 것 같지 않다. 겉보기에 에설이 충격 비슷한 상태에 있는 듯하니까. 우리 곁에 도달한 그녀는 내게, 유죄 입증의 증거와도 같은 성냥갑을 여전히 들고 선 내게 좀처럼 눈길을 주지 않는다. 아니 쳐다보지 않기로는 쥐잡이꾼, 몹시 소름 끼치는 몰골로 둔갑해버린 그도 마찬가지다. 그 대신 누나는 그을리고 기름이 흥건한 판석에 끌리는 치마 따윈 아랑곳하지 않는 듯 털썩 무릎을 꿇고 불꽃을 뚫어져라 들여다본다.

마침내 쇼가 그녀의 뒤에 도달한다. "사람을 부르는 게 낫겠군요." 그가 잠시 시간을 들여 장면을 훑어본 뒤 말한다. "이 모든 걸 치울 수 있게."

이 모든 걸. 그는 이게 경미한 파손, 순식간에 정리할 수 있는 찻잔 크기의 혼란이라도 된다는 듯 말했다. 이처럼 중대한 사건을 그리도 경박하게 취급하는 그의 태도에 대한 내 의견을 정확히 밝히려는 찰나 누나가 몽상에서 깨어난다.

그녀는 우리 아버지의 불타는 껍데기에서 눈을 떼지 않는다. 그러면서도 색을 입힌 입술을 열어 이렇게 말한다. "그만 됐어요. 쇼. 이제 당신이 지긋지긋해요. 떠나주세요."

순간 그는 놀란 듯 보인다. 상처를 받은 것도 같다. 이윽고 그는 어깨를 으쓱하고 흉벽을 따라 몇 걸음 뒤로 물러난 뒤 돌담에 자리잡고 앉는다. 그리고 주머니에서 담배를 꺼낸다.

그뒤에는 아무도 입을 열고 싶지 않은 듯하다. 우리는 시신이 불타는 모습을 지켜본다. 그러자니 눈과 목구멍이 매캐한 연기로 따갑다. 나는 쥐잡이꾼이 이걸 어찌 견디는지 궁금하다.

어느 시점엔가, 화염 속 인간의 형체가 더는 구분되지 않고 자욱한 연기가 꼭 타르 같을 때 그 노파가 나타나 우리 사이에 조용히 자리잡는다. 그녀 또한 불길을 잠시 지켜보더니 고개를 가로젓고 계단을 내려가 궁내로 사라진다. 나는 노파가 돌아오리라고는 크게 기대하지 않았는데 얼마 지나지 않아 그녀가 다시 나타난다. 발을 끌며 화염 가까이로 다가가더니 치마 주머니에 손을 넣어 돌멩이를 꺼낸다. 매끄럽고 창백한 모양이 꼭 내가 과거 여행길에 이 나라 동부 연안을 따라 이동하며 보았던 조약돌을 닮았다. 노파는 민망하게 움직이며 쪼그려앉는 것과 비슷한 자세를 취하더니 돌멩이를 불타는 시신 가까이의 바닥에 놓는다. 그러고는 고통스럽다 싶을 정도로 느릿느릿 몸을 펴고 주머니를 더듬거려 또다른 돌멩이를 찾는다. 그걸 들고 다시 쪼그려 앉은 다음 첫번째 돌멩이 옆에 놓는다. 빨리 좀 움직였으면 하는 내 바람을 단념하는 사이 노파는 같은 일을 반복한다. 쌓는 것이다. 이제 내 눈에도 보이기 시작한다. 불길 주변을 둘러 이 돌멩이들을 쌓고 있다. 노파의 움직임에는 어떤 의식을 치르는 듯한 기운이 서려 있고, 나는 그로부터 거의 위안에 가까운 감정을 선사받는다.

그런데 가만 보니 내 누나는 그렇지 않은 모양이다. 이 시간 내내 누나와 쥐잡이꾼은 조각상처럼 얼어붙어 있다. 화염의 꾸준한 진전을 지켜보는 그들 각각은 나름의 생각에 몰두한 것 같다. 하지만 이제 누나 내면의 뭔가에 금이 간다.

"내가 원했던 건 이런 게 아냐." 그녀가 쉰 듯한 목소리로 말한다. "아버지가 죽기를 바란 게 아냐. 정말은 아니었어. 이런 식은 아니었어. 나는 이런…… 일이 이렇게 되리라고는 전혀 생각 못했어. 나는 그저 아버지가……" 그녀는 말을 멈추고 몸을 돌려 쇼를 찾는다. "당신은 이해하죠?" 그녀가 묻는다. "나는 그럴 마음이 아니었다는 걸 당신은 이해하죠?"

그러나 쇼는 어깨만 으쓱해 보이고는 또다른 담배에 불을 붙인다.

누나는 광란한 눈길을 쥐잡이꾼에게 돌린다. "분명, 당신은 분명 이해하죠?"

이전까지 나는 쥐잡이꾼의 이목구비가 너무 심하게 망가진 탓에 그가 어떤 표정도 짓지 못하리라 생각했다. 명멸하는 불빛과 사방에서 뭉게뭉게 피어오르는 끔찍한 연기 때문에 내가 착각한 걸지도 모르지만, 그럼에도 그녀의 시선을 되받는 그의 얼굴에는 분명 어떤 고통이 깃들어 있다.

"모르겠습니다." 그가 말한다. "저는 온갖 것들, 이 세상에서 가장 천하고 역겨운 그 짐승들이 왜 그리 행동할 수밖에 없는지를 이해합니다. 하지만 놈들을 이해하면서도 여전히 덫을 설치하고, 여전히 독을 놓죠."

그는 누나한테서 시선을 돌리고 공원을 내다본다.

그러자 누나가 내게 말한다. "동생아, 제발 나를 믿어줘. 미안해."

나는 누나에게 뭐라고 해야 할지 모르겠다. 자신 없는 상태로 누나를 쳐다만 보다가 잠시라도 더는 시선을 맞출 수 없는 지경이 되자 불길과 노파에게로 고개를 돌린다. 노파는 시신의 가장자리를 따라 하나씩 하나씩 돌멩이를 놓는 행위에 여전히 몰두해 있다.

누나가 울기 시작한다. 처음에는 가만가만히, 그러다 점점 격렬하게. 나중에는 그 오열의 힘에 완전히 사로잡힌 듯 보인다.

그녀가 홀로 남겨져 울부짖는 동안 노파가 자신의 원에 마지막 돌멩이를 놓는다. 그런 다음 이 고약한 할멈은 몸을 곧추세우고 제 모든 움직임에 한결같이 깃들어 있는 그 끔찍한 느릿함과 함께 다리를 절뚝이며 판석을 가로질러 가 누나의 어깨에 한 손을 얹는다. 잠시간 나는 그런 생각을 한다. 에설이 당장이라도 노파의 손길을 떨치며 그녀를 밀어낼지도 모르겠다고. 쇼를 밀어내려 했던 것처럼. 그러나 누나는 여전히 흐느끼며 제 어머니의 손을 붙들더니 그 품속으로 무너진다.

　나는 그들 두 사람이 함께인 모습을 잠시 쳐다보다 갑자기 깨닫는다. 이론의 여지 없이 이들이 지겹다. 모두가 지겹다. 그와 동시에 내 내면이 이상하리만치 가벼워지는 걸 느낀다. 이제 막 내용물을 비워내고 다시 철철 흘러내리도록 채울 준비가 된 그릇처럼. 나는 자리에서 일어나 옷에 엉망으로 들러붙은 재를 떨어낸다.

　쥐잡이꾼―불타는 남자, 내가 상상하는 모든 것에 들러붙어 있던 저 살기 가득하고 복수심에 불타는 유령―은 내게서 등을 돌린 채 여전히 흉벽 너머를 물끄러미 내다본다.

　"쥐잡이꾼 씨." 내가 말한다. "고마워요. 나를 도와줘서. 내 아버지를 도와줘서. 그토록 큰 도움을 받을 자격이 내게 있는지 모르겠네요."

그가 고개를 돌린다. 우둘투둘하고 껍질이 벗겨지고 녹아내린 얼굴에 아침의 태양이 밝게 비추는 모습을 보고도 나는 공포나 두려움에 휩싸이지 않는다. 오싹한 전율조차 느끼지 않는다.

"저는 할일을 했을 뿐입니다, 전하." 그가 말한다.

그 말에 나도 모를 미소를 짓는다. "앞으로도 오래오래 그리해주기를요, 쥐잡이꾼 씨." 이게 내가 입 밖으로 꺼낼 수 있는 말의 전부다.

그가 내게 한 차례 고개를 끄덕인다. 그리고 나는 궁금하다. 이제 우리는 동지에 가깝지 않을까. 아님 최소한 우리를 연결하는 어떤 이해의 끈 정도는 있지 않을까. 얼마나 끊어지기 쉬운 것이든 간에. 산들바람에 쥐잡이꾼의 외투가 뒤로 나부끼고, 나는 그런 그를 보며 저 검은 새들을, 내가 몹시도 무서워했던 숲에 숨은 새들을 떠올린다.

나는 불꽃에 대고 마지막 인사를 속삭인다. 불길은 이제 죽어가는 중이고 상황은 거의 막바지에 이르렀다. 나는 흉벽의 광휘로부터 마침내 몸을 돌리고 계단을 천천히 내려간다. 현관 로비에 들어서면서, 거대한 대리석 계단의 발치에 홀로 서고 나서야 비로소 그 생각이 떠오른다. 이제 내가 왕궁을 위해 나서야 할 때, 이곳을 다시 보살피기 시작해야 할 때인지도 모른다. 사방의 창문을 활짝 열어젖혀야지, 나는 결심한다. 그런 다음 저 쥐잡이꾼에게 사람을 더 붙여야겠다. 그가 왕궁의 쥐떼를 진정으로 제거할 수 있게.

하지만 그 모든 일들에 앞서 처리해야 할 한 가지가 아직 저 숲에 있다. 정신을 차리고 보니 꼬맹이 루카스를 너무 오래 기다리게 만들었다. 손을 씻어야지, 나는 마음먹는다. 세수를 하고 복장을 갖춰 입을 것이다. 그런 다음 마지막으로 저 숲에 들어갈 것이다. 오두막으로 길을 되짚어 가 루카스에게 제대로 된 장례식을 치러줄 것이다. 녀석처럼 상냥하고 무해한 생명체에 걸맞은 장례식을.

# 감사의 말

에이전트 피터 스트라우스와 편집자 메리 앤 해링턴에게 감사한다. 아름다운 표지를 만들어준 예티, 그리고 에이미 퍼킨스를 비롯해 틴더 프레스의 모두에게 감사의 말을 전한다. 매슈 터너, 엘리자 플로덴, 로런스 랄뤼유, 스티븐 에드워즈, 그리고 로저스, 콜리지 앤드 화이트의 모두에게 감사한다. 앤드루 카원, 필립 랭게스코프, 나오미 우드, 그레이스 브라운, 세라 홉킨슨, 카라 마크스, 벤저민 S. 모리슨, 빅토리아 프록터, 피오나 싱클레어와 그야말로 놀라운 이스트앵글리아대학교 교수님과 친구들에게 감사한다. 아낌없는 지원과 함께 소소하지만 영감 넘치는 탐험을 제공해준 니브와 맥스위니 가족 모두에게 감사의 마음을 전한다. 분별력과 친절, 슬기로움을 겸비한 이반 프레코포바에게 감사한다. 초고를 읽어준 제이컵 태너와 제시카 요하네손 가이탄에게도 감사를 보낸다. 서점 미스터 비스 엠포리엄의 환상적인 친구들과 전 동료들, 옛 시절 UCL 라이터스 소사이어티의 모두들, 바스와 런던과 노리치의 멋진 친구들 모두에게 감사한다. 벤 노블, 그리고 부모님 로나와 가즈오 이시구로에게 깊은 감사와 사랑의 마음을 전한다.

# 옮긴이의 말

    나오미 이시구로는 이십대 초반에 서점 '미스터 비스 엠포리
엄'에서 서적판매원 및 독서요법치료사로 일했다. 그곳에서 책
을 통해 세계와 사고, 감정의 폭을 넓히고 고통을 극복하는 이들
과 교감하며 상상력과 공감이 담긴 스토리텔링의 위력을 실감
했다. 그녀의 첫 단편집 『탈출로』는 이 시기의 경험에서 비롯되
었는데, 익숙한 삶의 풍경들에 비범한 상상을 덧칠해 현실과 환
상이 절묘하게 공존하는 아홉 편의 이야기를 한데 묶었다. 독창
적인 설정 속에서 각양각색의 위기에 처한 인물들은 탈출과 구
원을 갈망하고, 그들의 요동치는 내면은, 어딘가에 갇히고 뭔가
에 매인 자의 마음속을 스치는 감정과 욕망을 은근하면서도 효
과적으로 드러낸다. 단편소설은 한 곡의 노래와 같고 이들을 모

은 소설집은 곧 음악앨범이라는 저자 자신의 믿음을 반영하듯
『탈출로』는 하나의 완성된 컬렉션으로서도 그 조화로움에 손색
이 없다.

　나오미 이시구로는 글쓰기가 공부나 운동만큼 자연스러운 가
정에서 자랐다. 2017년에 노벨문학상을 수상한 가즈오 이시구
로가 부친이다. 소설가 아버지를 둔 덕분에 가족이 일상적으로
서로의 글을 읽고 의견을 공유하는 환경에서 자랐고, 실제로 그
녀가 성장기에 쓴 습작들에는 부모의 혹독한 피드백이 쏟아지기
도 했다. 그런 그녀에게 글쓰기는 막연한 신비의 영역이 아니라
열심히 노력하면 얼마든지 가닿을 수 있는 가능성의 땅이었다.
글이 부여하는 목소리를 통해 세상에 이야기하고, 모든 경계를
초월해 감정을 나눌 수 있음은 어린 그녀의 눈에 경이로운 마법
같아 보였다. 이처럼 작가로서 부친에게 받은 영향은 그녀에게
던져지는 단골 질문의 하나가 되었지만, 2021년에 〈텔레그래프〉
와 진행한 인터뷰에서 가즈오 이시구로는 오히려 자신이 나오미
에게 많은 영향을 받는다고 밝힌 바 있다. 그녀의 눈을 통해 세
상을 보면서 서로 다른 이야기의 방식과 새로운 장르에 마음을
열게 된다는 얘기인데, 실제로 그가 『나를 보내지 마』에서 SF 장
르를 시도할 수 있었던 것도 그런 분야에 놀라운 열정을 가진 어
린 딸 덕분이었다고 한다.

시대를 대표하는 작가의 딸이라는 또다른 이름은 어쩌면 양날의 검과도 같겠지만 『탈출로』의 아홉 가지 이야기들은 나오미 이시구로가 자신의 이름만으로 우뚝 서기에 충분한, 아니 그 이상의 재능을 가진 작가임을 증명한다. 비정한 도시에서 고립된 개인의 혼란한 내면과 시시각각 다가오는 파멸을 교차시킨 「심장마비」부터, 미지로 걸어들어간 청년이라는 파격적인 결말이 인상적인 「양털 깎는 계절」, 우연히 집에 들인 곰 인형을 두고 홀로 전쟁을 치르는 남편의 고백을 담은 「곰」, 커피 한 잔에 슈퍼파워를 갖게 된 인물의 폭주와 각성을 그린 「속도를 높여!」, 새들과 교감하던 여자가 끝내 그들의 일원이 된다는 아름답고도 시린 이야기 「납작지붕」, 인생에 '치트키'란 없다는 냉혹한 현실을 발견하는 꼬마의 기록인 「마법사들」, 자신의 탈출로가 권력자의 탈출로에 유해한 바람에 가혹한 운명에 처하고 마는 남자의 모험을 다룬 「쥐잡이꾼」 3부작까지, 나오미 이시구로는 현란한 말장난이나 기발한 반전에 기대는 대신 비범한 깊이로 상황을 이해하고 풍부한 의미를 덧입히는 데 집중한다. 우리가 매일같이 느끼면서도 딱히 규정하지 못하는 감정들을 단어로 포착하고, 갈팡질팡하는 의식의 흐름을 문장 안에 오롯이 담아내며 화자의 복잡한 심리를 유기적으로 따라가도록 이끈다. 촘촘한 디테일과 생생한 묘사로 동화와 판타지의 세계를 구현하면서도 기후 변화나 브렉시트, 금융권의 횡포 같은 문제들 역시 살뜰히 챙기는 현실 감각 또한 흥미롭다. 쏟아지는 관심과 기대 속에서 대담하고 새로운 목소리를 가진 작가로 성공적인 첫 걸음을 뗀 나오미 이시구로. 이 재기발랄한 젊은 작가가 앞으로 펼쳐 보일 자신만의 세계를 두근거리는 마음으로 기다려본다.

강아름

**지은이 나오미 이시구로**

영국 소설가. 1992년 런던 출생. 유니버시티 칼리지 런던에서 영문학 학사, 이스트앵글리아대학교에서 문예창작 석사학위를 받았다. 서점 미스터 비스 엠포리엄에서 서적판매원 및 독서요법치료사로 일했다. 2020년 데뷔작 『탈출로』를 발표하고 문단과 독자의 주목을 받으며 작품세계를 구축해나가고 있다. 그의 아버지는 2017년 노벨문학상 수상자 가즈오 이시구로다.

**옮긴이 강아름**

이화여자대학교에서 신문방송학·사회학을 전공하고 동대학교 통역번역대학원 번역학과를 졸업 후 전문 번역가로 활동하고 있다. 옮긴 책으로 『호러북클럽이 뱀파이어를 처단하는 방식』 『마스 룸』 『널 만나러 왔어』가 있다.

문학동네 세계문학
탈출로

초판 인쇄 2022년 3월 18일 ┃ 초판 발행 2022년 3월 30일

지은이 나오미 이시구로 ┃ 옮긴이 강아름
기획·책임편집 고선향 ┃ 편집 김정희
디자인 강혜림 최미영 ┃ 저작권 박지영 형소진 이영은 김하림
마케팅 정민호 이숙재 한민아 김혜연 이가을 안남영 김수현 정경주 이소정
브랜딩 함유지 함근아 김희숙 정승민
제작 강신은 김동욱 임현식 ┃ 제작처 영신사

펴낸곳 (주)문학동네 ┃ 펴낸이 김소영
출판등록 1993년 10월 22일 제2003-000045호
주소 10881 경기도 파주시 회동길 210
전자우편 editor@munhak.com ┃ 대표전화 031) 955-8888 ┃ 팩스 031) 955-8855
문의전화 031) 955-8895(마케팅) 031) 955-1917(편집)
문학동네카페 http://cafe.naver.com/mhdn ┃ 트위터 @munhakdongne
북클럽문학동네 http://bookclubmunhak.com

ISBN 978-89-546-8580-1 03840

잘못된 책은 구입하신 서점에서 교환해드립니다.
기타 교환 문의 031) 955-2661, 3580

**www.munhak.com**